樵《きこ》る——激情

トーマス・ベルンハルト
初見基 訳

河出書房新社

目次

樵《きこ》る——激情

人びとをより賢明にすることなど私にはできなかったので、彼らから離れているほうが良かった。

ヴォルテール

野鴨がはねたなら十一時半にはゲンツガッセの晩餐会に加わると約束をしていた役者の到来を一同が待っているあいだ私は、五十年代初頭にほぼ毎日座っていた安楽椅子からアウアースベルガー夫妻をしげしげと観察し、アウアースベルガー夫妻の招待に応ずるなどとは重大な過ちだったと考えた。二十年この方アウアースベルガー夫妻と会うことは絶えてなかったのが、よりによって共通の友人ホアナが亡くなった当日に私はふたりとグラーベンで出会ってしまい、アウアースベルガー夫妻が芸術家晩餐会と呼んでいる夕餉に招待され、二の足を踏むことなく応じてしまったのだった。二十年間アウアースベルガー夫妻についてはもはや何ら知ろうとせず、二十年間アウアースベルガー夫妻と会うこともはやなく、そしてこの二十年間にアウアースベルガー夫妻が不快な気分の種になるのは第三者がその名前を出したときくらいだった、と安楽椅子のうえで私は考えた、そしていまアウアースベルガー夫妻によって私は、彼らの五十年代、そして私の五十年代に直面させられる。二十年間私はアウアースベルガー夫妻を避け、二十年間一度たりとも出会わなかったのが、よりによっていまグラーベンで遭遇しなくてはならないとは、と私は考えた。ちょうどこの日にグラーベンへ行き、それも習慣になっていたように、といってもロンドンからヴィーンに戻って以降ではあるのだが、グラーベンを何度も行ったり来たりするなんて、実際とんでもない浅はかな振る舞いだった、ここでならいつかアウアースベルガー夫妻と出会わないわけにゆかないと、さらにアウアースベルガー夫妻にとどまらず、五十年代に私が濃密な、アウアースベルガー夫妻がつねづねしていた言い方をすれば、濃密な芸術的交流をもっていた、この二、三十年間私が避けてきたそのほかの人びととも揃って会ってしまうとは察せられていたのに。四半世紀まえにすでに、私がアウアースベルガー夫妻のもとを離れてロンドンに渡ったまさにその時点で、当時のヴィーンのこうした人びとの誰とも私は決別し、普通に言うなら二度と会おうとはしなかったし、是が非でもいっさいの関係をもつものかと思っていたので、そんな交流は捨て去っていたのに。グラーベンへ出かけるとは、とりもなおさずヴィーン社交界なる地獄のただなかに入ってゆくこと、私の出会いたくない、今日でもなお姿を思い浮かべるや身体と精神が痙攣してしまう、まさにそんな人びとと出会うことにほかならない、と私は安楽椅子のうえに座って考えた、そしてこの理由により、近年ロンドンからヴィーンを訪問する折りにもグラーベンを避けて別な通りを歩いていた、コールマルクトも、当然ながらケルントナー通りも歩かず、シュピーゲルガッセを避けるのと同じに、シュタルブルクガッセ、ドロテーアガッセも、私のいつも恐れていたヴォルツァイレ、そして、まさしく私がいつでももっとも憎んでいた人びとが仕掛けた罠にしばしばはまったオーペルンガッセを避けた。それがこの数週間、と安楽椅子のうえで私は考えた、ほかならぬグラーベンとケルントナー通りに行ってみたいという強い欲求が突然湧いていた、まさにここの、まさにグラーベンとケルントナー通りの心地良い空気と、私にとって突然心地良く感じられた午前の人の渦のためであり、おそらくは、ヴェーリングの住居に何か月も独居し、孤立のなかで呆けつつある状態から逃れよう、抜け出ようと、私がようやく意を決したからだった。この数週間私はケルントナー通りとグラーベンに沿って、つまりグラーベンとケルントナー通りを歩いて行き来すると、いつも精神と身体が安らぐのを感じてきた。私の頭にとってこの行き来の歩行が良かったように、身体にとっても良かった。最近はグラーベンとケルントナー通りをこうして行き来するのがあたかも何にもまして必要であったかのように、私はこの数週間毎日毎日ケルントナー通りとグラーベンを上ってはまた下りた。ありていに言って何か月も精神と身体が脱力していた私は、ケルントナー通りとグラーベンで突然に動きはじめ、自分を取り戻した。ケルントナー通りを、グラーベンを上ってまた戻る、それで私は元気が出た。この行き来だけによって、と私は歩きながらいつも考えた、実のところはそれだけではないのだが、この行き来だけによって、と私はくり返し独りごちた、私は実際ふたたび思考をできるように、実際ふたたび哲学的な思考をできるようになった、もう長いこと私のなかで抑圧されていた、それどころか圧殺されていた哲学と文学にふたたび取り組めるようになった、と。いま考えるに不幸にも私がヴィーンで送った、それ以前のロンドンにいたときには送っていなかったような病気の原因となるまさにこの長い冬が、私のなかであらゆる文学的なものとあらゆる哲学的なものを圧殺した、と安楽椅子のうえで私は考えた。グラーベンとケルントナー通りをこのように行き来することを通じて、それを私自身ふたたびできるようになった、そして私は実際、救われた精神状態とでも突然に呼べるようになった私のヴィーンでの精神状態を、睦月半ばから自分に命じてきたこの私のグラーベン－ケルントナー通り療法に起因すると考えた。この身の毛もよだつ都市ヴィーンが、と私は考えた、これが私を絶望の底へと、そして実際にまたしても他ならぬ出口なしへと突き落としたのだが、それが突如として、私の頭がふたたび思考できるよう、私の身体がふたたび活き活きとした身体として反応できるように働く、その原動力なのだ。私のなかで冬のあいだじゅう死滅していたすべてが、頭と身体のなかで次々と甦生してゆくのを、日に日に私は観察していた。冬のあいだじゅう私は自分の精神と身体の死滅をヴィーンのせいにしていたが、それがいまやそのヴィーンのおかげで私は甦生した。私は安楽椅子のうえに座り、こうしてケルントナー通りとグラーベンを讃え、私の精神と身体の回復を、それ以外のなにものでもないこの私のケルントナー通り‐グラーベン療法に起因させた、そして、当然ながらこの療法の成功に対しては高い代償を払わなくてはならないと独りごち、アウアースベルガー夫妻とグラーベンで出くわしたのは、この療法がうまくいったことへの代償だと考え、そしてこの代償はとても高い代償だが、場合によってはこれよりもはるかに高い代償を払う羽目にだってなりかねなかったと考えた、というのも、グラーベンではアウアースベルガー夫妻よりもはるかにろくでもない人びとに出会うことだってありえたし、概して見るならばアウアースベルガー夫妻がもっともろくでないというわけではない、少なくともろくでなさのきわめつけではないからだ。とはいえ、あいにくアウアースベルガー夫妻とグラーベンで出くわしてしまうとは、充分ろくでもないのだが、と安楽椅子のうえで私は考えた。強い人間であり同様に強い性格だったなら、と私は考えた、ふたりの招待を撥ねつけていたところだが、私は強い人間でも強い性格でもなくその逆で、私は最弱の人間で最弱の性格であり、多少ともあらゆる人びとの思うがままなのだ。そして、アウアースベルガー夫妻の招待に応じたのは重大な過ちだったと私はふたたび考えた、なぜならば私はもう生涯ずっとアウアースベルガー夫妻と関係をもつつもりはなかったからだ、それが、グラーベンを歩いている私にふたりが話しかけてきて、ホアナが死んだのを聞いたか、ホアナが首をくくったんだ、と言うのにこちらも応じ、ふたりからの招待を受け入れている。一瞬はなはだしく臆面もなく感傷的になってしまった、と私は考えた、そしてアウアースベルガー夫妻は私の感傷的な気持ちをただちに食い物にしたのだと、そして、ふたりは私たち共通の友人ホアナの自殺も同じように招待のために食い物にしたんだ、招待を断るほうが賢明だったにもかかわらず、私はそれを同じく瞬時に受けてしまった、と考えた。でも断るだけの余裕がなかったのだ、と安楽椅子のうえで私は考えた、ふたりは背後から話しかけてきて、私のすでに知っていたことを述べた、ホアナが首をくくったんだ、キルプの生家で、と、さらに私を彼らの晩餐会に、徹頭徹尾芸術的な晩餐会に招待する、と、アウアースベルガー夫妻はことさらに強調して、以前の友人たちがこぞって、とふたりは言ったのだった。ふたりは実際、招待を表明したときにはもうふたたび私から離れようとしていた、と私は考え、そして私がええと言った、とはすなわち、彼らの晩餐会に与りにゲンツガッセへ、あのおぞましい住居へ行くのを承諾したときに、ふたりはすでに何歩か先に進んでいた。アウアースベルガー夫妻は包装紙にくるまれた、町なかの名だたる商店のボール箱をいくつも下げており、もう三十年まえにインネレ・シュタットで買物をするときに着ていたのと同じイギリス製の外套を着ていた、ふたりのすべては、優雅にすり切れてと言われるような様子だった。実際のところグラーベンで話をしたのは妻アウアースベルガーばかりで、彼女の夫、人呼ぶところのヴェーベルンの後継者たる作曲家はそのあいだじゅう私に何も言わなかった、黙っていることで私を徹底的に傷つけようとしたのだ、といま安楽椅子のうえで私は考えた。キルプでのホアナの葬儀がいつなのかまだ何も聞いていない、とふたりは言った。私自身はこの日、通りに出る少しまえに、キルプでのホアナの幼友だちからホアナが首をくくったと知らされていた。はじめのうち、キルプで雑貨店を営むこの友だちは電話口で、ホアナが首をくくったと言おうとしなかった、彼女が亡くなったと友だちは電話口で言っていたので、ホアナは亡くなったのではない、自殺をしたのだ、と頭ごなしに言ってやった、どうやってだったのかを友だちである彼女はきっと知っているのに私に言わないだけだ、と。田舎の人びとには都市の人びとよりはるかに、ある人が自殺をしたとはっきり言うことに気後れがある、どうやってだったのか、その方法を彼らはなかなか口にできない。私はただちにホアナは首をくくったんだと考え、実際電話で雑貨店主にも、ホアナは首をくくったんだ、と言ったところ、雑貨店主は唖然として、そうですとだけ言った。ホアナのような人びとは首をくくるものだ、と私は電話で言った、川に身を投げたり五階から飛び降りたりしない、縄を取り出してそれを器用に結んで、輪に身をまかせる。バレリーナ、女優というのは、と私は雑貨店主に電話で言った、首をくくるものなんだ。ずいぶん長いことホアナの消息を聞いていなかった、と安楽椅子のうえで私は考えた、そこでかなりまえから疑わしく感じられていたのだった、彼女がいつか自殺をするのではないか、裏切られ、捨てられ、嘲られ、死ぬほど傷つけられ、と私は近ごろよく考えていたのだった。けれどもグラーベンでアウアースベルガー夫妻をまえに、ホアナの自殺について何も知らないかに振る舞った、そして彼らには心底からの驚愕と、同時に衝撃を演じてみせはしたが、午前十一時のグラーベンではもうこの不幸に驚愕もしなければ、もう衝撃を受けてもいなかった、すでに朝の七時にはこれを聞いていたし、グラーベンとケルントナー通りを何回も上ったり下りたりすることで実際にホアナの自殺を耐えることが可能になっていた、冷たく新鮮なグラーベンの空気のなかで堪えるのが可能だった。実際のところ、ホアナが自殺したことならとっくに知ってますよ、どうやって自殺したのかの詳しい状況すら、とすぐさまに言って、ホアナの自殺についてアウアースベルガー夫妻による報告から驚天動地の効果を奪っておけばよかった、と私は考えた、彼らにそう言って、報告した者の勝利感を彼らから奪っておくべきだった、実際彼らはこの勝利感をこのうえない品性卑しさで利用し享受したのを、私は開いているクニーシュ紳士服店のまんまえで確認した。そうはせずに、ホアナの死をまったく知らなかったかのように、驚愕に打ちのめされ、侮辱され、むごたらしい知らせに襲われた者の役を私は演じ、アウアースベルガー夫妻をして災厄を突如もたらす者の恍惚感に浸らしめたのだが、当然ながらこれを私が意図していたわけなどまったくないにしても、アウアースベルガー夫妻と遭遇した時点でホアナの自殺について何も知らない、つゆほども知らないと偽る手際の悪さによって、私自身が引き起こしたのだった。ホアナの自殺についてはすでに多少ともすべてを知りつつも、アウアースベルガー夫妻と並んで立っていたそのあいだじゅう、私は何も知らないふりをしていた。ホアナが首をくくったのをふたりがどこから聞いたのか知らないが、おそらくはやはりキルプの雑貨店主からで、キルプの友だちはきっと私に対してと同じことを彼らに言ったのだ、でも私に言ったほどではない、と私は考えた、もしそうしていれば、ホアナの自殺について私に言ったよりはるかに多くをアウアースベルガー夫妻は言っただろう。キルプでの葬儀には当然参りますと妻アウアースベルガーが言った、と私は考えた、これを彼女は、ホアナの葬儀に行くのが私にはいささかも当然ではないかのように、彼らと同様にホアナとはかなりの長い歳月、それも何十年ものあいだとても親しくつきあっていたにもかかわらず、私がホアナの葬儀に参列しないのではないか、私たちみなと親しくつきあっていたホアナの葬儀から、それも労を厭うがため実際逃げるかもしれないと、もういまから非難しているかのように言った、そして、キルプでのホアナ葬儀ではお会いするでしょうが、それと関係なしにすでに今日いまここグラーベンで、今度の火曜日、つまりホアナの葬儀の日に、ゲンツガッセでの彼らの芸術家晩餐会なる催しにお招きする、と妻アウアースベルガーが私に言ったときの口ぶりも、と私は考えた、実際基本的には侮蔑的だった。私がホアナと知り合ったのは、本当のところ夫アウアースベルガーを通じてで、三十年以上まえ、第三区のゼバスティアンプラッツでのホアナの夫の誕生祝いでのことだった。それはアトリエパーティと呼ばれているもので、ヴィーンで名のあるほとんどすべての芸術家が集まっていた。ホアナの夫はいわゆるタペストリー芸術家、つまり絨緞織工だった、もともとは画家であり、六十年代半ばにサンパウロ・ビエンナーレで彼の作製した絨緞のひとつによりいちど大きな賞をとっていた。ホアナなら何をしても驚かなかった、ただ自殺をするとは思っていなかった、とアウアースベルガー夫妻はグラーベンで言い、包みを下げて先に進むまえに、ルートヴィヒ・ヴィトゲンシュタインを全巻買ってきたもんで、しばらくヴィトゲンシュタインに取り組むんですと述べた。夫アウアースベルガーが前腕に下げているいちばん小さな包みのなかにおそらくヴィトゲンシュタインは入っているのだろう、と私は考えた。そして私はふたたび考えた、アウアースベルガー夫妻からの招待に応ずるなんて重大な過ちだった、そもそもこの手の招待はどれだって嫌いで、このようなあまりに芸術的な晩餐会をもう何十年にもわたって避けてきた、というのも、わが四十年代までは存分に訪れておりよくよく知っていて、これ以上に嫌な気持ちにさせられるものをほとんど知らないからだ。実際このアウアースベルガー夫妻による招待は変わっていなかった、と私は考えた、安楽椅子のうえに座りながらだが、五十年代のときの、三十年まえのそれと変わっていない、あの当時私は、結局のところ実際には退屈させられただけでなく、半ば狂わされてしまったのだった。二十年間おまえはアウアースベルガー夫妻を嫌っていた、と安楽椅子のうえで私は考えた、それがやがておまえはグラーベンでふたりに出くわし、招待に応じ、言われた時刻にゲンツガッセへ実際にやって来る。晩餐会に招かれたこれらの人びとはみなおまえの知り合いだ、それなのにおまえはやって来ている。そして私は考えた、今宵は、そして私についてなら夜っぴてでも、やはりパスカルかゴーゴリかドストエフスキーかチェーホフでも読んでいるほうが、ゲンツガッセでのこの嫌な気持ちにさせられる芸術家晩餐会に来るよりも良かったと。アウアースベルガー夫妻はおまえの生活を、それどころか人生を破壊した、二人が五十年代初頭におまえの精神と身体をこの恐ろしい状態へと、おまえの生活の破局へと、はなはだしい出口なしへと巻き込んだもので、とどのつまりおまえは当時シュタインホーフに連れてゆかれすらした、それなのにおまえはこうして来ている。もしおまえが決定的瞬間に彼らに背を向けていなかったなら彼らに抹殺されていた、と私は考えた。もしおまえが決定的にして最後の瞬間に彼らから逃げ去っていなかったなら、彼らはおまえをまずは破壊し、そのあと抹殺していた。あと数日長くマリア・ツァールの彼らの家にいただけで、と安楽椅子のうえで私は考えた、私の確実な死を意味していた。彼らはおまえを絞り出し、と安楽椅子のうえで考えた、投げ捨てた。むごたらしいおまえの破壊者にして殺害者とグラーベンでおまえは出くわし、一瞬感傷的になり、ゲンツガッセへ招待され、おまけにここへ来ている、と安楽椅子のうえで私は考えた。そして、わがパスカルかわがゴーゴリかわがモンテーニュを読むか、調子の狂った古いピアノであろうとサティやシェーンベルクを弾いているほうが、とふたたび考えた、良かったと。おまえは新鮮な空気を吸い込み甦生をしようとグラーベンに出向き、よりによってかつてのおまえの破壊者にして抹殺者とばったり会ってしまう。そしておまけにおまえは彼らに、彼らの宵を、彼らの芸術家晩餐会を楽しみにしておりますと言う、これがおまえの覚えている彼らの家で過ごしたすべての宵、すべての晩餐会と同様に、悪趣味な宵でしかありえないのに。このような招待に応じうるのは、性格をもたない愚か者にかぎられる、と私は安楽椅子のうえで考えた。彼らがおまえを罠におびき寄せ、おまえが罠にはまり込んで三十年が経った、と安楽椅子のうえで私は考えた。彼らが毎日毎日おまえを貶め、おまえが品性卑しく彼らに服従して三十年が経った、と安楽椅子のうえで私は考えた、おまえが多少とも卑劣さきわまりなくも彼らに自分を売って三十年。おまえが彼らのため道化を演じて三十年、と私は安楽椅子のうえで考えた。そしておまえが彼らから（最後の瞬間に）逃れて、ちょうど二十六年が経った。そして二十年、おまえはもう彼らと会うこともなかったのが、それが突然なんともうかうかとグラーベンへ出かけ、彼らとばったり出くわし、ゲンツガッセに招待され、おまけにゲンツガッセに出向く、おまけに芸術家晩餐会を楽しみにしております、とまで言う、と安楽椅子のうえで私は考えた。妻アウアースベルガーはみごとな役者についてひっきりなしにしゃべっては今回の野鴨で経歴の頂点に達したと言い、深夜になる二時間まえにはすでに集まっていた客たちを十分少しの間隔でひとりひとり回っては宥め、多少とも不快なこの人びとが差し出してくるグラスに注いでシャンパンの瓶を一本また一本と開けていた。彼女の着ていた黄色いドレスを私はつとに知っており、もしかしたならこの黄色いドレスを彼女は私のために着たのかもしれない、と私は考えた、なぜなら私は三十年まえこのドレスゆえに彼女をいつも褒めそやしていたからで、当時私には彼女の着たこのドレスが異様なまでに気に入っていたのだが、いまになってみるともうまったく気に入らず、三十年まえには赤だったのがいまでは黒の天鵞絨《ビロード》襟がついており、逆に悪趣味であると実際思えた。妻アウアースベルガーがみごとな役者と感動的な野鴨という言葉をくり返すときの声は、三十年まえにも癇に障ったものの、三十年まえ当時は神経に障るこの声は関心を惹く声だと思っていたのに、いまではこの声を下品で嫌らしいとしか感じないのだ。誰にもましてすぐれた役者および現存の役者のなかで最高、と妻アウアースベルガーが言う様子は、私にとっては嫌な気持ちになるだけでしかなかった。かつて私は彼女の声に我慢がならなかった、それがいま、かてて加えてこの声は老いて嗄れ、絶えずヒステリックな響きをともない、実際世に言うところのひどく歌い潰され消耗した状態で、長い時間聞くに堪えないと感じた。この声で妻アウアースベルガーはあるときパーセルを歌った、と私は考えた、アンナ・マグダレーナ・バッハの歌曲帳を、そして彼女の夫、わが友人、専門家のいつもの言い方ではヴェーベルンの跡を継ぐ作曲家がスタインウェイで伴奏し、正直言って私は涙がこぼれたのだった。当時私は二十二歳で、マリア・ツァールとゲンツガッセが具現していたすべてに夢中になっており、詩を書いていた。それがいまや、三十年まえには自分自身ではばかりなく加わっていた光景が厭わしく、吐き気をもよおした。当時私はアウアースベルガー夫妻とともにマリア・ツァールとゲンツガッセを二週間ごとに行っては戻りしていた、何年にもわたり極端なまでに、と安楽椅子のうえで私は考えた、そしてごく短い時間に私はシャンパンを何杯も重ねた。妻アウアースベルガーを観察しながら安楽椅子のうえで私は考えた、グラーベンで話しかけてきたのは彼女であって、夫ではなかった、そしておまえは彼らの招待にただちに応じた。彼らは背後から話しかけてきた、と私は考えた、おそらくしばらくまえからおまえを背後から観察しており、観察しながらおまえを背後からつけてきて、決定的な瞬間に電撃的に声をかけたのだ、と。私自身何年かまえのこと、と安楽椅子のうえで私は考えた、三十年来酩酊しているばかりの夫アウアースベルガーが、私の知らない四十がらみで実際に身を持ちくずした、それどころか見たところ明らかに荒廃しきっている、髪が長く履きつぶした革製長靴の女を連れてローテントゥルム通りを歩いているのを観察した、夫アウアースベルガーのあとをつけながら観察したのだ、彼と連れのすべてを多少とも徹底的に観察し、そのあいだじゅう話しかけたものかどうか考えていたが、結局話しかけなかった、話しかけてはいけない、もし話しかけたら厭わしいことを言ってきて何日にもわたりおまえを破壊する、と本能が告げたので、やはり話しかけずに気持ちを抑え、彼を観察しながらシュヴェーデンプラッツへと下りると、彼はこの女と取り壊される寸前の古い建物に消えていった。編み目の粗い灰色の民族衣装の長靴下を履いた彼のおぞましい脚を私はそのあいだじゅう観察していた、倒錯そのものによって刻まれた彼の歩みを、髪のない後頭部を。完全に身を持ちくずした連れと彼はとてもよく似合っていた、恐らくは芸術家で、やつれ果てた歌手か無職のアングラ演劇役者か、とそのとき考えた様子を、安楽椅子で私は考えた。安楽椅子で私は思い出した、両者がシュヴェーデンプラッツの取り壊し家屋のなかに消えたとき、吐き気に身震いした私はシュテファンプラッツの方向へと踵を返し、両者に対する嫌悪の念を実際つのらせるあまり、嘔吐しようと身をよじり、アイーダ珈琲店まえの壁にもたれた。ところがそこでアイーダ珈琲店の鏡の一枚をのぞき込むと、私自身の身を持ちくずした顔に直面し、私自身の身を持ちくずした身体が見え、夫アウアースベルガーとその連れに対して吐き気をもよおしたよりも自分自身に対してはるかに吐き気をもよおしており、私はふたたび踵を返し、できるかぎり速くシュテファンプラッツへ、グラーベンへ、コールマルクトへと歩き、そしてしまいにはカフェアイレスに入り、新聞の山に突進し、夫アウアースベルガーとその連れとの遭遇を、そして自分自身との遭遇を忘れようとした、と安楽椅子のうえで私は考えた。カフェアイレスを使ったこの秘策はいつでもうまくいった、店に入る、ひと山の新聞を持ってくる、すると気持ちが落ち着いた。カフェアイレスでなければならないわけではなく、ムゼーウムやブロイナーホーフでもいつも効果はあった。他の人びとなら公園や森に行くように、私はいつも珈琲店に駆け込み、気を紛らわせ気持ちを落ち着けた、生涯ずっと。アウアースベルガー夫妻は結局は私に話しかけるまえに、さのごとくおそらくもうかなり長いこと私を同じように観察していたのだろう、と安楽椅子のうえで私は考えた、あのときローテントゥルム通りを歩いている途中、夫アウアースベルガーを私が観察したのと同じように、おそらく同様の無遠慮さで、同様の下劣さ、同様の非人間性で。私たちが人びとを背後から観察するとき、私たちに観察されていると彼らは知らず、できるだけ長く私たちが背後から観察し、できるだけ長くこの無遠慮で下劣な観察をしながら話しかけないでいると、多くをを学ぶものだ、と安楽椅子のうえで私は考えた、さらにそのうえもし私たちが自制できて彼らに最後まで話しかけず、あのとき私がローテントゥルム通りのはずれ、つまりシュヴェーデンプラッツで踵を返して彼らから離れられるだけの能と要領の良さをもっていたように、こともなく踵を返し、言葉の真に文字どおりの意味で彼らから離れられるだけの能をもっているならば。この観察法は、私たちが愛している人間にも私たちが憎んでいる人間にもおなじように適用できる、と安楽椅子に座って私は考えた、役者が現れるまでは、と私は考えた、夕餉をおあずけにされている客たちを、絶えず時計を見ては宥めている妻アウアースベルガーを観察しながら。実際に私は、みなの待っている役者を何年もまえにいちどブルク劇場の不快なイギリスの茶番社会劇のひとつで見たことがある、そうした茶番劇の愚鈍さが耐えられるのは、ただそれがイギリスのものであってドイツやオーストリアのものではないというだけのためで、それらはこの四半世紀ブルク劇場でくり返し身の毛もよだつほど規則的に上演されている、というのもブルク劇場はこの四半世紀、とりわけイギリスの愚鈍さに特化しており、ヴィーンのブルク劇場観客はこの特化に馴染んでしまった、そして彼のことは実際、ブルク役者として記憶にある、つまりひとりの役者として、グリーツィングやヒッツィングに別宅をかまえ、もう四半世紀もまえからブルク劇場に住まうオーストリアの演劇的愚鈍さに向けてブルク劇場で道化を演じるいわゆるヴィーンの人気者、ブルク劇場の伊達男として、この四半世紀のあいだにこの劇場と契約を交わしたすべての監督の協力のもと、いわゆるブルクをおつむすっからかんの演劇的文芸抹殺絶叫施設に変えてしまった、わめいてばかりの才気のないひとりとして。ブルク劇場は芸術的にはもう長いこと破産状態で、と安楽椅子のうえで私は考えた、この芸術的破産がいつはじまったのかはもはやまったく見定めようがない、そしてブルク劇場に登場する役者は、毎晩ブルク劇場に登場する破産者なのだ。それなのに、そんなひとりである劇的絶叫者を夕餉に、いわゆる芸術家晩餐会に招待するとは、とアウアースベルガー夫妻とその客たちを観察しながら安楽椅子のうえで私は考えた、ゲンツガッセのアウアースベルガー夫妻のような夫婦にとって、安楽椅子のうえで私が考えるところでは、いまもってまったく特殊オーストリア的倒錯としてのオーストリア的な壮大なる振る舞いなのだ、そしてこの晩アウアースベルガー夫妻にとってこの壮大さが実際いかにおおきかったかを、アウアースベルガー式夕餉を告知時刻よりまるまる一時間以上、つまり役者が十二時半に呼鈴を鳴らし破廉恥なブルク劇場めいた咳払いをしてみせつつゲンツガッセのアウアースベルガー宅に登場するまで待たされたことで私は思い知った。役者というものを私はいつも心密かに憎んでおり、ブルクの役者たちは、私が一生ずっと心から愛してやまなかったヴェセリやゴルトを除いて、いつも私の特に強い憎しみの的となってきた、そしてこの晩アウアースベルガー夫妻がゲンツガッセに招待したブルク役者はたしかに、私がこれまで遭遇したなかでもっとも嫌らしいひとりなのだ。ティロール生まれで、三十年の経歴のなかでヴィーン人の心に向けてグリルパルツァーを演じた、とあるとき彼について書かれているのを読んだことがあるが、彼は私にとってそもそも反芸術家の模範例を体現している、と安楽椅子のうえで私は考えた、ブルク劇場で、ということはオーストリアでおしなべていつでも人気があったような、徹底して想像力を欠いた、つまりまったく才気ない大根役者の典型が彼であり、ブルク劇場で毎晩毎晩群れをなしてそこで上演されている作品に彼らの倒錯した田舎くさい悲嘆の仕草と粗暴な語りの棍棒を浴びせかけ、それを破砕して抹殺しているたぐいの、恐ろしく大仰な演技をするひとりだ。いっさいが何十年もまえからブルク劇場のこうした人びとの力任せの演技によって抹殺されている、と安楽椅子のうえで私は考えた、たおやかなライムント、神経を尖らせたクライストばかりがブルク劇場で何十年もまえから破砕され抹殺されているわけではない、大シェイクスピアですら、劇芸術の総体を永劫に独り占めしたとのうぬぼれがまかりとおっているところでは、ブルク劇場屠殺者たちの犠牲になっている。けれどもここ、この国では、と安楽椅子のうえで私は考えた、実際ブルクの役者は至高であり、ブルクの役者をいわば通りすがりに知っているというだけでも、あるいはそうしたブルクの役者を自宅に夕餉にでも迎えたりすれば、オーストリア人とりわけヴィーン人は類例のない特別な出来事と感じるのだが、それによってその人、オーストリア人とりわけヴィーン人は、安楽椅子のうえで私が考えたところでは、私にしてみれば嫌な思いをさせられるのだが、いつでも笑いものとなっている、彼は言う、ブルクの役者と知り合いだ、あるいは彼は言う、あるブルクの役者が自分の夕餉にやって来た、と。ブルクの役者は、演劇芸術について微塵ほども知らず、そしてブルク劇場をとうに素人芸の施療院に変えてしまった小市民の虚仮威しなのだ。いまもって同じ場所に置かれているこの安楽椅子を私が五十年代にあって選び出したのは故なきわけでなかった、というのも、この間にアウアースベルガー夫妻が張り替えさせていたこの安楽椅子でならば、私はすべてを見て、すべてを聞き、何ごとも逃さないのだから、と私は考えた。ちょうど二十三年前にトリエストへ向かう途中にグラーツで購入した、そしてキルプでの遅い午後にようやく終わったホアナの葬儀に私の着ていた、あまりに窮屈になった黒いいわゆる喪服の姿で私はそこに座って考えた、アウアースベルガー夫妻の夕餉への招待に応じてしまい断らなかったことによって、グラーベンで一瞬気弱になり自分のなかのすべてを否認してしまったことによって、私は自分の信念に反してまたもや品性卑しく卑劣に振る舞おうとしている、今宵そして今夜私は、自分の性格だけでなく自分のなかのすべてをまさに転倒させてしまったのだ、と。私にとって壊滅的であるこのような短絡行動となってしまったのは、ホアナの自殺を考慮したからだけで、ホアナの自殺によってほとんど抹殺されかねないほどに愕然としていなかったなら、アウアースベルガー夫妻がグラーベンで、すでに以前もいつも嫌な気持ちにさせられていた彼らに特徴的な出し抜けの直截さと不意を衝いてくる厚かましさとで私を招待した際に、アウアースベルガー夫妻の招待など当然断っていた、といま安楽椅子のうえで私は考えた。ほとんどすべての夕餉の客はまだ黒い喪服を着ている、と安楽椅子のうえで私は考えた、夕餉のために着替えてきたのは一人か二人だけだ、つまりほとんど全員が黒服で現れて、よりによって葬儀の儀式の最中に強い雨が降ってきたキルプでは難儀な目にあって私と同じに疲れ果てていた。彼らの交わす、私には断片的にしか聞き取れない会話内容はもちろん、ホアナの葬儀、彼女が自殺する七年か八年まえにすでにメキシコに向かって去っていた夫によって彼女が突き落とされた人生の不幸、これ以外ではなかった。ホアナの自殺に責任があると一同から言われている男のタペストリーがアウアースベルガー宅の壁のところどころに掛かっており、その創造者を告発しつつ、アンピール様式に倣った光の弱い灯によってどのみち必要最小限にしか照明されていない光景を陰鬱にしていた。ゲンツガッセの薄暗がりのなかから何回も聞こえてきたところでは、タペストリー作家はよりによって妻の親友とメキシコへ高飛びし、不幸なホアナを一人残した。よりによってメキシコへ、それもよりによってホアナに致命傷を負わさないわけにゆかない瞬間に。一人取り残され、五十二歳にしてセバスティアンプラッツのアトリエでごくわずかな金銭上の後ろ楯もなく、多少とも無一文で。ホアナが首をくくった場所がセバスティアンプラッツにあるアトリエではなくキルプの生家だった、とはつまり大都市ではなく田舎だったのは不思議なことだと、何回も話題になっていた。生家を懐かしむ思いが彼女をキルプへと駆り立てたのだ、と何回も聞こえてきた、ヴィーンからキルプへ、大都市の泥濘から田舎の田園風景へ、と。大都市の泥濘と田舎の田園風景という言葉には実際、倒錯的な響きがないわけではないように聞こえた、私の思うに、この言葉をくり返し発していたのは夫アウアースベルガーだった、その一方で私は安楽椅子のうえで、ブルク役者が登場するまで人びとの機嫌を損ねまいと、ときおりくり返しヒステリックに笑い出す彼の妻を観察していた。ゲンツガッセの住居は四階にあり、ヨーゼフ朝様式やビーダーマイヤーの家具が詰め込まれた七部屋か八部屋から成っていた。ここは妻アウアースベルガーの両親が住んでいた住居だった。彼女の父親はグラーツ出の多少ともばかげた医者で、ここゲンツガッセに診察室をかまえていたものの、医学の道でなんらかの栄達を遂げることはなかった、妻アウアースベルガーの母親はシュタイアーマルク出身の、不恰好な体形でふっくらした顔の地方小貴族の娘だったが、夫の処方によるインフルエンザ治療の結果、四十にしてすでに髪の毛がすっかり抜け落ちたままで、そのためもうかなり早くから社交的な場からはいっさい身を引いていた。妻アウアースベルガーの両親はゲンツガッセで基本的には、妻の両親がもっていたシュタイアーマルクの地所から相続した財産で暮らしていた。妻があらゆる費用を負担し、医者である夫の稼ぎはまったくなかった。彼は社交的な人間、いわゆる洒落者で、謝肉祭の季節にはヴィーンのちょっとした舞踏会にはすべて顔を出し、すらりとした端正な風体のうしろに自分の愚かさを隠すだけの能を生涯の最後までもっていた。妻アウアースベルガーの母親は夫のもとで生涯ずっと痛い目にあわされていたが、それでも貴族的というよりは徹底して小市民的だった自分のつつましい役割に満足していた。安楽椅子のうえで私は突然思い出したが、彼女の婿はときどき気が向くと、それがゲンツガッセであろうがシュタイアーマルクのマリア・ツァールであろうがときどき彼女の鬘を隠してしまい、可哀想に外出できなくさせてしまっていた。鬘探しをするなかで姑を、オーストリアで言うところの平常から連れ出す、つまり逆上させるのが夫アウアースベルガーには楽しく、いくつも買い入れてあったため、もう四十歳に手が届くというのに次々と隠すのだったが、これは彼が子どもじみている倒錯的な徴なのだった。私自身マリア・ツァールとゲンツガッセでしばしばこの鬘隠し遊びを目撃し、正直言えばごくわずかにも恥じることなくこれをおもしろがっていた。とくに晴れやかな祝祭日には婿が鬘を隠してしまうため、夫アウアースベルガーの姑は家から出られなかった。夫アウアースベルガーがその気になるとようやく、はじめに隠してあった鬘を彼女の顔に投げつけた。彼には姑に屈辱を与える必要があった、と私は安楽椅子に座り、楽《がく》の間《ま》の目立たないところにいる彼を観察しながら考えた、こうしてまさに地獄の沙汰のようにして獲得された彼の勝利を、彼がいかに必要としていたかを。夫アウアースベルガーはピアノで少しばかり運指練習をしてみせ、そうしながらアルコールのせいで無表情に呆けた青白い頭部を高く上げ、青みを帯びたちいさな口から舌先をのばすさまで、私は嫌な気持ちにさせられた。ジョヴァンニ・ガブリエーリを彼はこの倒錯的な瞬間に選んだ、と私は考えた。そして私は考えた、アウアースベルガー夫妻に対する私の友情がもっとも親密だった、そう実際いちばん深かった時代、私はかなり頻繁にアウアースベルガー宅のスタインウェイの傍らに立ち、いまからすれば倒錯的だった自己への過大評価に浸ってはイタリアやドイツやイギリスのアリアを歌ったもので、事実私はいわゆる音楽と舞台芸術のためのザルツブルク・モツァルテーウム芸術院を修了しており、とはいえこの事実を利用したことは一度としてなく、その逆だった、というのも私はまったく見込みのない低音のバスバリトンでモツァルテーウムを修了し、その後は職業音楽芸術家になろうなどという考えを微塵たりとももつことはなかったからだ。けれどもマリア・ツァールでの午後の時間は長く、ゲンツガッセでの午後と夜の時間も同じに長いので、夫アウアースベルガーは多少とも毎日グランドピアノに向かって座り、私がその傍らに立ち、私たちは音楽を奏でた、いま安楽椅子のうえで思い出したように何週間も、イタリア、ドイツ、イギリスの古典的なアリアや歌曲作品をあれこれとひとつ残らずに。かつて私が音色のハヴァーリスと名づけた夫アウアースベルガーは、いつだって第一級のピアノ奏者だった、と私はいま安楽椅子のうえで考えた、そして彼はいまもスタインウェイに向かって座り二分か三分さえあれば、泥酔状態にあってすら彼のこの芸術を証明できた。けれども彼も身を持ちくずし、自分のもっているすべてが、かつては彼にとって至高だった音楽ですら、病的な飲酒癖の歳月とともに荒廃するがままだった、と安楽椅子のうえに座っている私は考えた。自分たちの近くにいるひとりの人間が愚かしい人間であると私たちは何十年と知っている、けれどもそれを私たちが悟るのは、何十年も経って突如としてなのだ、と安楽椅子のうえで私は考えた、ヴェーベルンの後を継ぐと言われる夫アウアースベルガーが愚かしい人間であると、いま私が突然このうえなく明白に悟っているように、そして絶えず泥酔している夫アウアースベルガーが彼なりに愚かしい人間であり、おそらくはずっとそうだったように、といま安楽椅子のうえで私は考えた、彼の妻も愚かしい人間であり、ずっと愚かしい人間だったのだ。これらの愚かしい人間たちにおまえはかつて惚れ込んでいた、それどころかうつつを抜かしていた、といま私は安楽椅子のうえで独りごちた、二十年ぶりにはじめて、それもよりによってグラーベンで、それもよりによってホアナが自殺した日に突然おまえと再会し、おまえに話しかけてきて名だたるブルク役者を招いた芸術家晩餐会へとゲンツガッセに招待した、この愚かしくも品性卑しく、卑劣な人間たちに。なんとまあ愚かしくも品性卑しい人間たちなんだ、と安楽椅子のうえに座った私は考えた、そしてそのすぐあと、私自身なんとまあ品性卑しくも愚かしい人間なんだ、彼らの招待に応じ、何ごともなかったかのようにいっさいはばかることなく彼らのゲンツガッセの安楽椅子に身を沈め、まっすぐ伸ばした両脚を組み、きっともう三杯目か四杯目になるシャンパングラスを飲み干し、そして考えていた、おまえが応じた招待でおまえを欺したこのアウアースベルガー夫妻などよりも私自身のほうがはるかに品性卑しく卑劣ではないか、と。彼らは役者を待ってはいたのだが、心はホアナの自殺に占められていた、午後に執り行われた彼女の葬儀は彼らに痕を残さずにはいなかったのだ。安楽椅子のうえで私は、ほかの面々と同様に真夜中までブルク役者を待つようアウアースベルガー夫妻によっておあずけをくらっていた多少のあいだずっと、ひたすらホアナの葬儀のことばかりを考えていた、そしてこの恐ろしい葬儀にいたった事情を、徹頭徹尾絶望的であったこのような生の終わりの原因を。安楽椅子のうえで私はずっと邪魔をされずに済んでいた、というのも椅子が置かれていたのは到来した人びとが家に入ってくる扉のうしろで、ちょうど薄暗がりになっていることもあり、私の空想と私の思考は問題の対象に対してもうずっと最適なかたちで集中し、そしてくり広げられたからだ。客が入ってきたとき私を見るとすれば、すでに私の傍らを通り過ぎてしまってからであり、それも扉に向かって振り返ったときだけなのだが、それをした者はごくわずかだった。たいていの人は私が安楽椅子のうえで座っていた玄関の間《ま》を迅速に通り抜けて、いつも扉が開け放たれたいわゆる楽の間に入っていった。私の覚えているかぎりで、玄関の間からいわゆる楽の間に通ずる扉が閉まっていたためしはなく、アウアースベルガー夫妻と私だけだったときも彼らは、私の覚えているところでは、楽の間への扉を閉めたことはなかった。楽の間の扉が開いていると音響がすばらしくなるという理由がまずあり、夫アウアースベルガーがこれに最大の価値を置いていたのは作曲家として当然だった。私は安楽椅子のうえに座って楽の間にいる客たちを見た、逆に楽の間で過ごしている客たちは私を見ていなかった。誰もが玄関扉を抜けてただちに楽の間に入っていった、いつだってそうだったし、この晩の客たちは、そう私には思われたのだが、猛烈な勢いで玄関扉を抜けて玄関の間を文字どおり突進して楽の間に入っていった、するとアウアースベルガーが立っていて腕を拡げて彼らを迎えた、まるで彼女がホアナに関する弔意表明を受けつけなくてはならないかのように、まるで彼女がいまこの晩餐会の接客に際し、ホアナの死を自分の目的のために利用するかのように。たいていの人たちはキルプで午後に顔を合わせたばかりだったため、軽く抱擁すればこと足りて、そのあと楽の間の椅子のひとつにシャンパングラスを手に腰を下ろすのだった。妻アウアースベルガーがすばらしい、すばらしい、とても個性的で、このうえなく天才的な役者についてくり返し話題にするのに対して、客たちのあいだからは多少ともそのあいだずっとホアナの名前しか聞かれなかった、この名前の評判は実際いつも良かったが、キルプ出身のエルフリーデ・スルカール自身にとってはいつも芸名にすぎず、所詮は何の役にも立たなかった、というのもエルフリーデ・スルカールがホアナの名によってヴィーンで世に出ようとしたのはたしかだが、その名で世に出ることは絶えてなかった。いちどなど国立歌劇場のバレエを振り付けたこともあるかつての舞踏家にして振付師が、何が何でも劇場に、究極にはバレエに出ることを願ってキルプからヴィーンへやって来て西も東もわからないでいたエルフリーデに、ともあれヴィーンでは異国情緒を醸す名ホアナを名乗るよう勧め、エルフリーデっ子といつも母親に呼ばれていた彼女は、エルフリーデ、さらにはエルフリーデ・スルカールではいずれにせよ彼女にはとても無理だったろう世に出る望みがこれでかなうのではと夢見て、即刻それにしたがった。だが根本的な見込み違いだった、と安楽椅子のうえで私は考えた、ホアナの名前をもってしてもエルフリーデ・スルカールが世に出なかったのは知られるとおりだ、それがいまここで、ゲンツガッセでのこの晩、芸術家晩餐会にやって来た人びとは、その背後に人間の奇蹟が潜んでいるかのように絶えずホアナの名前を口にしていた。安楽椅子から私に聞こえたかぎりでは、一同はホアナの死について語り、誰も彼女の自殺を語らず、縊死したという言葉、それどころか首をくくったという言葉を私は一度も耳にしなかった。そうこうするうちに十六人か十七人が芸術家晩餐会にやって来ているに違いない、と安楽椅子のうえで私は考えた、たいていは知り合いだったので、私はちいさく頷いて安楽椅子に座ったままで挨拶をした、五人か六人は知らない人だった、二人は若手作家のようだった。私にはひとりのままでいるのが許されるよう振る舞える才能がある、そうしたいときには安楽椅子に座ってひとりだけでいるこの技を見事に使いこなした。玄関の間の暗がりに私を認めた人びとは、私と会話を交わそうとした、けれども私はただひたすら安楽椅子に座りつづけ、何を言われているのかわからないように振る舞い、まさに決定的な瞬間にも目を伏せて彼らの顔を見ずに、すべてをただちに鎮めた、この宵はただひたすらホアナの自殺で実際まだ頭がいっぱいであるかのように振る舞い、この宵に何が何でも避けようと努めたことだが、客のひとりが私のお相手をしようなどと思い立つ危険があるときにはいつも、成功の見込まれる放心状態を安楽椅子のうえで演じた。私が人びとからヴィーンで言うところの無愛想と取られるだけでなく、嫌な気持ちにさせられるとまでは言わないにしても拒絶的と取られることにすら甘んじていた。人びとの集まりで無作法に振る舞うのはまったく私の性分に反していた、けれどこの宵私は無作法に、拒絶的に、侮蔑的に振る舞ったと私は言わなくてはならない。そうこうするうちにこれらの客の何人かの耳には、私が特異で奇妙で奇異で、それどころか危険な奇矯さをもっているのは周知のことだとさかんに吹聴されていた、私はロンドンでの滞在期間をとおして、かつて私について言われていたように、まさに人をうろたえさせる狂った存在だったと、そして彼らは私と私の著作を憎み、同時に私を見ると品性卑しいことこのうえなく私に取り入ろうとした。けれども私はロンドンから帰ってヴィーンにいるあいだすでにずっと、彼らから、そしてそもそも昔のすべてから身を守ってきた、そしてなんといってもやはり、こうしたいわゆる五十年代の芸術的人士のすべてに対して、そして個別にはいまこのゲンツガッセでの芸術家晩餐会に来ている面々に対して。彼らが入ってくるとすでに多少とも私の罠にはまっていた、というのも、入ってくる際に彼らは私に観察されていないかのように振る舞っていたが、実は私は安楽椅子の席から彼らを食い入るように観察していたからだ。彼らは開いたままの楽の間の扉の框に立った妻アウアースベルガーに向かって進み、妻アウアースベルガーに抱きしめられた。例外なく彼らはみな演出に長けており、ホアナの件を存分に利用する術を心得ていた。アウアースベルガー夫妻はいつでもいわゆる行き届いた接待役で、少なくとも外見上はそうであり、社交狂いと芸術と文化への不断の熱意と、絶えず恥ずかしげもなく名声を求めている点で、恥ずかしげもなく物惜しみをしなかった。彼らがおぞましく嫌らしいと言われているに違いないとはいえ、もちろんそこにもオーストリア的な魅力とでも呼べるものがあった。とはいえ私がアウアースベルガー夫妻の招待を受ける気になったのは、と安楽椅子のうえで私は考えた、このオーストリア的な魅力のせいではなかった、ただたんにグラーベンでの私に出し抜けになされた招待が恥ずかしげのないものだったからだ、と私は考えながらも、夫アウアースベルガーがスタインウェイに向かって座り、近眼のためだいぶ前にかがんで楽譜をめくっている様子を観察して、それが私にとてもなじみのあるアントンフォンヴェーベルンアルバムであることがようやくわかった。妻が少しばかり歌唱を披露できるよう夫アウアースベルガーはすでに楽譜の準備を整えていた。奇妙なことに私は視力を、たいていはすでに急速に進行する近視に見舞われているこの年齢まで維持してきた、と安楽椅子のうえで私は考えた、四十半ばで人びとは目が悪くなりはじめ、五十センチメートルほどからでないと新聞を読めないというのだった。視力劣化現象をまだ免れており、と私は考えた、以前よりもよく、以前よりも鮮明に、以前よりも容赦なく見えた。つまりロンドンの目で、と私は考える。アウアースベルガー夫妻は今晩うやうやしくついでくれているが、これは最上等のシャンパンではないな、と安楽椅子のうえで私は考えた、それでも一番高価な三つ、四つのうちの一つではある、ブルク役者のご登場にふさわしく、と彼らは考えもしただろう。ホアナ葬儀の際に私は当然ながら汗をかいた、それでもこの芸術家晩餐会のためにもう着替えたくなかったので、上着にオーデコロンを振りかけた、あっと思ったときにはかけすぎてしまい、オーデコロンの匂いの嫌らしさを自分で断じて許せなかった。けれどもこの宵私の悪臭はまったく注意を引かなかった、というのも私の考えたように一同も香水をあまりにも大量に上着にぶちまけており、アウアースベルガーの住居はその匂いに満ちていたからだ。ときどきアウアースベルガー家の料理人が厨房の扉の隙間から楽の間に頭を出して、私に見えたところでは、夕餉をはじめられるかどうか確認していた、けれどもブルク役者の姿はいまだになかった。妻アウアースベルガーは、肘掛けが胡桃材を精巧に彫った竪琴《リラ》にほかならないアンピール様式の優美な椅子に座り、客の気持ちを有めていた。ほとんど誰もが煙草を吸い、私と同様にシャンパンを飲み、住居のいたるところに置かれた小振りで古いヘレンド小鉢に妻アウアースベルガーが取り分けた焼菓子をつまんでおり、私の脇にもそのようなヘレンド小鉢が置かれていたが、私はずっとヘレンド小鉢を憎み、あらゆる焼菓子も憎んでいたのでつまみはしなかった、私には堅焼き菓子への偏愛などなかった、塩堅焼きなどまっぴらで、近年ヴィーンでもあらゆる接待で流行となっていた日本風塩堅焼きもまっぴらだった。基本的に恥ずかしげがないのだ、と私は独りごちた、客にブルク役者を待たせるなんて、私を含めたここの客一同を、こうして役者を待たせることを通じてブルク役者の書割にして、完膚なきまでに格下げしている、と。夫アウアースベルガーはいちどぽつりと、俺は演劇を憎んでいると言った、妻に認めてもらっている量を超えて飲むと彼は突然に、私はそう言わなくてはならないが、いちばんの心の奥を電撃的に外に向けた、つまりまだ来訪してもいない役者に向けて突如摑みかかり、いみじくもと言わなくてはならないが、ブルク劇場を豚小屋と、みなが待つ役者を誇大妄想のプロンプターと呼んでみせ、ただちに妻から、妻アウアースベルガーからたしなめられた。あなたは自分の場所のピアノのまえに座っておとなしくしていなさい、と彼女は言い、人言うように目を巡回させた。アウアースベルガー夫妻は変わってないな、と安楽椅子のうえで私は独りごちた、彼女は自分の芸術家晩餐会の調和に気を遣っている、彼がこの芸術家晩餐会を破砕してしまいそうなもので。ふたりは同じ目標を追っている、社交界という目標で、と私は考えた、それが夜も更けた時分に彼は離脱を装い、いわば何杯かのシャンパンを飲んで自らの芸術家としての人格を思い出しているのだ。ふたりとも頭のなかにあるのは基本的には社交ばかりで、それなしには生きてゆけない、より良い社交なるもの、というのも最高にはけっして到達しないからだが、いつもそれしかない、だが他方では、自分たちが芸術家であることを、それゆえヴェーベルンとベルクとシェーンベルクを手放しはせず、それを社交狂いとしての禍々しい社交妄想のうちに、いかなる場合にもどんな機会にも、猛烈きわまりない勢いで誇示せざるをえなかった。ホアナは、当時しきりに主張されていたごとくには、夫アウアースベルガーの最良の友人などではなかった、だが芸術のうえでの友人であったのはたしかだ、と安楽椅子のうえで私は考えた、そして彼をとおして私は彼女を知ったのだった、すでに述べてあるようにゼバスティアンプラッツのアトリエで。ホアナはキルプの鉄道員と結婚していた母親に甘やかされて育った田舎の子どもで、両親はどんな望みもいわば唇の動きから読み取り、事実できるかぎり満たしたが、私がいま考えたところでは、これもまたたしかにホアナの自殺の原因だった、オーストリア一帯の地方小都市家族では、とくにニーダエーステライヒでは一般的であるこうした不断に行われる田舎風に甘やかした子育てが。キルプはなんと美しい村なんだ、と私は考えた、幾日もの午後を、宵を、それどころか夜をここで過ごした、きわめて頻繁に、ただし小さな平屋建てで湿っぽくはあるけれども本当に居心地の良いホアナの生家、スルカール家にはそれだけの場所がなかったので、旅荘食堂鋼の掌に泊まり、ホアナと何時間も散歩をして、彼女とはとくにヴィーンのいわゆる身体運動スタジオについて、つまり舞踏芸術について話した。ホアナはまだキルプ国民学校に通っていたごくちいさな子どものときからすでに、名だたる俳優かバレリーナになりおおせたいと思っていた、俳優とバレリーナとでどちらがふさわしいかは彼女にははっきりとしていなかったのだが。結局彼女は振付師を名乗り、ヴィーンのさまざまな小舞台でメールヒェン劇で場ごとの配置指示を担当し、いわゆる影絵芝居によって新聞での大成功をおさめ、ついにはブルク劇場でいちど歩行講座を催した。けれども、歩くことのできないブルクの役者たちに彼女が歩行を教え込めるなどと考えるのは、もちろんまったくの無意味だった、というのもブルクの役者には誰も歩行を教えることなどできないからだ、発話を教えることができないのと同様に。連邦舞台芸術管理局と呼ばれる役所の中級官吏の取りなしで彼女は五十年代半ばにいちど、ブルク役者に歩行を教える委託を受けた。彼女の講座にブルクの役者たちは完璧な無関心で、しまいには彼女自身も無関心となり、頓挫した。しかし彼女はこれによって一年のあいだ相当額の謝金を受けとった。役者になったものかバレリーナになったものか、彼女は基本的には決めかねていた。こうして彼女は子ども時代を通して踊り、芝居をし、ヴィーンに出てきて実際にラインハルト研修講座の演劇芸術中級講座で学び、修了試験まで受けたものの、劇場と契約を結ぶにはいたらなかった。自身でくり返し芸術的危機と称していた優柔不断の頂点にあって彼女は、タペストリー作家と彼女の呼んでいた絨緞芸術家と結婚した、と安楽椅子のうえで私は考えた。十年以上ホアナと彼女のタペストリー作家は、第三区ゼバスティアンプラッツにある八八年築の豪邸の巨大な三つのガラスの丸屋根の下、三〇〇平方メートルある屋根裏のアトリエで暮らし、ここで制作された壁掛けによってその間にタペストリー作家はヨーロッパにとどまらず名が知られるようになっていた。古いユダヤ家系の出である画家にとって織物芸術すなわちゴブラン織芸術は、つねづね彼が断言していたように救いであって、まさにうってつけの瞬間に彼はホアナにたどり着いたのだった、というのも、彼女の純朴さと美しさによってゼバスティアンプラッツのアトリエは短期間にヴィーン社交界の芸術の中心地となり、彼は機《はた》を織り、それを彼女が売ったからだ。ホアナの魅力のおかげで、彼女のタペストリー作家の絨緞はまずはヴィーンで、やがてヨーロッパで、ついにはアメリカでも名声を博した、と安楽椅子のうえで私は考え、そしてそのすぐあと、タペストリー作家はまさに名声の頂点で（それをホアナに負っているのは疑いない！）ホアナのいちばんの親友とメキシコへと、世に言うところの高飛びをした、と考えた。この友人とタペストリー作家はメキシコ市で結婚をしたが、一年後にはすぐ彼女とも別れ、メキシコ女性（メキシコの大臣の娘！）と結婚し、今日でもそれはまだつづいている。はじめから人生の最後まで実際ホアナは不幸な子だった、と安楽椅子のうえで私は考えた。よりによってホアナが自殺をした当日、私はグラーベンへ出かけ、アウアースベルガー夫妻と出会った、これが偶然であると思わない、と安楽椅子のうえで私は考えた。もう十年以上もホアナを気にかけてこなかった、と私は考えた、何年もすっかり視野から消え去り、消息を聞くことももうなかった。いまになってキルプで、彼女が人生の最後の数年、いわゆる人生の連れ合いが傍らにいたと、つまりふたたび連れ合いに立ち戻っていたと聞いた、この連れ合いとは、と私は考えた、鋼の掌ではじめて会った、際限なく陰鬱なザルツブルク出身で、標準ドイツ語に始終苦心しており、それが彼の口から出ると、私がこれまで聞いたうちでもっとも不幸なドイツ語なのだった。この男は自分の連れ合いの葬儀にくるぶしまである黒い外套をまとい、つばの広い黒い帽子、今日とりわけ田舎役者のあいだでまたもや最先端になっているようないわゆるスラウチハットをかぶってきた。もちろん私たちは人を服装だけからは判断できない、と私は考えた、この過ちを私は犯したことがない、しかし八年間ホアナとともに暮らしたというこの連れ合いのすべてにまずもって私は反感を覚えた、彼のしゃべり方、彼の話す内容、彼の歩き方、とりわけ鋼の掌での彼の食べ方が。ヨーゼフシュタットの小劇場で演じていたあとは香港製の安物のイヤリングの訪問販売をして付近を回っていたこのような身を持ちくずした人間にホアナがしまいには行きついたという事実が私には衝撃だった。彼は訪問販売員としてすらみすぼらしく見え、市《いち》から市をめぐる行商人を、そこで最下級の部類の人間をも思わせた。彼が鋼の掌の給仕女に馬鈴薯サラダと言ったとき、その言い方に私は吐き気をもよおすところだった、と安楽椅子のうえから楽の間の客たちを観察していた私は考えた、目だない位置にいて舞台上でのように振る舞っている客たちは、引っ切りなしに煙草を吸って、そうこうするうち自分たちで張った煙草の煙の紗幕を通して動く写真のようでもあった。アウアースベルガー夫妻が突然に、あと十五分も待てば晩餐会になる、せいぜい十二時半まで待てば、と述べた、妻アウアースベルガーはぶくぶくと太り醜くなった作家ジャニー・ビルロートに向かって、先ほどからひとしきりもちろんホアナをめぐって喋っていた、彼女と喋っていた作家ジャニー・ビルロートは、自分のことをつねづねヴィーンのヴァージニア・ウルフと思い込んでいたが、彼女が長短編小説によって紙上でなりおおせたのはせいぜいのところが感傷的でもったいぶったおしゃべり、下劣な低俗作家にすぎなかった。手編みで黒い毛織りの手製ドレスを着てゲンツガッセに現れた作家ジャニー・ビルロートもホアナの友人で、第二ヴィーン行政区のプラーターハウプトアレーのすぐ近くに住んでおり、実際もう何十年ものあいだ自分をオーストリア最大の作家である、それどころか最大の詩人であると妄想して生きてきて、ゲンツガッセでのこの宵も、正確に言えばこの夜も、最新の小説でヴァージニア・ウルフより一歩先に進んだと一瞬もためらうことなく妻アウアースベルガーに断言しているのが、私は耳が良く、夜になるととくに優るために聞こえてきた、彼女の本はヴァージニア・ウルフの波をはるかに凌駕していると彼女は述べて、煙草に火をつけ脚を組んだ。新聞で褒めそやされている野鴨をもう一度観るつもりです、この意味深長なイプセンを、と彼女は妻アウアースベルガーに向かって言った、でも野鴨をヴィーンの書店で購入しようとしたのだけれど買えませんでした、町なかの書店では一軒として野鴨の在庫がなかったんです、レクラム文庫版すら見つけ出せませんでした、と。でももちろん野鴨なら知っており、イプセンを愛しているんです、とくにペール・ギュントを、と彼女は、自分で吐き出したもうもうたる煙に向かって述べた。彼女はヘヴィースモーカーで、喫煙で声は嗄れ、白ワインで顔はむくんでいた。私がアウアースベルガー夫妻と密につき合っていた時代に、作家ジャニー・ビルロートといっしょになることもとても多くあった、それはあまりに多すぎるほどのほとんど自殺的な密接さで、私の考えるに、十年以上彼女と結婚していない、もしくは彼女が結婚しないままにいる化学者エルンストルといっしょに住んでいた公営住宅でのことだった。エルンストルが金を稼ぎ、ジャニーは名声を得ていて芸術家や芸術家もどき、さらには学者や学者もどきを引きつけ、ホアナがよく言ったように、小市民性の詰め込まれた荒涼とした公営住宅に彩りを持ち込んだ。作家ジャニーもまた小市民にほかならず、時とともに自分の小市民の頭のなかに巣くってしまった、と私は安楽椅子のうえで考えた。ホアナとまったく同じように首をくくった、そして戦後、五十年代はじめにオーストリア最初の公認文学雑誌を編集していた私の友人ヨーゼフ・マリアの死後、ジャニーがこの時代のなかの文学誌の編集を引き受け、そのときからこの雑誌はもはや読むに価せず、基本的にはまったく価値のない、それゆえ無分別で徹頭徹尾退屈な誌面になってしまい、そこにこのおぞましくも厭わしい、混乱した国家が助成金を出し、そこにはもっぱら悪趣味で愚かしいこときわまりないものしか印刷されておらず、とりわけヴァージニア・ウルフを継承している、それどころか凌駕しているというだけでなく、さらには自分はドロステを直接継承しそして凌駕しておりオーストリアで最良の詩を書いているとすら信じきっているジャニー・ビルロート自身の詩がいつもいつも載せられたのだった。けれども彼女の書くのはどうしようもない詩ばかりで、そこでは感情も思想も微塵ほどの文学的価値をもっていなかった。彼女は呆けた時代のなかの文学を十五年のあいだ編集し、終身年金が支払われるとの約束で雑誌は彼女の手から取り上げられた。そうしたところで雑誌は少しも良くはならなかった、と私は考えた、逆であり、いまの編集人は輪を掛けて愚かで無能なのだった。運悪しくも私はこの三月十四日にコールマルクトかネーグラーガッセでネクタイを買うつもりでグラーベンに出かけたのだった、自分のネクタイを私はいつもコールマルクトかネーグラーガッセで買っていたのだが、そこでアウアースベルガー夫妻に出くわしてしまった、と安楽椅子のうえで私は考えた。もしアウアースベルガー夫妻にホアナの死を私に伝えるという口実がなかったなら、おそらくは話しかけてこなかっただろう、といま私は考えた、私にしても、この日ホアナの死によっていわば平静さを失っていなかったなら、彼らの夕餉への招待になど決して応じなかった。電話口でキルプの雑貨店主を、彼女の声を、当然ながら私はすぐに判別できなかった、この声を私が聞いたのはいつもキルプにいるときにかぎられ、それも最後は少なくとも二十年まえ、鋼の掌でのことでしかなく、そのときはホアナと彼女のキルプでの友人とともに酢腸詰めがお目当てで出かけたのだった、いわば浮かれ気分を求めて、と安楽椅子のうえで私はありありと思い出した。ホアナが首をくったのは早朝の三時と四時のあいだに違いない、とは医者の所見で、と雑貨屋店主は電話で言った、ちなみにその医者は、玄関入口の垂木にホアナが固定した縄を手ずから切って彼女を降ろしたという。田舎医者というのはお高くないのだ、と私は考えた。この医者を私はキルプの墓地でも見かけた、彼はホアナの幼友だちだった。葬儀は奇怪な催しだった。私は列車でザンクト・ペルテンまで行き、マリア・ツェル線に乗り換え、十時半にキルプに到着した。葬儀は一時半に定められており、十時半まえにキルプに到着するために私は朝の七時半にはヴィーン西駅にいなくてはならなかった。いっしょに車でキルプの葬儀に行こうという友人たちからの誘いを私はすべて断った。独立独歩が私には何よりも大切であり、車の同乗仲間に加わり、これらの人びとに自分の運命をゆだねるほど私の憎むことがらはほとんどない。ザンクト・ペルテンとキルプのあいだの風景はなつかしく覚えており、今回の悲しい機会でも裏切られなかった。ニーダエースタライヒの丘陵地帯を走りながら私は当然、以前の何回ものホアナ訪問を反芻していた、その大部分は夫のタペストリー作家かアウアースベルガー夫妻といっしょだった。けれどキルプにはひとりでも足繁く通っていた、イギリス滞在時にオーストリア訪問をしているあいだ、何度にもわたり。キルプへのこの長距離旅行は、私のもっとも喜ばしい思い出だった。どこへ行くにせよ、私にとってもっとも好ましいのは、歩くときにひとりがもっとも好ましいのと同様に一人旅だ。それでもキルプへの私の旅の目的地では、ホアナがこぢんまりとした平屋の生家にいるとわかっているのは、私にはいつも最大の喜びだった。キルプ行きを私が企てたのは春と秋で、夏には決して、冬にも決して行わなかった。田舎の少女は考えることができるようになるとすぐ、ヴィーンへ、首都へ出ようとする、と安楽椅子のうえで私は考えた、これは今日まで変わっていなかった、ホアナはヴィーンへ出なくてはならなかった、というのも彼女はどうしても世に出たいと望んでいたからだ。いつの日かこれを最後に、いわばヴィーン行きの列車に乗るのを彼女は待ちきれないでいた。けれどヴィーンが彼女にもたらしたのは、幸福よりもはるかに不幸のほうが多かった、と安楽椅子のうえで私は考えた。若者たちは首都に向けて出立し、あらゆることを期待していた町にいて、社会の嫌らしさ、社会の無遠慮さ、人喰い大都市ヴィーンにたいていのところ太刀打ちできない自らの本性によって、まさに言葉の文字どおりの意味で不幸にされる。夫アウアースベルガーだって所詮はヴィーンで世に出たかったのだ、と安楽椅子のうえで私は考えた、そしてホアナと同じようにヴィーンでそれをなし遂げず、世に出ることを追い求めたが、今日までそれは彼から遠ざかるばかりだった。彼は見くびっていたのだ、と私はいま安楽椅子のうえに座り考えた、結局のところホアナもそれを見くびっていたように、というのも、大都市で世に出るという点で、ヴィーンでは他のどの都市にもましてひとりでに何かが起こりはしないからだ。これはふたりの錯誤だった、といま安楽椅子のうえで私は考えた、彼らは、大都市ヴィーンが言うなれば抱き上げてくれるものと考えていた。大都市は誰のことをも、そう言われているようには抱き上げてくれなどしない、逆に、なかに入り込んできた不幸な者たち、身を立てようとしている者たちを絶えず突き放し、破壊し、抹殺しようとする、そして大都市はホアナを破壊し、抹殺したし、夫アウアースベルガーにしても、ヴィーンで著名な、それどころか世界的に著名な大作曲家に成長できるとかつては信じていた、しかし本当を言えばヴィーンで成長できなかっただけではなく、ヴィーンによって実際完璧に破滅させられたのだった。三十年まえには彼のなかでその兆しの見られたシュタイアーマルクの天才は、と私はいま考えた、ヴィーンではあっという間に縮こまっていった、まずは脳天に一撃をくらい、そして縮こまっていった、彼以前に何千もの天才たちが、とくに音楽の天才たちがそうだったように。ヴィーンは彼をいわゆるヴェーベルン後継者へと縮こませ、そして永久にヴェーベルン後継者にとどめた。そしてホアナは一生涯、歌劇場でバレリーナとして世に出るのを、究極的にはかねがね望んでいたブルク役者として褒めそやされるのを夢見ていたのだった。それが一生涯、舞踏し演技をする芸術愛好家、言うなれば個人授業による身体運動療法士以外の何者でもなかった。もう二十五年もまえのこと、と私は考えた、彼女のために短い戯曲を何本も書き、それらを彼女はいく日もの午後、いく日もの宵、ズィメリンガー・ハウプトシュトラーセの彼女の塔で私に演じてみせ、私たちはそれを録音した、いわば永遠に向けて。何十本もの二人芝居で、彼女は自分の才能がどれだけ優れたものか示そうとして、私は自分自身の才能を、役者としての才能と作家としての才能を実証しようとした。これらの戯曲は散逸してしまった、文学的にはなんの価値もなかったが、それらは私とホアナを何年ものあいだ生につなぎ止めた、といま私は安楽椅子のうえで考えた。第十八区の住居から私は何年もほとんど一日おきか二日おきの午後には結局七十一番線に乗ってズィメリンガー・ハウプトシュトラーセに出かけ、ホアナの塔の筋向かいにあった酒屋ディトリヒでいちばん安い白ワインの二リットル瓶を三本か四本買い込み、このワイン瓶を抱えて塔に入り、エレベータで十二階のホアナのところへ行くのだった。私たちはワインを飲んでは、多少とも白ワインの瓶を手にしてすっかり疲れ果てるまで、全体劇芸術の、演劇術と劇作術の訓練をした。私たち自身ではそれ以上演じられなくなると、録音したばかりのテープをただひたすら流し、夜も更け早朝になるまで夢中になって聞いたのだった。私自身の成長にとって、と安楽椅子のうえで私は考えた、ホアナとの関係は大きな役割を果たした、芸術院修了のあともうこれ以上何も知りたいと思わなかった演劇に私をふたたび連れ戻したのはホアナだった、私は、といま考えた、成績証明書を手に芸術院から出てきて、芸術院の階段を下りているうちから、演劇の勉強をもう終えた、だがもう一生ずっと演劇とは関わらないぞ、と考えていた。そして実際何年ものあいだもう演劇と関わらなかった、夫アウアースベルガーにホアナを紹介してもらうまでは。ホアナと出会った最初の瞬間、彼女のために短い戯曲を、ちょっとしたいわば劇的な小品を書いてみようと思い立った、そのために適した声を彼女はもっていたのだ。私をそそったのは、彼女がどう見えたかではなく、彼女がどう語ったか、だった。かくも長いあいだ嫌悪感を抱いていたのに、こともなくふたたび芸術および芸術的なもの一般と私が触れるようになったのは、実際、ホアナと知り合い、ついには友情を結ぶようになったからだ。彼女と彼女のもつすべてが私にとって演劇だった、そして彼女の夫が絵を描き、これが私を魅了した、はじめから私を魅了していた、と安楽椅子のうえで私は考えた。事情が恵まれていたなら彼女はおそらく最良の芸術家、舞踏家あるいは俳優のひとりとなれただろう、といま私は安楽椅子のうえで考えた、もしも彼女があの芸術家フリッツ、画家にしてのちのタペストリー作家に行き着くことなく、はじめに比較的強く抵抗して、すぐさま言いなりになっていたりしなかったなら。他方で、実際にヨーゼフシュタットやブルクの俳優となり名声を得たラインハルト研修講座の仲間がなりおおせたのは、多少とも愚かしく、年に一回はシェイクスピア、一回はネストロイ、一回はグリルパルツァーに登場する基本的にはまったく無用の類の役者で、一生涯ホアナの千倍愚かでくだらないのはたしかだ。これが芸術家晩餐会として例の役者のためと考えられているにしても、と私はいま独りごちた、それでも基本的にはやはりホアナへの一種のレクイエムに他ならない、いま突然ゲンツガッセでキルプでの午後の葬儀のときのにおいがした、ここアウアースベルガー夫妻の住居でキルプの墓地のにおいがしたのだ。基本的にはこのいわゆる芸術家晩餐会は葬儀後の会食に他ならない、と私は考え、そのあとすぐに、夕餉に来ている一同が待ち受けているブルク役者だけが、私の承知するところでは、ホアナを知らなかった。芸術家晩餐会はホアナが自殺するまえにすでに決まっており、とりわけこの役者、ブルク役者とのあいだでは、アウアースベルガー夫妻が何回も述べていたように、アカデミー劇場での野鴨を理由とした遅ればせながらの初演祝いというように申し合わされていた。彼らアウアースベルガー夫妻のもとにホアナの死が届いたのはその後のことだった。彼らは招待客に、役者のために、ブルク役者のために、と述べた、そしてそのあと実際に口には出さずにつけ加えた、ホアナのために、と。役者はこの芸術家晩餐会が自分のために開かれるものと信じきっており、それでアウアースベルガー夫妻には充分なのだが、そうではあるが彼らの芸術家晩餐会が開催されるのはホアナ葬儀の日であるからして、彼らはかてて加えてホアナのためにもこれを催したのだ、と安楽椅子のうえで私は考えた。ちなみに一瞬思い出したのだが、私自身前日に、役者に太刀打ちできるよう野鴨を読んでおこうとして、自分の本箱に手をつっこみさえすれば野鴨を引っ張り出せると思っていたのだが、間違いだった。所持していると確信していたにもかかわらず、野鴨はどこにもなかった、本箱を開けて野鴨を引っ張り出そうとしたときには当然野鴨をもっていると私は考えていた、生涯に何回も野鴨を読んでいるのだし、と私は考えた、どの版だったかも正確に覚えている、けれども実際私はそれをもっておらず、作家ジャニーのように町なかで購入しようとしたのだが、それもできなかった。野鴨にはひとりの息子、写真家であるエクダル青年をもつエクダル老人が登場することを、安楽椅子のうえで私は思い出した。そして劇の第一幕は領事ヴェルレ邸で演じられることを。エクダルのスタジオ、屋根裏部屋、と私は独りごち、しだいに作品を思い出したが、それ以上はやめておいた。この野鴨をブルク劇場が上演するときどれほどの価値がありえよう、と安楽椅子のうえで私は考えた、そしてキルプに着いてすぐに全身黒づくめの衣裳の雑貨店主といっしょに入った鋼の掌のことをふたたび考えた。少しだけ私は雑貨店に立ち寄り到着を告げると、雑貨店主は黒い外套を羽織って私とともに鋼の掌に、ホアナ葬儀に関してのいわば前線司令部に入ったのだった。鋼の掌で私は、雑貨店主とまったく同じに小皿のグーラシュを注文し、雑貨店主とともにホアナの連れ合いを待った。十一時半ころにホアナの連れ合いが入ってきて私たちの食卓に着いた。人というのは黒い衣裳を着ると普段よりももっと蒼ざめて見える、そこでホアナ（ところで雑貨店主は必ずエルフリーデとしか言わなかった）の連れ合いの顔はかなり蒼ざめていて、いまにももどしてしまいそうな様子だった。彼が食卓にやってきたとき、本当に彼はもどしそうなのだった。というのも彼は教会の隣にある遺体安置所からまっすぐ来ていたのだが、彼が言うには、そこで突如目にした、ビニール大袋に押し込められたホアナにすっかり衝撃を受けつつも耐えなくてはならなかった、通例のように地元の指物師親方である葬儀屋は、午前に連れ合いが現れるまで葬儀の方針についてはっきりとした指示を受けていなかったため、遺体を最安値に準じてこともなくビニール大袋に押し込んだだけでキルプの教会の遺体安置所の板台に寝かせてあったのだという。連れ合いは、鋼の掌で語ったところでは、ビニール大袋を目にして気分が悪くなり、遺体に屍衣を着せてブナ材の柩に寝かせてくれるよう教会の用務係に依頼し、それはこの間に彼が手伝って済んだとのことだった。私たちと同じにグーラシュを食べながら彼はその成り行き、つまりホアナの遺体をビニール袋から取り出して屍衣を着せる様子の描写はできない、それほど身震いのするものだった、と述べた。彼はホアナのために、地元の指物師のところに在庫があったいちばん高価な柩をなんとか選び出したそうだ。グーラシュを半分まで食べてしまうと彼は旅荘の入口まで行って手を洗った。戻ってきたとき彼の目には涙が認められた。ホアナには身寄りがもうひとりもいないんです、と彼は言った、とっくにみんな死んでしまっていた、そこで葬儀に関連するいっさいが彼に負わされた、そう連れ合いは言った。死んだホアナと彼女の自殺のあとの一連のすべてに関しては雑貨店主が手配をしてくれたかと彼は考えていた、というのに対して雑貨店主は首を横に振るだけで、店を一時間も空けることはできなかったし、彼が、連れ合いがいわばすべてを引き受けてくれると思っていた、という。なにはともあれ。連れ合いはグーラシュを大急ぎで食べたので、私が皿のようやく半分を食べているうちにもう食べ終えていた。糊のきいた彼の白いシャツにはグーラシュの汁が飛び散っていた、実際は糊のきいた白い胸当てであって、そもそも彼はシャツなど着ておらず、私の気づいたところでは、羊毛の肌着のうえに胸当てだけを着けていたのだ、と安楽椅子のうえで私は考えた。グーラシュの汁が飛び散ったこの糊のきいた胸当ては多少とも、ホアナの連れ合いがすっかり身を持ちくずした人間である印象を裏づけた、と安楽椅子のうえで私は考えた。彼はグーラシュを食べてしまうと、雑貨店主と私が食事を終えるのをもどかしげに待っていたが、雑貨店主も私もこのうえなくゆっくり食べており、それより早く食べるのは無理だった。しまいには私は皿のほとんど半分を残してしまったが、雑貨店主は一皿残さず喉に詰め込んだのだった。費用をもつ者が誰もいなければ、とホアナの連れ合いは言った、遺体はこともなくビニール大袋に押し込められるんです。そしてその後彼は言った、遺体安置所では恐ろしい悪臭でしたと。旅荘の窓から車が何台も通ってゆくのが見えた、そこに乗った人びとは私の知り合いで、ホアナの葬儀のためにキルプへやってきたのは明らかだった、どの車も墓地のほうへ走っていった。イギリス製の傘を持ってきたのはよかったと、雨が降りはじめたとき私は考えた。通りが暗くなると、それだけいっそう食堂内は暗くなった。作家ジャニー・ビルロートがお供を従え、どれも二十歳に満たない若者だったが、外を通り過ぎた。私がホアナと最後に会ったのは実際、塔でのことだった、彼女の顔はむくみ、両脚は水腫を起こしていた、と私は鋼の掌で独りごちた、と安楽椅子のうえで私は考えた。酒で潰れた声だ、と誰もが言っただろう。ベッドのうえの壁では別れた夫の絨緞がすっかり埃をかぶっており、彼女もかつてはこの男と幸せだったのを当時はまだ偲ばせていた。住居のなかは洗濯物と異臭に満ちていた。私の見立てでは多少とも一日中彼女が横たわっているベッドの脇に置かれたテープレコーダは壊れていた。何もかもが埃まみれだった。床には何十本と白ワインの空き瓶が立っていたり転がっていたりした。私は短い場面の録音を聞いてみたいと思ってきたのだった、私が王を、ホアナが王女を演じていて、彼女を塔に不意に訪れた四年か五年まえのものだったが、録音テープはもはや見つからなかったし、たとえ見つかったところで何の役にも立たなかった、壊れたテープレコーダでかけるわけにはゆかないからだ。もちろん裸の王女だ、とベッドに横たわるホアナに私は言った。あなたは裸の王様、と彼女は応じて笑おうとしたが、うまく笑えなかった。私の訪問そのものはなんら感動的でもなんら感傷的でもなく、自分で嫌な気持ちになった、と安楽椅子のうえで私は考えた。彼女に連れ合いがいる手がかりはすでに認められた、と安楽椅子のうえで私は考えた、ここには煙草の箱が、あそこには古びたネクタイが、汚れた靴下が、等々と。あなたにはがっかりした、と彼女は何回も言った、彼女にはベッドから身を起こすこともほとんどままならず、何回も試みたが、すぐにまた横になってしまうのだった。がっかりした、がっかりした、と彼女はくり返し言った。この数年は、夫だったフリッツが置いていった絨緞、つまりタペストリーを売って暮らしてきたという。いまやフリッツの消息はなんら聞くことがないとのことだった。それに他の人びとの消息、それは芸術家たち全体を指したが、これももう全然聞いていない、すべてについてもうなにもと。彼女は私に、ディトリヒに下りていって白ワインの二リットル瓶を二本買ってくるよう依頼した。行ってきて、と彼女は言った、以前と同じように。行ってきて！　行ってきて！　彼女は下へ行くよう命じ、私は二十年、二十五年まえと同じに命令にしたがった。ディトリヒから戻ると二本の二リットル瓶をベッドの脇に置き、暇を告げた。あれ以上彼女と言葉を交わしても無意味だった、と安楽椅子のうえで私は独りごちた。彼女は終わっている、とそのとき私は考えた。けれどもまだ何年も彼女は生きていた、このことに私はいまいちばん唖然とさせられた。彼女の死を知らされたとき、彼女はとうに、何年もまえに死んでいた、というのが私の思いだった、これは本当だ。何年ものあいだ彼女についてもはや耳にすることもなく、彼女を見かけることもなく、彼女のことはこともなく忘れてしまっていた、と安楽椅子のうえで私は考えた。私たちは人びとと親密になると、これは一生の結びつきになると考える、それが突然、一夜にしてその人びとが視界からも記憶からも消えてしまう、これは本当だ、と安楽椅子のうえで私は考えた。役者というものは、とアウアースベルガーの安楽椅子のうえで私は独りごちた、深夜近くになってようやく夕食をとるものだ、深夜過ぎになりようやくとるのだってしばしばだ、そしてそうした役者たちといっしょに過ごしたいと望むなら、この恐ろしい事実の報いを受けなくてはならない。役者とレストランに入って夕食をとろうというと、スープが運ばれてくるのはどんなに早くとも十一時半で、珈琲を飲むのは一時半にしてようやくになる。野鴨は比較的短い芝居だけれど、と私は独りごちた、アカデミー劇場からゲンツガッセまでは少なく見積もっても三十分はかかり、終演が十時半だとして、上演後にまだお辞儀をしてみせなくてはならず、聞くところによれば今回の野鴨は大成功を博しており、そのためかなり長い拍手を受けて、役者たちが化粧を落とすまでまだ三十分はかかり、そこで結局のところこの芸術家晩餐会の捧げられている役者がゲンツガッセに来られるのは十二時半まえのはずはないのだ。アウアースベルガー夫妻は客を十時半に招待した、これは恥ずかしげもない振る舞いだ、と安楽椅子のうえで私は独りごちた、野鴨が十一時までかかり、彼らのエクダルが十二時半まえにゲンツガッセに来られないのを、アウアースベルガー夫妻は知っていてしかるべきだったからだ。この芸術家晩餐会が本当はいつはじまるのかをよく考えておいたなら、ゲンツガッセには確実に来ていなかった、と私は考えた。グラーベンではネクタイを探していただけで、当然ながら見つからず、と私は考えた、都合の悪いことこのうえない瞬間にアウアースベルガー夫妻と出会ってしまった。時間が停まったままのようだと私は考えた、この芸術家晩餐会のためゲンツガッセに招かれた一同とはまさに、アウアースベルガー夫妻と近しくこのうえなく親密な友人であり、三十年まえ、とはつまり五十年代からすでにそのような友人だった事実に鑑みてのことだ、そしてこれらの友人は、いまはっきり見えているように、今日まで一度たりとも途切れぬままにアウアースベルガー夫妻への友情を保ち、アウアースベルガー夫妻へのこの友情を、人言うところの、私がアウアースベルガー夫妻ともはやどのようなかたちでも接してこなかったこのまる二十年、それどころか三十年のあいだ維持しつづけたのだ。私には突如、自分が叛逆者であるように、裏切り者であるように、アウアースベルガー夫妻に対する、そして私にとってアウアースベルガー夫妻に関連したすべてに対する裏切り者であるように思えた、と私は考えた、そしてアウアースベルガー夫妻も彼らの客も私と同様に考えていたのだ、と私は考えた。けれども私は気にならなかった、逆だった、というのも彼らの住居の彼らの安楽椅子に座っているいまですら、アウアースベルガー夫妻は心の底から厭わしかったし、彼らの客にしても同様に厭わしかったからだ、そう、私は彼らをみな憎んでいた、彼らはそもそもすべてが私とは正反対だったからだ、そして私はアウアースベルガーの住居に座り何杯かのシャンパンで感覚が麻痺して多少ともなんとか切り抜けようとしているいま、彼らに対して私の抱いた反感は本当はとうから憎しみだったと、彼らに関するすべてに対する憎しみだったという気持ちをもっていた。私たちは人びととこのうえなく親しくつきあい、実際それが一生つづくと思う、それがある日、他のなにものにもまして評価していた、それどころか讃美していた、要するに愛してすらいた人びとに幻滅する、そして彼らを嫌悪し、憎み、もういっさい関係をもとうとしない、と安楽椅子のうえで私は考えた。私たちは一生のあいだ、もともと好意や愛でもって彼らを追いかけようとしていたごとくには、憎しみをもってそうしようとは思わないため、彼らのことを記憶からこともなく消し去る。実際私は二十年以上にわたりアウアースベルガー夫妻から逃れ、彼らと出会う危険を決して冒さないでいるのに成功した、というのも、私が内心そう呼ばずにはいられなかったところのこの人でなしともういっしょにならないのは、ともあれ私が周到に考え出して練り上げた戦略だったからで、二十年以上彼らから逃れてきたのは偶然ではなかった、と安楽椅子のうえで私は考えた。それなのにその後突然、それもまったく出し抜けにアウアースベルガー夫妻とグラーベンで出会ってしまったのは、もっぱらホアナの自殺のせいなのだ。彼らは唐突に野鴨芸術家に敬意を表した彼らの晩餐会への招待を申し出て、同様に唐突に私は彼らの招待に応じた、これは典型的な短絡行動だ、と私は考えた。招待に応じたとはいえ、所詮はそれにしたがう必要はなかったのに、それに私は訪問の約束をこれまで律儀に守ってなどこなかったのだし、と私は考えた。実際私はこの芸術家晩餐会に招待されたときから、それが開催されることになっていた日まで何日間もずっと、本当にアウアースベルガー夫妻のところへ行ったものかどうか思案を重ねた、あるときはアウアースベルガー夫妻のもとへ行こうと考え、あるときはアウアースベルガー夫妻のところに行くまいと考え、あるときは行くぞと独りごち、あるときは行かないぞと、行くぞ、行かないぞという言葉が、この数日のあいだずっと頭のなかで私をほとんど狂わさんばかりに戯れていたのであり、当日の宵になってすら、つまりその後やはりゲンツガッセに行くことになる直前まで、実際にゲンツガッセに行くかどうか自分でもまだはっきりわかりかねていた。アウアースベルガー夫妻は、キルプでの葬儀でまたしてもおまえが見たように、依然として厭わしい、と出かける決心をする二、三分まえにはまだ私は考えていた、おまえはもちろん行かない、アウアースベルガー夫妻は厭わしい人間だ、彼らがおまえを裏切ったのであって、おまえが彼らを裏切ったのではない、とそのあいだじゅう私は考えていた、そうしながらも、浴室で洗面台の蛇口から手首に氷のように冷たい水を流して、さらには流れる水の下に顔を置いて冷やし気分を一新させようとした。アウアースベルガー夫妻はこの二十年間、それができるならばいたるところでおまえをやり玉に挙げ、扱き下ろし、おまえに関連するすべてを曲げて伝え、多少ともくり返しどのような機会をもとらえておまえに人身攻撃を加えてきた、と私は考えた、事実に違うおまえについての作り話を語り、嘘を拡散した、さもしい嘘を、いつだって嘘ばかりを、おまえも知ってのとおり何百、何千ものおまえについての嘘をこの二十年間、おまえが彼らをマリア・ツァールで食い物にしたのであって、彼らがおまえをではないと、恥ずかしげもなかったのはおまえであって彼らではないと、おまえが彼らを誹謗したのであって、彼らがおまえをではないと、おまえが彼らを裏切ったのであって、彼らがおまえをではないと、等々と。アウアースベルガー宅を訪れるのに反対するあらゆる点を考慮に入れると、二十年接触がなかった末に彼らの家をさのごとく訪れるよう促す点は何ひとつなかった、それにもかかわらず私は結局のところ、実際このうえない反感を抱きながら、それどころか彼らに対するこのうえない憎しみを抱きながら、彼らを訪問する決心をし、外套を羽織ってゲンツガッセへ出かけた。私はどんなことがあろうとゲンツガッセへ行きたくなかったにもかかわらず、ゲンツガッセへ出かけた、と安楽椅子のうえで私は独りごちた、あらゆる点がこのようなゲンツガッセ訪問に反対していた、あらゆる点がこのような愚かしい芸術家晩餐会に反対していた、それなのに私は行ったのだ、ゲンツガッセに向かう途中でもそのあいだじゅう独りごちていた、ゲンツガッセへのこんな訪問には反対なのだ、アウアースベルガー夫妻に私は反対なのだ、この晩餐会に参加するあらゆるこの手の人びとに反対なのだ、私は彼らを憎んでいる、彼らのことをみな憎んでいる、それでも先へ先へとゲンツガッセへ入り込み、とうとうアウアースベルガーの住居の扉で呼鈴を鳴らした。ゲンツガッセに私が登場するのにはすべてが反対していたが、それでも私はゲンツガッセに登場した、と安楽椅子の上で私は独りごちた。そしてふたたび考えた、わがゴーゴリやわがパスカルやわがモンテーニュを読んでいるか、シェーンベルクやサティを弾いている、あるいはただひたすらヴィーンの街を歩き回っているほうがはるかに良かったのに、と。そして実際アウアースベルガー夫妻は、私がゲンツガッセに登場したことに私自身よりもはるかに驚いていた、と私は考えた、それを私は、妻アウアースベルガーが私を迎える様子から、それ以上に、彼女の夫が私を迎える様子から見た。おまえはゲンツガッセに来るべきでなかった、妻アウアースベルガーと向き合って立った瞬間にはもう、狂気の沙汰だと私は独りごちた、夫アウアースベルガーに私は手を差し出そうとしたが、彼がその手を取らなかったのは泥酔していたからなのか、それとも、ないしそれに加えて彼がこのうえなく品性卑しくも下劣であるからなのかは、私には言えない、と安楽椅子のうえで私は考えた。彼らがグラーベンで私に向かって招待を口にしたのは、どうせ何があろうと来ないと信じていたからだ、と安楽椅子のうえで私は考えた、アウアースベルガー夫妻がグラーベンですぐさま芸術家晩餐会とも称したのは不愉快で、私をまえに愚かしさを露呈してみせたのだが、その晩餐会になんで本当に私を招いたのか、彼ら自身わかっていなかった、と。アウアースベルガー夫妻はグラーベンで私に話しかけなければよかったのに、と私は考えた、私のことなど無視だってできたのに、何十年も彼らが私を無視してきたように、私のほうでも彼らを何十年と無視してきたように、と安楽椅子のうえで私は考えた。この招待はホアナのせいなのだ、と私は考えた、彼女のおかげで短絡が生じてしまった、この嫌らしくも不快な事態の責任は死者にあると私は考えた、と同時に、この考えがいかにばかげているかと考えた、それでも私はこの考えをくり返し考えた、グラーベン短絡は死んだホアナのせいで、そのため私は自分のなかにあるあらゆる要因に反して結局のところゲンツガッセへ、この芸術家晩餐会のために来るはめになってしまった、このばかげた考えをくり返し私は考えた。ホアナの死を介してアウアースベルガー夫妻は、グラーベンで私を見かけた瞬間、まったく接触のなかった私たちの二十年間をただひたすら打ち消し、彼らの招待を口にした、そして私も同じ理由でその招待に応じたのだった。さらに加えてアウアースベルガー夫妻が言うには、野鴨で大成功を収めたブルクの役者を招待してある、そうグラーベンで言うアウアースベルガー夫妻に私は承諾した。この十年あるいは十五年というもの、役者が招待されている晩餐会への招待に応じたことはいちどもなかった、と安楽椅子のうえで私は考えた、どこであろうが役者のいるようなところに私はそもそもいちどたりとも行ったことがなかった、それが突如言われる、役者が、それもブルクの役者が晩餐会にやってくる、それもゲンツガッセのアウアースベルガー邸での晩餐会に、そして私は出向く。いま頭を抱えてみせたところで何の意味もなかった。実際私はこうした人びとすべてに向けた反感を、アウアースベルガー夫妻自身に向けた反感を含め隠しはしない、と安楽椅子のうえで私は独りごちた、逆で、私が彼らを嫌悪しているのを、私が彼らを憎んでいるのを、みんな感じている。私が彼らを憎んでいるのを、彼らは目で見て、耳で聞いている。翻り私はといえば、これらすべての人びとが私に敵対しているという印象を抱いていた、私が彼らに見たすべて、私が彼らについて聞いたすべてには、私に向けた反感が、それどころかたしかに憎しみがあった。アウアースベルガー夫妻は私を憎んでいた、この晩餐会にとって私が軽々な招待による瑕瑾であると彼らにはわかっていた、そしてブルク役者が登場して一同が食卓につくよう促され、晩餐会がはじまる瞬間をひたすら恐れていた。彼らは見ていた、私が彼らの観察者であると、安楽椅子でくつろぎながら、玄関の間の薄暗がりに守られ、アウアースベルガーの客たちを多少とも、人言うところの厳しい訊問をしてみせる不快な遊戯にふける嫌みな人間であると。このことで彼らはいつも私に対して気を悪くしていた、どんな機会にでも実際遠慮会釈なく私がいつも彼らを厳しく訊問していると、けれども私にだっていつも情状酌量の余地はあった。私は自分自身をはるかに厳しく訊問していたのだ、いっさい自分に容赦しなかった、どんな機会をも逃さず自分自身を、彼らがそう言うであろうところのあらゆる構成要素に、と安楽椅子のうえで私は独りごちた、同じはばかりなさで、同じ品性卑しさで、同じ仮借ない進め方で、切り分けていた。そこで私自身から残っているもののほうが彼らから残っているものよりもはるかに少なかった、と私は独りごちた。私には慰めがあった。ゲンツガッセに来てしまったことを、この愚行を、この性格欠如を犯したことを、私だけがいまいましく感じているわけでない、翻りアウアースベルガー夫妻は私を招待したことで自身をいまいましく感じている。それでも私はいまここに来ていた、これは変えられなかった。三十年まえ私はこの住居が自分の家であるかのように彼らとともに出入りしていた、と安楽椅子のうえに座り、楽の間での成り行きを観察しながら私は考えた、照明が明るかったので何も見逃しようがなかったのだが、私自身はといえばそのあいだじゅう暗がりに全身を置いていた、とはつまり私にとって厭わしいこの場所にいながらも、なかではもっとも好都合であると疑いない位置にまさしくいた、この芸術家晩餐会に来ていた客を私は、アウアースベルガー夫妻自身と同様に何十年もまえから多少とも知っていたが、何人かの若い人たち、とりわけふたりの作家はそのかぎりでなく、私の関心を呼びもしなかった。私は彼らのことを知らず、そこで私が彼らを観察する以外で彼らと係わりあいになる理由はなにもなかった、私にはいちどでも立ち上がって彼らに歩み寄り、彼らと談笑し、会話を、討論を促したいというような欲求は微塵ほどもなかった、そうするにはおそらく私はあまりにくたびれてもいたのだ、というのも葬儀時の難儀によって消耗しつくしていたからだ、キルプで私がホアナ関連の件で味わわざるをえなかったすべてによって、とりわけ葬儀のあとのこれらの恐ろしい出来事によって、と私は考えた、それらはあまりに信じがたく、これを理解できるようになるのは少しずつでしかないだろう、まだそれを理解するために必要な明晰さが頭になかった、そこで私は考えた、そうした明晰さにいたるためにはまずもっては充分に睡眠をとらなくてはならないと、もう安楽椅子のうえにいるときから私は考えていた、家に帰ったらすぐ横になり、そして一日中もう起きない、その夜も、もしかしたらその翌日すらも、その日の夜も起きない、それほど消耗して、まったくへとへとになり、いま安楽椅子のうえに私はいた。私たちは二十であってそれに応じて行動をしている、と私たちは思っている、それが実は五十を超えており、すっかり消耗してしまっている、と私は考えた、二十のように自身を扱い自身を荒廃させる、私たちが二十であるかのように他のあらゆる人びとをも扱うが、五十なのであって、実はまったく何にも耐えられず、私たちが病気を、いくつもの病気、多くの病気をまとめてかかえているのを忘れてもいる、いわゆる死病をかかえており、すでにずいぶん長いことそれら死病とともに生きていなくてはならないのに、私たちはそれを無視し、ずいぶん長いことそれを真に受けずにいるのだが、それでもやはりいつでも、絶え間なく、一生涯、その状態なのであり、そしてある日私たちはそれによって殺される、そう、三十年まえにもっていた力をまだもっているかのように私たちは自身を扱うが、三十年まえにもっていた力のひとかけらももうもってはいない、その力のなにひとつもはやもっていない、と安楽椅子のうえで私は考えた。なぜなら三十年まえは二晩、三晩徹して起きていたってなんでもなかったからだ、何をだろうがおかまいなしにほとんど間断なく飲みつづけ、歓談機械を気取り、当時みな友人だったありとあらゆる人びとに対して幾夜も、人言うところの昼夜の見境もなく道化を演じ、それでも健康をごくわずかも損ねず、そして私は実際長年、といま考える、朝の三時、四時を回ってようやく帰宅し、鳥がさえずりはじめて床に就いたが、わずかでも健康を損ねはしなかった。何年にもわたって私はアポステルケラーをはじめインネレ・シュタットのありとあらゆる地下酒場に十一時ころ顔を出し、朝の三時、四時よりまえにそこを後にすることはなかった、そしてこれらの夜々、私はいつもさんざん、すっからかんにと言えるほどに散財した、まったく何も顧みることなかったが、それを当時の私は習得しており、今日考えるように、それで当時の私にはなんの痛痒もなかった。そしてほかならぬホアナといっしょに数え切れないほどの多くの夜々をしゃべり、飲み明した、と安楽椅子のうえで私は考えた。実際私にはまったく金がなく、それ以外にも何ももっていなかったのだが、それでも何年もの夜々、さんざんしゃべり、飲み、語り、踊り明した、私には言えるのだが、ほかならぬホアナと、彼女の夫と、ジャニー・ビルロートと、そしてとりわけいつもいつもアウアースベルガー夫妻といっしょに。当時の私は若者のもちうるすべての力をもっていて、なにがしかの持ちあわせのある誰彼から遠慮会釈なく賄ってもらった、と安楽椅子のうえで私は考えた。懐には一文とてなく、それでも何だってやってみせた、と安楽椅子のうえで私は考えた、楽の間の客たちを観察しながら。こうして長年、毎日毎日、と私は言わなくてはならないが、すでに遅めの午後にはズィメリンガー・ハウプトシュトラーセのホアナのところへと出ていった、そのまえにディトリヒでワイン瓶を抱え込み、早朝までホアナといっしょに過ごし、始発の七十一番で街に戻るか、あるいは彼女の家からただひたすら徒歩でズィメリンガー・ハウプトシュトラーセを後にして、レンヴェークを下りていってシュヴァルツェンベルクプラッツを越えてヴェーリングへと帰った。その当時はまだ、と安楽椅子のうえで私は考えた、夜になるといまだ馬車が牛乳店のまえに停まり、私はレンヴェークの真ん中を歩いて、シュヴァルツェンベルクプラッツを横切って人っ子ひとりいない環状通《リング》に沿って帰宅するのに、轢かれる恐れを抱かずに済んだ。そもそも人間がいたとすると、こうした場合に出会ったのは自分の同類だけ、つまり酔っ払いで、夜を縦横に走る自動車など稀だった。生涯のうちで当時ほど沢山のイタリア・アリアを歌ったことは絶えてない、ズィメリンガー・ハウプトシュトラーセからレンヴェークへ、そしてシュヴァルツェンベルクプラッツを越えてヴェーリングまでの道すがら、と安楽椅子のうえで私は考えた。当時は歩きながら歌うだけの力が私にはあった、と安楽椅子のうえで私は考えた、今日ではもう歩きながらしゃべるだけの力もない、これが違いだ。約十五キロメートルを夜なかに難なく歩いて帰宅したときから三十年が経った、と安楽椅子のうえで私は考えた、歌いながら、そのころ私はモーツァルトとヴェルディに夢中で、陶酔に身を任せて。三十年が経った、と安楽椅子のうえで私は考えた、このようにしてオペラの歴史を巡ってから、三十年が。実際ホアナがいなかったなら、と安楽椅子のうえで私は考えた、私は別な道を選んでいた、この考えをさらに遡って追うと、もし夫アウアースベルガーと知り合っていなければ正反対の道を歩んでいたかもしれない。なぜならば夫アウアースベルガーと知り合ったということは、基本的には私がモツァルテーウム修了のあとすぐにきっぱりと、そして当時私が永遠に離れたつもりだった芸術的なものに引き返すことを意味していたからだ。当時、モツァルテーウムを去った私は突如、いわゆる芸術的なものともう係わる気がなく、私が芸術的なものと称しているのとは正反対をとる決断をしたのだったが、夫アウアースベルガーとの出会いで、安楽椅子のうえでいまふたたび考えていたように、私のなかでもういちど全面的な方向転換が引き起こされたのだった。そしてホアナとの、この芸術的才能の極致との出会いではじめて、と私は考えた。芸術的なものをとること、芸術ではなく芸術的なものにすぎないのだが、三十五年まえ当時の私はそれを決断した、最終的に、と安楽椅子のうえで私は考えた、それがなんであるのか、芸術的なものとはなんであるのかまったく見当もついていなかったが、私は芸術的なものをとると決断した、どんな芸術的なものであるのか見当もついていなかったが。私はただひたすら夫アウアースベルガーをとると決断した、三十五年、三十四年、いや三十三年まえにもまだ芸術的なアウアースベルガーだった当時の夫アウアースベルガーを。そしてホアナをとると、徹頭徹尾芸術的であるホアナを。そしてヴィーンを。そして芸術的な世界を、と安楽椅子のうえで私は考えた。夫アウアースベルガーのおかげで私は芸術的世界へと方向転換した、と安楽椅子のうえでいま私は考えた、そしてホアナのおかげで、また、ちょうど三十五年まえ当時、さらに三十二年まえにもまだ夫アウアースベルガーおよびホアナと関連をもっていたすべてのおかげで、これは本当だ、と安楽椅子のうえで私は考えた。何回となく私は芸術的世界、と口にしてみた、芸術的な生とも、実際声に出したために楽の間にいる人びとにも聞こえざるをえず、そして現に彼らには聞こえていたのだった、というのも彼らはみな突然私のほうを向いたからだ、楽の間から玄関の間を、実際には私の姿は見えていないのだが、芸術的な生と、そして芸術的世界と私が言ったのを、そしてこれらの言葉をなんどもくり返したのを彼らは聞いたからだった、そして私は考えた、芸術的世界や芸術的な生といった概念が当時の私に何を意味していたのか、さらに基本的には今日なお私に何を意味しているのかと、多少なりともすべてなのだと安楽椅子のうえで私は考えた、そして彼らの晩餐会、ヴィーンでの言い方なら彼らの夕餉を芸術家晩餐会と名づけるとは、アウアースベルガー夫妻はなんと悪趣味なんだ、と。彼らも落ちぶれたものだ、アウアースベルガー夫妻は、と安楽椅子のうえで私は考えた、私の目に映るアウアースベルガー夫妻はとうから、もう何十年もまえから芸術的にも、そもそも知的にも、さらには実際、心的にも破産していた。けれども楽の間にいたこれらの人びとはみな、私が芸術的世界、芸術的な生と言った様子を、まるでアウアースベルガー夫妻のように私が芸術家晩餐会と言ったかのごとく聞いていた、彼らには、芸術的世界、芸術的な生と私が言ったときの声の強さ以外は何も注意を引かなかった、芸術的な生と芸術的世界と私が発音するにあたって、それらが私にとって持っていた意味に彼らはまったく気づかなかった。これらの人びとはみな、かつては実際芸術家だったか少なくとも芸術的才能をもっていた、といま安楽椅子のうえで私は考えた、いまや彼らはみな比類なき芸術やくざにすぎず、そこで彼らは芸術にも芸術的であることにももはやなにも共通点をもたないのだ、アウアースベルガー夫妻の晩餐会がもっていないのと同じに。これらの人びとはみな、かつては実際芸術家であるか少なくとも芸術的だった、と安楽椅子のうえで私は考えた、それがもはやかつてそうだったものの仮面であり抜け殻でしかなかった。彼らが何を言っているかを聞きさえすればよかった、彼らを眺めさえすればよかった、彼らの作品に触れさえすればよかった、私が感じるのは、この夕餉との、この悪趣味な芸術家晩餐会に関連して私がいま感じているのと同じことなのだ。この三十年間でこれらの人びとみなが何になったのかと私は考えた、これらの人びとはみなこの三十年間で自分をどうしたのか、と。そして私自身、この三十年間で自分をどうしたのかと私は考えた。いずれにせよこれらの人びとがこの三十年間で何になったのか、私が何になったのか、悄然とさせられる、かつて幸福だった状態と境遇を、これらの人びとはみな悄然とさせられる状態と悄然とさせられる境遇に変えた、と安楽椅子のうえで私は考えた、あらゆることを彼らは徹頭徹尾悄然たるものへと変え、彼らの幸福全体を比類のない悄然たるものへと変じた、と安楽椅子のうえで私は考えた、私自身が自分の幸福を比類のない悄然たるものへと変じたように。というのも、これらの人びとがみなかつては、とはすなわち当時、三十年、いや二十年まえにもまだ幸福な人間だった、幸福だったのは疑いないからだ、いまでは彼らは悄然とさせるような人間でしかなく、私が結局のところ人を悄然とさせる人間であり幸福でないのと同じに、人を悄然とさせている、と安楽椅子のうえで私は考えた。比類ない幸福を彼らは比類ない破局に変えた、と安楽椅子のうえで私は考えた、ただひたすらの幸福をただひたすらの絶望へと。なぜなら、私が楽の間をのぞき込むと、私がのぞき込んでいるのはまさに絶望以外のなにものでもなかったからだ、と安楽椅子のうえで私は考えた、人間的な絶望以外のなにものでもなければ、いわば芸術的な絶望以外のなにものでもない、これは本当だ。これらの人びとはみなかつて五十年代に、とは三十年かそれどころかもう四十年まえに、ヴィーンで人言うところのひとかどの者になるのだという希望を抱いてヴィーンにやって来た、そして実際にはヴィーンで多少とも勲章で飾られた田舎芸術家以外の何者にもならなかった、そして彼らが他のいわゆる大都市でならばひとかどの者になったかどうかは疑問であり、おそらくはどこへ彼らが行ったところでひとかどのものにはならなかった、と私は考えた。しかし、彼らがヴィーンで何者にもならなかった、まるっきり何者にもならなかったと私が考えるとき、これを私は、彼ら自身は自分が何者にもならなかったとはまったく知らないでいるのを意識しながら考えている、と私は考えた、なぜならば彼らはみな自分が何者にもならなかったと知っているように振る舞ってはおらず、その逆に彼らはみなヴィーンでひとかどの者になったかのように、ヴィーンで何者かになったかのように振る舞っている、つまり彼らがヴィーンに賭けた希望はあまさずかなえられたと彼らが考えているからだ、と私は考えた、あるいは少なくとも彼らはたいていの時間、自分がひとかどの者になったと信じており、たいていの時間、何者かになったと心から信じているのだが、私の考えるに彼らは何者にもなっていなかった。彼らは自分が名をなし、たくさんの賞を受賞し、たくさんの本を刊行し、自分の絵がたくさんの美術館に買われ、自分の本が最良の出版社から出され、自分の絵が最良の美術館に所蔵され、この嫌らしい国家からありとあらゆる賞を授けられ、ありとあらゆる勲章が自分の胸にぶら下げられている、それゆえに自分は何者かになったと思っている、けれども彼らは何者にもならなかった、と私は考えた。彼らはみな、人言うところの有名で、名声すらある芸術家であり、いわゆる芸術評議員会の評議員の座に着き、教授を名乗り、われらが芸術院のありとあらゆる講座を占め、そしてあるときはこちらの、あるときはあちらの大学から招聘され、あるときはこの、あるときはあのシンポジウムで話をし、あるときはブリュッセル、あるときはパリ、あるときはローマ、そしてアメリカ合州国と日本、ソヴィエト連邦や中国と、時につれ招かれるところへと旅行をし、自分自身についての講演をし、自身の絵画の展覧会を開催し、それでも私の考えるところでは何者にもならなかった。彼らはみな、ただ単に最高のものを達成しなかっただけだ、そして最高のものだけが、と私は考える、と私は考えた、満足を得られるのだ。夫アウアースベルガーの曲は演奏をされないわけではない、と安楽椅子のうえで私はいま考えた、ヴェーベルンの後継者アウアースベルガーは認められていないわけではない、と私は考えた、逆であって、どの瞬間にも彼の作品のいずれかが歌われ、吹奏され、爪弾かれている（そうなるよう彼がはからっているのだ！）、どの瞬間にも彼の作品のいずれかが打ち鳴らされ、弦で奏でられている、あるときはバーゼルで、あるときはチューリヒで、あるときはロンドンで、あるときはクラーゲンフルトで（そうなるよう彼がはからっているのだ！）、こちらでは二重奏、あちらでは三重奏、こちらでは四分間の合唱曲、そちらでは十二分間の歌劇、あちらでは三分間のカンタータ、こちらでは数秒間の歌劇、あちらでは数分間の歌曲、こちらでは二分間の、あちらでは四分間のアリア、と。あるときはイギリスの、あるときはフランスの、あるときはイタリアの演奏家を彼はおさえてあり、あるときはポーランドの、あるときはポルトガルのヴァイオリン奏者が、あるときはチリの、あるときはイタリアのクラリネット奏者が彼を演奏する。彼がある町に到着するや、もう次の町を考えている、忙しなきわれらがヴェーベルン後継者は、と私は考える、旅行に出ては歩き回っているわれらがアウアースベルガーは、われらが忙しなきヴェーベルンとグラーフの模作者は、われらが気取った洒落者のシュタイアーマルク出身の音楽書きは。ブルックナーが耐えがたい壮大さだとすると、ヴェーベルンは耐えがたい貧弱さで、貧弱なアントン・フォン・ヴェーベルンの百倍も貧弱なのが夫アウアースベルガーであり、この男を私は、呆けた文士たちがパウル・ツェランをいわばほとんど言葉のない詩人と呼んだように、ほとんど音のない作曲家と呼ばないわけにゆかない。シュタイアーマルクの亜流が演奏されないわけではない、と私は考える、しかし彼はすでに三十年まえ、つまりすでに五十年代半ばにヴェーベルン後継者を抜け出せないでいた。三つも音があれば、と私は考える、何もないところから彼の作品は成立した。夫アウアースベルガーの作曲には夫アウアースベルガーが不在だ、と私は考える、彼のいわゆる箴言風音楽（これが五十年代の作曲とされた彼の模作に対する私自身の呼び名だ！）など、ヴェーベルンの耐えがたい亜流にほかならず、それもヴェーベルン自身、私のいま知るところでは天才ではなく、たとえ天才的ではあれ、音楽史のなかの突如の脱力発作にすぎなかった。本当は、といま私はアウアースベルガー宅の安楽椅子のうえで自分を恥じらう気持ちにいっぱいで考えている、五十年代に私は天才など無に等しく思っていたものの、夫アウアースベルガーは決して天才などではなく、才能のある惨めったらしい小市民にすぎず、ヴィーンでの最初の数週間でその才能を言葉のこのうえなく真の意味でふいにしてしまっていた。ヴィーンは恐ろしい人間抹殺機械だ、と安楽椅子のうえで私は考えた、身の毛もよだつ才能破砕施設だ。彼ら自身が吐き出した嫌らしい煙草の煙越しにいま私の観察している、抹殺され殺されたこれらの天才、才人たちはみな、三十年、三十五年まえに、ひとかどの者になるのだという希望を抱いてヴィーンにやって来たものの、本当はヴィーンに抹殺され殺されてしまっていた、オーストリアの地で年々何千と言わないまでも何百と生まれているこれらの天才、才人たちはみな。ひとかどの者になったと彼ら自身は考えているのだろうが、と安楽椅子のうえで私は考えた、彼らは何者にもならなかった、なぜならば彼らはヴィーンにとどまったままで、ヴィーンに満足し、決定的な比類ない瞬間に、外国で実際にひとかどの者になった人間たちのようにはヴィーンを立ち去り外国に行かなかったからだ。ヴィーンにとどまった者はみな何者にもならず、外国に行った者はみなひとかどの者になった、これを私はためらわずに言うことができる。彼らはヴィーンに満足してしまったので、ヴィーンに満足せず決定的な瞬間にヴィーンから立ち去り外国へ行った人間たちと異なり、何者にもならなかった、と安楽椅子のうえで私は考えた。楽の間で役者を、ということは芸術家晩餐会を待っている人びとがみな比類ない決定的な時点でヴィーンから立ち去っていたならいったいどうなっていただろう、などという空論に耽ってみせる気は私にない。少しばかりの成功で、つまり作家ジャニー・ビルロートには最初の小説への好意的な短い新聞評でヴィーンにとどまるに充分だったし、画家レームデンには二枚の絵画が国立美術館に購入されることでヴィーンにとどまるために充分だった、その女優にはクリーア紙だかプレッセ紙だかでの愚かな二言か三言の褒め言葉で触れられることでヴィーンにとどまるために充分だった。楽の間にいるのはヴィーンにとどまった者ばかりだ、と安楽椅子のうえで私は考えた、ヴィーンにとどまった者ばかりが、小市民的な安逸のなかでもうほとんど窒息している者たちが、キルプの墓地でホアナの柩のあとをついていった、と私は考えた。この理由からだけでもう、キルプでの葬儀にはなんとまあ悄然とさせられたことよと、まさにこれらの人びとを観察しながら安楽椅子のうえで私は考えた、キルプで私が悄然とさせられたのは、ホアナが埋葬されたという事実によりも、ホアナの柩のあとを悠然と歩くのが芸術家の亡骸ばかりだという事実によってだった、挫折した者ばかり、ヴィーンで挫折した者たち、生きながらの芸術死体、作家、画家、俳優、舞踏家とそれらの取り巻きが、生ける亡骸として、生ける、いまだ生ける芸術亡骸として、おまけに絶え間なく降りしきる雨に、愚かしいまでにこのうえなくみじめに祟られて。その光景は痛ましいというよりげんなりさせられるものだった、と私は考えた。このむごたらしくも嘘にまみれ挫折した芸術能なしが、とそのあいだじゅう私は考えていた、柩の後をついてゆき、嫌みな喪の姿勢で墓地の泥濘を跳ね上げながらのし歩く、と安楽椅子のうえで私は独りごちた。キルプで私を憤らせたのは葬儀だったというより、ヴィーンから成金趣味の自家用車で乗りつけたこれらの弔問客のご登場だった。心臓薬を何錠も服用せねばならないほどに私がキルプでいきり立ったのは死んだホアナのためではなく、これらの芸術人間がまがい物の芸術家としてキルプに登場した、その様相のせいだった、と私は考えた、そして考えた、私自身がキルプに登場したのもおそらく同様に嫌らしかったと言い表すことができる、あらゆる点で嫌らしいと。私が黒い背広を着てきただけですでに嫌らしかったし、といま私は独りごちた、鋼の掌でグーラシュを食べ、鋼の掌でホアナの連れ合いと話をしたさまもそうだった、あたかも自分がホアナと実際に近しかった唯一の人間だったかのように私は振る舞っていた、あたかも自分がホアナに対する権利をもった唯一の人間だったかのように。ホアナの葬儀に関して思いをめぐらすと、次々と新たな（私のほうでの）嫌らしさが明るみに出るばかりだった、これに関して何を私が考えようと、何をいわば記憶に呼び戻そうと、それらは嫌らしいことばかりだった。私が他の人びとを嫌らしいと感じたことで、当然ながら自分自身を嫌らしいと感じざるをえなかった、と私は考えた、そしてホアナ葬儀に関連するすべてを考慮に入れると、それだけ自分を嫌らしく感じるのだった。正直に言うとキルプへいっしょに同乗してはどうかと何回も申し出を受けていたにもかかわらずひとりでキルプに行ったのは嫌らしかった、と私は考えた、ホアナの友人である雑貨店主と、まるで私がホアナともっとも近しかったかのように話し合ったのは、雑貨店主をいわばはじめから遠慮なしに独り占めすることで、ホアナ葬儀に来ていた他の人びとに心配りをする時間を彼女に与えなかったのは、嫌らしかった、と私は考えた。キルプで私は喪主のような態度だった、と私は独りごち、これは嫌らしかった、といま考えた。私はホアナの連れ合いを見くびっていた、といま考えた、この葬儀に来たすべての人びとを見くびっていた、自分を格上げしていた、と私は考えた、これは卑劣だった。他方で私は、葬儀では適切に振る舞っているとその場で思っており、葬儀のあいだ自分の罪を意識していなかったが、いまになって安楽椅子のうえで、キルプでの葬儀に関していわば私の罪悪感にいたった。ホアナの死、彼女の自殺がキルプでいっそう悲しく感じられることはなかったが、と安楽椅子のうえで私は考えた、彼女の友人たちに対して憤りを覚えた、それがどうしてなのか自分でも説明がつかなかったのだが。雑貨店主がホアナの自殺を伝えてきた電話に、私は本当のところまったく衝撃を受けていなかった、衝撃を受けたふりをした、と私はいま考えた、実際は衝撃を受けていなかった、好奇心はあったが衝撃は受けていなかった、私のほうでは動揺しているかのように雑貨店主に思わせただけだ、しかし私は好奇心があっただけでしかなく、雑貨店主からホアナの自殺についてただちにすべてを聞き出そうとした、比類のない無遠慮さで、そのためいまになって安楽椅子のうえで動揺していた、自分が悲しんでおらずに好奇心をもっていたことが、そして電話で話していたこの瞬間に礼儀をいっさい欠いていた私とは異なり雑貨店主は礼儀をわきまえていたので、彼女にとって好ましいよりも多くを電話口で私は彼女から無理やり聞き出したことが。もちろん長年接触のなかったホアナは私から遠く離れてしまっていたので、雑貨店主からの電話は、いま述べたように私にとって衝撃であるわけではなかったし、私に直接の悲しみをもたらしもせず、ただ好奇心だけを呼び、この好奇心によって雑貨店主からホアナの自殺に関するすべてをすぐさま無理やり聞き出すことになった。私に関心があったのはその事情であって、事実ではなかった。

電話を切ってはじめてこの電話がどれだけおおきな影響をあとに残すかが意識されるにい

たった、私は突然、それ以上好奇心を抱くことなく、悲しさが湧いてきた。私は実際に悲しみ、そしてこの悲しさを抱いて町へと向かった、グラーベンへ、ケルントナー通りへ、コールマルクトへ、シュピーゲルガッセのブロイナーホーフへ、店では私の長年の習慣にしたがい、コッリエーレ、ル・モンドとツュルヒャー・ツァイトゥング、ならびにフランクフルターに目を通し、これらの破廉恥な新聞にむかついたため、ネクタイを買おうとふたたびグラーベンに向かい、そしてネクタイを買う代わりにアウアースベルガー夫妻と出会ってしまい、彼らは彼らで、ホアナの死を私に告げたのだった。この時点ですでに私はホアナの自殺についてアウアースベルガー夫妻よりもはるかに多くを知っていたのだが、アウアースベルガー夫妻のまえではそれについてはまったく何も知らない、微塵ほども知らないふりをした。私がそれほどまでに何も知らないふりをしたためアウアースベルガー夫妻は、私がホアナの自殺に衝撃を受けているという気持ちを抱いたにちがいなかったのだが、私はホアナの自殺についての衝撃をグラーベンでアウアースベルガー夫妻に対して演じてみせたにすぎない、と安楽椅子のうえで私はいま考えた。私は実際にホアナの自殺を悲しんで街を行ったり来たりしていた、そして突然アウアースベルガー夫妻に対してホアナの自殺について破廉恥な衝撃を演じてみせたのだった。私の受けた衝撃が演じられたものだった以上、アウアースベルガー夫妻の芸術家晩餐会への招待に応じたのも演じられたものだった、というのもグラーベンでアウアースベルガー夫妻をまえにしたすべてを私は演じていたのだから、そして安楽椅子のうえで私は考えた、私は彼らにホアナの自殺についての衝撃を演じてみせ、彼らの芸術家晩餐会に出る約束を演じてみせたのだった。私は彼らに対してすべてを演じていた。招待に応ずるというのも演じてみせただけだった、と私はいま考えた、しかしそれにもかかわらず彼らの招待に本当に応じている、この考えは奇怪だ、と私は考えた、そしてこの考えを考えていたあいだすでに私は、この考えをおもしろがっていた。基本的には、と安楽椅子のうえで考えた、アウアースベルガー夫妻に対して私はすべてを演じてみせただけなのだ、それがいま彼らの安楽椅子に座り、彼らに対してふたたびすべてを演じてみせている。私は本当のところでは、そして現実にあっては、ここ、ゲンツガッセの彼らのもとなどにはおらず、ゲンツガッセに、とはつまり彼らの住居にいるかに、彼らに対して演じてみせているだけなのだ、と私は独りごちた。私は彼らに対していつもすべて演じてきた、と私は独りごちた。私はすべての者に対してすべてをいつだって演じてみせているだけだった、私は一生涯演技し、演じてみせているだけだった、と安楽椅子のうえで私は独りごちた、私が生きているのは、実際の、現実の生ではない、私が生きて存在しているのは、演じてみせられた生にすぎず、私はいつでも演じてみせられた生だけを送ってきた、実際の、現実の生などではけっしてなかった、と私は独りごちた、そしてこの考えを推し進め、ついにはこの考えを信じていたのだった。私は息を深く吸い込み独りごちた、それも楽の間にいる人びとに聞こえざるをえないように、おまえが生きてきたのは演じてみせられた生にすぎず、現実の生ではなかった、演じてみせられた存在にすぎず、実際の存在ではなかった、おまえに関するすべて、おまえがそうであるすべては、いつだって演じられたものにすぎず、実際の、現実のものではなかったと。頭が狂ってしまわないよう、そう安楽椅子のうえで考えたのだが、私はこの空論を中断しなくてはならなかった、そしてシャンパングラスからふたたびひと口勢いよく飲んだ。そのあいだじゅう私自身絶え間なくシャンパンしか飲んでいなかったが、楽の間の人びとは、私が見たところでは、結局のところシェリーか真水で満足していた、というのも、彼らは夕餉のまえに、とはつまりいわゆる芸術家晩餐会のまえに、夫アウアースベルガーのように慎みなく酔い崩れたくなかったからで、私は飲み過ぎることにまったく不安を抱いておらずに飲んでいた。けれども当然ながら、夫アウアースベルガーその人のように慎みなく、つまり彼のように酩酊するほどに鯨飲していたわけではない、私は飲んでいたが、十分、それどころか十五分にひと口ずつしか飲んでいなかった、これは本当だ。私にしてももう二十ではなく五十二だ、これをこの晩ゲンツガッセで忘れはしなかった。キルプでこの芸術的人士たちは奇怪な印象を与えた、少なくとも私にはこの人士たちはその芸術的もくろみと芸術活動によって醜悪になっているように見えた、これらの人士は作為的な歩き方をして、作為的な声をもち、彼らのすべては作為的だったが、それに対して私は墓地を世界でもっとも自然なものと感じていたのだった。彼らが身をかがめるとあまりに深く身をかがめ、彼らが立ち上がるとあまりに早く（もしくはあまりに遅く）立ち上がり、彼らが腰を下ろすとあまりに遅く（もしくはあまりに早く）腰を下ろし、彼らが歌いはじめるとあまりに早く（もしくはあまりに遅く）歌いはじめ、頭から被り物をはずすとあまりに早く（もしくはあまりに遅く）はずし、司祭に何かを言うとあまりに早く（もしくはあまりに遅く）言ってしまっていたのだった。ホアナの葬儀に参列したキルプの住民たちは、とても多数であるということだが、何でも自然に行い、何でも自然に言い、何でも自然に歌い、いつでも自然に歩き、自然に立ち上がり、そして自然に腰を下ろし、いつでもすべてが遅すぎも早すぎもせず、短すぎも長すぎもしなかった。またヴィーンから来た芸術的なる人びとは奇怪で愚かしい装いでこの葬儀に臨んだのに対して、キルプの住民はまったくもってこの場に適切な装いだった、と安楽椅子のうえで私は考えた。キルプの住民はキルプにふさわしく、キルプの墓地に適していたが、ヴィーンから来た芸術的人士はキルプにふさわしくなく、キルプの墓地に適していなかった。ヴィーンから来た弔問客の都市的なものがキルプの墓地に適していなかったと、私自身長い葬列に混ざって歩いているあいだに考えた。ヴィーンから来たこれらの弔問客の一人一人の誰もがキルプでは異物だった、と私は考えた、柩のうしろを歩きながら、雑貨店主とホアナの不幸な連れ合いにはさまれて、教会から墓地までは確実に二キロメートルはあるが、そのあいだじゅう彼は肺病にでも罹っているかのように咳き込んでいたのだった。私の隣を歩くホアナの連れ合いが肺病かもしれないという事実に私はうろたえて、彼が咳き込むたびにうつされないよう息を止めたのだが、突如、私自身が肺病であって、おそらくはホアナの連れ合いよりはるかに重い肺病であることを考え、突然、私の隣を歩くホアナの連れ合いよりはるかに激しく咳き込んだのだった、すると彼は、私が咳き込みはじめるや自分の咳を止め、私が肺病で私からうつされる可能性があると悟ったかのように振る舞った、というのも私がいま咳き込みはじめるやちり紙を鼻に当て、私から顔を背けて歩くのだった。雑貨店主は灰色の雨着を羽織っており、これは葬儀で見たなかでもっとも賢明な衣類だった、と安楽椅子のうえで私は考えた。キルプの人びとはみな賢明な衣類を着ていた、ヴィーンから着た人びとだけがそうではなかった、彼らはみな同様に濡れそぼってしまった、そして寒いだろうと思って毛皮の外套で来た人たちは、実際にはかなり暖かく、そのひけらかしてみせている毛皮の外套によって奇怪で愚かしく見えたにとどまらず、すぐさま雨で小汚くなってしまった。彼らの毛皮の外套の表面にはどれもまもなく雨水が汚らしく溜まり、外套をつたって流れ落ちるのだった。彼らの開いた傘は、葬列が墓地に着くのとほぼ同時に山脈から墓のうえに降りてきた突風にまもなく裏返り、破れ、使いものにならなくなってしまった。こうした折りにはつねであるように、と安楽椅子のうえで私は考えた、司祭はげんなりする弔辞をぶった。それでも時代は変わった、と蓋の開いた墓をまえに私は考えた、と安楽椅子のうえで私は考えた、ホアナに向けて司祭は少なくとも弔辞をぶった、十年か十二年まえだったなら、オーストリアの墓地で自殺者に対して蓋の開いた墓のまえで弔辞をぶつ司祭などまだひとりとしていなかった。弔辞は、これまで私が蓋の開いた墓のまえで聞いたどの弔辞とも同じに簡素で、どうやら咽頭傷害を負っているらしい司祭の耳障りな声は高くなるときれぎれになってしまい、私には聞き苦しかった。残念なことに司祭の弔辞はそれでもまだ聞き取れてしまい、そこに盛られているのは、カトリック教会がこうした機会に差し出してくる嘘と偽善ばかりだった。弔辞の終わりに司祭は、子ども時代に自分はホアナとキルプの村学校に通っており、キルプの優しい女の子のことが偲ばれる、と語った。ホアナのヴィーン時代を彼は大都市の泥沼という言葉を使って特徴づけていた。彼は、地方小都市の役人がもつような顔をしており、典型的な農民顔ではなかった。私たちが田舎の農協営業所に入って金槌や鍬について、ゴム長靴や雑巾について訊ねるときにも、このような顔を見かける、と安楽椅子のうえで私は考えた、ごく短時間しか見ていられない、抜け目なく疑い深い顔だ。ヴィーンからの芸術家ご一行は、と安楽椅子のうえで私は考えた、キルプの墓地でカトリックの儀礼に服したが、これに彼らはもはや（あるいはこれまでもまったく）通暁していないだけでなく、これを実際彼らはまったく知らない、あるいは時とともにまったくわからなくなってしまっていた、もう何十年もこの儀礼に触れず、そのことだけで嘘つきに見られていた私と同じに。いつ立ち上がるべきで、いつならそうでないか、何をいつ唱えるべきか、何を歌うべきか、ご一行は知っているふりをしていたが、実は微塵ほども知らなかった、私と同じに。そこでヴィーンからの芸術家ご一行は声をひそめて唱えるだけで、そこで聞き取れず、歌うときにも声をひそめるしかなくて聞き取れなかったし、ご一行はキルプの人たち自身より一秒遅く腰掛け、キルプの人たち自身より一秒遅く立ち上がった、等々と。ヴィーンからの芸術家ご一行は口を動かすだけで、つまり演劇的効果を満たしただけだった、と私は考えた、私もまたキルプの墓地でそのあいだじゅう演劇的効果を満たすだけだったように。あるいは、いつもどおり満たしてもいなかったのだが。私の考えていたのは、葬儀のあいだ絶えず、ホアナの柩の中身は実際なんなのか、それはどう見えるのか、という点だった。葬儀のあいだじゅう私はこのただひとつの考えだけに集中しており、人言うところの嫌悪するべきこの考えに縛られていた。ホアナの連れ合いが鋼の掌で語った、彼が遺体安置所で体験したことのすべてを考慮すると、徹頭徹尾むごたらしい光景が葬儀のあいだじゅう頭をはなれず、いくらやめようとしてもできなかった、本当のところ私はこの考えを実際に望んでいなかった、当然望んでいなかったのだ、と安楽椅子のうえで私は考えた、そしてホアナの連れ合いのはばかりない態度、雑貨店主は鋼の掌でいつも彼にジョンと呼びかけていたもののどうしてなのか私にはこの時点まで思いいたらなかったのだが、このジョンがホアナの連れ合いとして鋼の掌で話した、霊安室でホアナの遺体のいわゆる安置換えを手配したとの嫌悪するべき報告、これが、柩の中身についての考えを私が向けてしまう原因だったのだ、と考えた。連れ合いジョンは、と安楽椅子のうえで私は考えた、キルプの遺体安置所から戻ってきて、グーラシュを食べている最中にこの報告をするべきではなかった、と、けれども他方で私は彼を、いままさにこのはばかりのなさと彼の発言の疑いないいわゆる真理内実ゆえに感嘆しており、そしてこの芸術的人士たちの誰一人にとってもそうであるように私にも、このようにはばかりなく安置換えを報告することなどできないと考えた。ホアナの連れ合いは遺体安置所での安置換えの描写から何も省かずに、ビニール袋という言葉だけで私など気分が悪くなってしまった。このような非芸術的な人間だからこそ、と私は考えた、実際に無作法な印象を与えずにこの手の怖気立つ報告をなにもはばからずにできるのだ、なぜならば、連れ合いが彼の報告内容を話すときには無作法でなかったのに、他の誰でも同じ内容を報告し描写していたなら無作法だったろうからだ。連れ合いジョンが遺体の安置換えについて報告したのと同じことを私がしていたなら、無作法どころか品性卑しく卑劣になっていただろう、と私は考えた。このジョンは葬儀のあいだずっと黙っていた、だが他の一同は少なくともどこかしらでいちど何かささやきあっていた、と私は考えた。蓋の開いた墓に彼がいちばんはじめに歩み寄り、司祭の従者の差し出したシャベルから一握りの土を墓の底にすでに置かれた柩のうえにかけたことを、周りに立っている一同は奇妙に感じていたが、どうしてなのかおそらく誰も言うことはできなかったろう、けれどもこれはやはり理にかなっていたのであって、ホアナの最初の夫、タペストリー芸術家のフリッツは葬儀に現れておらず、ホアナにはどうやらもう実際親戚はいなかったようなのだから。ホアナの連れ合いは、蓋の開いた自分の連れ合いの墓のまえに立っていると、醜いと同時に涙ぐましくもあり、彼を観察する者はすっかりうろたえてしまうのだった、私自身は実際彼に反感を覚えていたものの、それでも胸のなかでのことであり、もちろん口にしたり、おくびに出すことすら決してなく、彼に関しては善人という概念を用意していた、善人だ、とホアナの連れ合いが立っているのを見るに、墓のまえで私は独りごちた、どうしてそう思いいたったのか自分でもわからない、それはどうでも良いことでもあった。蓋の開いたホアナの墓のまえにまだいるうちに妻アウアースベルガーは私に、ヴィーンに戻るのに同乗する気があるかどうか話しかけてきたので、私は間髪を入れずに、私が用いると例外なく誰をも傷つける遠慮のなさで拒絶した。私はいいえと言い、それ以上答えなかった。そのあと鋼の掌ではヴィーンからやってきたほとんどの人が集まりおおきく長い食卓を囲んだ、アウアースベルガー夫妻はほかの一同のまえで彼らといっしょの食卓に着くほかないよう私に話しかけてきて、彼らなりに多少ともそれを強要したのだった。私としては、ホアナの連れ合いが雑貨店主や、ホアナとは子どものころから親しくつきあっていたキルプの他の数人といっしょの席にすぐさまかけておけばはるかに良かったのだが。このようにアウアースベルガー夫妻は、私に彼らの食卓に着くのを求めるような方法で、葬儀のあいだ私がずっと恐れていたことを強いたのだった。つまり、その晩ゲンツガッセの彼らの家に、彼らの芸術家晩餐会に、私は招かれていたのだったが、すでにキルプでごく短時間ではあろうと彼らといっしょになるように、と。ホアナの自殺が悲しくて私は口もきけないふりをして、アウアースベルガー夫妻と他の人びとが葬儀のあとで、私が先ほど食べたのとまったく同じグーラシュを食べているあいだずっと、何もしゃべらなかった。私が注文したのはたくさんの玉葱が添えられた酢腸詰めで、神経が苛立つばかりだったために、これまで絶えてなかったことだが丸パン二つまで頼んでしまった。アウアースベルガー夫妻は役者を、ブルク役者を招待してあった芸術家晩餐会のことばかり語っていて、野鴨でのこの悲劇役者、（と妻アウアースベルガーはくり返した）がどれだけお気に召したかをくり返し述べていた。妻アウアースベルガーは、この役者が野鴨の誰の役で登場して大成功をおさめたのかをくり返し言おうとしたものの言えないでおり、そこで私がエクダルだと言うとヒステリー状態になってエクダルという言葉を何回も食堂の広間に向かって大声をあげるもので気まずくなってしまうのだった、彼女はくり返しエクダル、エクダル、エクダル、そうそう、エクダルでした、と大声をあげつづけるため、夫アウアースベルガーから静かにしろと言われる始末なのだった。小柄で太鼓腹の夫アウアースベルガーはもちろんこの日も酩酊しており、つまりすでに酩酊した状態で葬儀に臨んでいた、と安楽椅子のうえで私は考えた、彼を知ってこの方ほとんどいつも彼は酩酊しており、この人間がいまもって生きているのが驚異なのだ。年に二回禁酒治療施設カルクスブルクに入っていれば、と私は考えた、彼を生きながらえさせるのに充分であるようだ、と。彼は二十年まえと同じに顔がむくんでいて、ほとんど皺がなく、典型的なゼラチンのようにどんよりとした顔をしており、青いガラスのような目は変わっていないな、と私は考えた。エクダル、エクダルと妻アウアースベルガーは何回も大声をあげ、鋼の掌の広間にいる誰も、彼女の大声が何を意味しているのか理解していなかった。妻アウアースベルガーがエクダル、エクダルと大声をあげている瞬間、彼女が厭わしいあまりに、私はまったく品性卑しく訊ねた、どちらのエクダルですか？　と。それに彼女は問い返してきた、どちらのエクダルですって？　これに私は、年取ったほうのエクダルですか、若いほうのエクダルですか？　と応じた。そのあと間が開いて、たしかに卑劣なやり方ではあるのだが私が嘲弄したと感じている妻アウアースベルガーを一同は見やった、そして妻アウアースベルガーは食べているグーラシュから目を上げないまま言った。年取ったほうです、と。妻アウアースベルガーはいま私を憎んでいると、安楽椅子のうえで私は考えた、私は彼女を平手打ちしかねないところだった、そのとき短時間ですでに泥酔している感の彼女の夫が突如、自分のグーラシュを食卓のまん中に押しやり、厨房の扉に向かって、おぞましい食い物だ！　と叫んだのだった。成り上がり者ならではの卑劣さを声いっぱいに滲ませた彼は、このおぞましい食い物だという言葉を厨房の扉に向けて投げつけたのだが、私自身はまさにこのキルプのグーラシュを葬儀のまえに非の打ちどころなくすばらしいと思って食べていたし、まだグーラシュを食べている一同も私の考えと同じであり、夫アウアースベルガーと同じ考えではなかった、私の知るかぎりでこの夫アウアースベルガーはどんな食堂や料理店に入っても、たとえそれが極上であろうとも、つねにあらゆる料理にけちをつけるのだった。いつでも第一級であるキルプの鋼の掌のように、私の知るとおり概してよく行き届いた食堂でよりによって、私には品がないと思えるこのようなやり方で自分を誇示してみせるとは少なくとも無礼だった、と安楽椅子のうえで私は夫アウアースベルガーの振る舞いについて考えた、彼は妻アウアースベルガーと結婚して以来彼女に養ってもらっており、どんな食堂や料理店に入ってもきわめて厭わしいやり方でいつも無礼このうえなく振る舞っていた。おぞましい食い物だという言葉を厨房の扉に向けて投げつけたあと彼は自分の椅子に背をもたせかけ、妻に向けて舌を出してみせた。妻アウアースベルガーは夫アウアースベルガーとの結婚生活がつづくうちに、夫による数多くの悪趣味な冗談にすっかり馴らされてしまっていたので、夫アウアースベルガーのこの舌出しに驚いていなかった。彼女はこともなくかがみ込んで、夫が台なしにしようとした彼女のグーラシュを食べきろうとしていた。彼女の食べ方は優雅でないわけではなかったが、飛び抜け洗練されてもいなかった、それに対して彼女の夫君、夫アウアースベルガーの食べ方は、安楽椅子のうえで私は突然考えたのだが、いつも滑稽でしかなかった。この成り上がり者は貴族的な食べ方を身につけようとしていたが、奇怪で滑稽な食器捌きから抜け出せないでいた。彼が食事をするときはいつでも愚かしい、と安楽椅子のうえで私はいま考えた、彼のなしたすべてのように、時とともにいっそう愚かしくなった、というのもまさにこうして時がたつにつれて彼はよりいっそうそれを洗練させようと、とはつまり自分自身を洗練させようと、いわゆる貴族的な仕草を見倣い、あらゆる点でそれを自ら用いようとしていたのだが、それによって時とともによりいっそう奇怪でよりいっそう滑稽になっただけでなく、よりいっそう厭わしくもなった、と安楽椅子のうえで私は考えた。彼がおぞましい食い物だという言葉を厨房の扉に向けて投げつけ、自分の椅子に背をもたせ、妻に向けて舌を出してみせ、そしていささか間があいて、突如彼は、俺はストリンドベリなんか全然好きじゃないと言い、一座を見回した。私は跳び上がり、これ見よがしにジョンと雑貨店主の卓に着いてみせた。そりゃない、と跳び上がりながら考えた、こんな集まりとは関係をもちたくない、と。ホアナの連れ合いと雑貨店主が座っている食卓に着こうとしたとき、妻アウアースベルガーが言っている様子が突然聞こえた、野鴨はイプセンです。これを承けて私は、芸術家席はこともなく無視することにして、ビールを一杯飲もうとジョンと雑貨店主のいる食卓に注文した。私には、ジョンと呼ばれている男からすでに聞き出した以上を、キルプの遺体安置所での安置換えの手はずに関してばかりでなく、ホアナにまつわる全般について聞き出してやろうという魂胆があり、雑貨店主も私と同じくらいしきりと、ジョンが現実にホアナとどのようにいっしょに暮らしていたのか、ここぞとばかりに彼から聞いてやろうとしていた。連れ合いがホアナと知り合ったのはズィメリンガー・ハウプトシュトラーセの彼女の住居で、ここは六十年代半ばにホアナによって実際、自身で身体運動スタジオと名づけた一室に変えられていた。もうずいぶん長いことホアナに稽古をつけてもらっていた彼の恋人がある日彼といっしょにズィメリンガー・ハウプトシュトラーセのホアナ宅に姿を現し、このホアナがどんなにすごい人物か、どんな芸術性をもっているのか彼に見せようとした、とのジョンの言を、安楽椅子のうえで私は考えた。恋人とは二回、三回とホアナを訪れ、しまいにはよりいっそう頻繁に、突如ひとりで、ホアナのために一夜にして別れた恋人をともなわずに来るようになったという。けれど彼は、とはジョンの言だが、ホアナに身体運動の稽古をつけてもらうことはなく、彼女に支えを見いだした、とは彼の言で、逆にホアナも彼に支えを見いだしていたという。基本的には彼、ジョンは、ホアナがそう呼んでいる身体運動スタジオなどなんとも思っておらず、最初の瞬間からもうすぐさま確信したところでは、この身体運動スタジオと呼ばれている場所で重要であるのはホアナが水面から沈まないでいる可能性だけであって、とは彼の言い表すところで、精神的にも金銭的にもズィメリンガー・ハウプトシュトラーセの身体運動スタジオから取り出せるものはなにひとつなかった、ホアナのこの身体運動スタジオに通っているのも多少とも無一物の人びとで、若い新進の俳優や、五十や六十にしてまだ世に出られると信じているもののまったく見込みのない、当然ながらそのように世に出る公算など微塵もない、いい歳をした素人演劇人だった。何度かいっしょに寝てからジョンは、結局はホアナ宅に間借りをしたという。実のところ彼はフリードリヒという名で、これにホアナは反感を覚え、はじめから彼をフリードリヒではなくジョンと呼んでいた、そのときからみなにとって彼はジョンになったのだという。彼はシュヴァルツァハ・ザンクト・ファイトの出身で、ここはザルツブルクの鉄道接続駅なので私もよく知っており、父親は他の人びとと同様に鉄道員だという、彼はザンクト・ヨーハンの中等学校に、最後はザルツブルク市にある工業高等専門学校に通った。二十三のときにヴィーンに出て、ヴィーンで暮らしてゆけるようズィーヴェリングの映画会社で働き、ホアナと彼を引き合わせた前の恋人とはそこで知り合ったそうだ、と安楽椅子のうえで私は考えた。当初彼はホアナの身体運動理論に関心があるような顔をしてみせたが、微塵ほどの関心もなく、ホアナの身体運動理論に多大なる関心をもっていると示すために、彼の言葉によるなら、恋人といっしょに何回か飛び跳ねてみせたという、けれどもその後もう間もなく彼は、彼が関心をもっているのはホアナにであって、彼女の身体運動理論にではない、とホアナに気づかせて、それをやめたという。彼女は落胆などまったくしていませんでした、とのジョンの言を、安楽椅子のうえで私は考えた。ホアナは実のところまったく稼ぎがなく、所有していたほぼすべてをすでに売り払っていた、タペストリー作家からの扶助もびた一文なく、そもそも彼の消息すらもうなんら聞いていなかった、というのも、彼女のタペストリー作家がまだメキシコに滞在しているのかどうか、そもそもどこにいるのか、そして彼がメキシコに連れていった、ホアナがくり返しジョンに言ったところでは拉致した彼女の友人と彼がまだいっしょであるかどうかすらも、彼女はずっと露知らずにいたからで、と彼は言った、結局ジョンがホアナの扶養も引き受けることになったのだ、と。ズィメリンガー・ハウプトシュトラーセに彼が入居したあともまだ二年間、彼女は身体運動スタジオをつづけたものの、最後には彼の命令で、すべてに対してすべての点で不幸しかもたらさなかった、絶えず憤激と諍いばかりをもたらしていたこの身体運動スタジオに見切りをつけたのだという。彼は彼女に酒をやめさせようとカルクスブルク療養施設への七回の入所の代金を支払ったがこれもうまくゆかず、いつでもホアナはカルクスブルクを出て帰ってくるとすぐさま飲みはじめ、とどのつまりは完璧に酒に溺れてしまった、とはジョンの言だった。それでも彼女を見殺しにはしませんでした。彼女を本当に愛していたんです、とは彼の言葉だった、と安楽椅子のうえに座り楽の間をのぞき込みながら私は考えた、彼女にとって良き連れ合いでいたかった、鋼の掌での彼の表現によれば、この不幸な子にとって。ホアナはいつだって不幸な子だった、と彼は言った、と安楽椅子のうえで私は考えた、何回もジョンはこの言葉を言ったが、私はそう感じていなかった、というのも幸福な人間だったころのホアナも私は知っていたからで、少なくとも五十年代に彼女は幸福だったと私は考えた、六十年代半ばまでは幸福だった、少なくとも彼女のフリッツに、タペストリー作家に去られる時点までは。あのとき彼女の身に不幸が降りかかった、と私は考えた。けれどもジョンの知っていたのはおそらく本当に不幸な子としてだけで、この子を彼は幸福にしようとして、私の考えではそれができなかったのだ。彼女を幸福にしようとしたんです、ホアナを、と彼は何回も言った、でもだめでした、と。すっかりお手上げである彼の立場がこの発言に現れていたと、安楽椅子のうえで私は考えた。彼女は頻繁にキルプへ行っていた、必ずしも彼といっしょにというわけではなく、たいていはひとりで生家へ行き、またまた失望してヴィーンに帰ってきていたという。はじめのうち彼は用心深く、やがてはよりはっきりと試みた、とは彼の言葉だった、と私は考えた。とうとう彼はホアナには救いようがないと悟ったという。自殺の晩彼女は、キルプへ行くときのいつものように、とは彼の言だが、彼に別れを告げていたそうだ。朝の六時にはもう雑貨店主がヴィーンの彼のところへ電話を掛けてきて、ホアナが首をくくったと雑貨店主はただちに告げたという、単刀直入に、私に対してはただちにではなく徐々に、私がしつこく訊ねるのに応えてようやく告げたのとは正反対だった。雑貨店主はジョンにはただちに、ホアナが自殺した、首をくくったと告げたが、私にはただちにではなかった。この事実に、私としては安楽椅子のうえでいささか長くあれこれと思いをめぐらせることになった。ジョンは私よりも彼女と親しい、と鋼の掌のジョンと雑貨店主がいる食卓に座りながら私は内心考えた、と安楽椅子のうえで私は考えた、彼に対してはただちに彼女は心を打ち明け、どのように考えているのかをしゃべっている、私に対してはそうでなく、私としゃべるときには回りくどく、実際、農民が都市の人間としゃべるように不自然ですらある、いわゆる無教養の者がいわゆる教養人と、自分の身分が低いと思っている者がいわゆる身分の上の者としゃべるように。びっくりはしませんでした、と突然ジョンは同じ食卓の雑貨店主に言った、私の見立てでは、彼女とはもうしばらくまえから比較的親密なつながりをもっているに違いなかった、と安楽椅子のうえで私は考えた。彼は冬の外套を羽織り、黒い鞄を肩に掛けてキルプに出てきたという。その先のすべては不愉快きわまりないことでした、と彼は述べた。この日本当にホアナを悼んでいる、それどころか彼女の自殺に衝撃を受けた者がキルプにいたとするなら、それはこのジョンだ、と私は考えた、私がこの間にずっと考えていたようには、彼は身を持ちくずしてなどまったくいなかった。しげしげと観察していた私は突然この人間に多くの長所を見たので、結局のところ自殺をしたとはいえホアナにとって彼は救いだった、少なくとも七年か八年は信ずることのできた実際の人間の避難所だったという考えを間もなくもつようになった、と私は独りごちた、なぜなら人間の避難所と私が名づけたこの人がいなかったならば、ホアナはおそらくもう何年もまえに自殺をしていただろうから、と安楽椅子のうえで私は考えた。ホアナは町に出て特別なものになろうと望んでいたものの、決してキルプから離れることができなかったのです、とはジョンの言、と安楽椅子のうえで私は考えた、どのように彼女がタペストリー芸術家フリッツに行きついたのか、もういまでは覚えていない。私が知り合ったときにはすでにホアナはフリッツと結婚して長年経っていた、それも、当時私が思っていたように、このうえなく幸福に、いずれにせよゼバスティアンプラッツを訪問するとき私はいつもこの印象を抱いていた。実際に私もしばらくのあいだゼバスティアンプラッツを我が家と感じていた、やりたいことをいつでも多少ともすることのできたこの広いアトリエを。フリッツと彼の妻ホアナ、実名エルフリーデは、ヴィーンにおける芸術家の中心点、で、私にとってはいわゆる劇芸術といわゆる造形芸術が理想的な婚姻を結んでいた、つまりそもそも芸術ないし少なくとも当時私が芸術と見なしていたものがここに中心点をもっていた。ゼバスティアンプラッツのアトリエで私は五十年代半ば、多少ともすべての、当時はまだ必ずしも高名でなくとも、それでもすでに知られていたヴィーンの重要な芸術家や学者、芸術家もどきや学者もどきと知り合い、時が経つにつれて自分のことをいわば彼らとともにそして彼らと接することで成長している作家であると、自分も彼らのような芸術家であるとすら感じていた。第十八区のヌスドルフ通りに私はねぐらを持っていたのでそこで存分に寝て、第三区のゼバスティアンプラッツには芸術の神殿をもち、午後の五時ころに詣でて、たいていは朝の三時ころにようやく引き揚げるのだった。六メートルか七メートルの高さがある巨大な空間にはフリッツの織機が何台か置かれ、彼と補佐の女性の二人か三人が作業をしていた。これらの織機から、当時すでにヨーロッパ中で、少なくとも専門家のあいだでは垂涎の的で賞讃された数々の絨緞が生まれた。フリッツが油彩画家からタペストリー芸術家となったのは、彼自身ごくあっさりと言い表したように、偶然によってだったという。彼はいつでも穏やかな人間という印象で、知性を吹聴したりはせず、ごく緻密な作業の割り振りを自分の生活での何よりも大切なこととして、私が知っていたかぎりでは何によっても誰によっても八時間労働が乱されることはなかった、と安楽椅子のうえで私は考えた。彼はイギリス製の短いパイプを口の端にくわえ、人と話すときにもそれを口から離さず、機を織っているときはいつもしぶしぶと、ただし人言うところのこのうえない平静さで話していた。ひどく風邪を引いている状態でもこのイギリス製の短いパイプを彼は口にしていた。彼の弟はヴィーンで声望のある建築家で、郊外にいわゆる大規模団地を建設し、自分の兄から他ならぬ天才的都市破壊者と名づけられていた。町なかの自宅とバーデンの葡萄栽培地に多少とも広大な土地を所有している裕福な家庭に育ったフリッツは、しかし徹底して謙虚な人間で、少なくともすでに述べてあるように彼がメキシコへ高飛びした時点まではその様子を保っていた。ゼバスティアンプラッツにやって来たのは芸術家だけではなく、ありとあらゆるいわゆる重要な人びとがホアナによって見つけ出され、ゼバスティアンプラッツに招待されていたが、その目的はと言えば、ひとつには彼女のほとんど病的なまでの社交欲求を満たすためであり、またひとつには夫のタペストリーがよりいっそう知られて名声を得て、よりいっそう高く売れるようにするためであり、そこでいつどの瞬間にも新聞批評家や政治家もゼバスティアンプラッツの客となっていたのはまったく当然だった、基本的にはまさに多種多様な人間が混ざっている状態こそが、今日考えてみるなら、若かった私が世界に対するこのうえない欲求をもって、今日考えるに、他のなにものにも代えがたく必要としていたものだった。ゼバスティアンプラッツでは、未来の芸術家にとって、すでに述べたように、とりわけ当時私がすでに自分をそうであると全力で感じていた未来の作家にとって必要である、いや不可欠である、都会人間たちのいわば理想的な断面図が私のまえにひろがっていた、そしてゼバスティアンプラッツが私には、自分の精神の発達にとっても重要な基盤に突然になっていたと、私にはためらわずに言うことができる、精神の発達は当時五十年代のはじめにしてすでに、そう言われているように、突然にして永遠に決定的なものだったのだ。ホアナにはヴィーン周辺地域出身の美しい女性だけにしかないような魅力があり、自分の目的にとって理想的な感覚をもち、ヴィーンの芸術、学問、政治に携わる人びとに多大な魅力をおよぼした。自分で縫ったのではないにしても自分でデザインをした、あるときはインドの、あるときはエジプトの、あるときはスペインの、あるときはローマの様式を模倣した長いドレスで彼女は客たちをゼバスティアンプラッツに迎えた。こうして客を迎える際に彼女はいつも朗らかな気質を見せ、そこにはまったく特別で独自な知性も備わっていて、いわばヴィーン的な芸術家気質そのものを体現しており、ゼバスティアンプラッツに来る一同は当然いつもそれが気に入っていたのだ。夫アウアースベルガーの仲介で二回か三回ここに迎えられたあと、突然私はいわば彼女好みの常連客となるのが許された。当時私には、ヴィーンでゼバスティアンプラッツほどに惹かれる場所はなかった、そして私が愛していたのは結局のところこのアトリエであり、タペストリー芸術家フリッツであり、ホアナであった。ゼバスティアンプラッツ以前に私にはそのようなアトリエはなかったし、このような大々的な実際の芸術舞台を知ることもなかった、そして長年私のヴィーンでの中心点だったゼバスティアンプラッツでのすべてが、ただただ私を惹きつけた。次第次第に私はゼバスティアンプラッツでいわゆる芸術概念を会得し、芸術家たちと知り合いになった、天才たちと、なにがなんでも天才になろうとしている者たちと。ゼバスティアンプラッツでホアナを観察することによって私は、社交界というものがどのように生じ、それがどのように発展し、人がそのような社交界をどのように自分に引き寄せ、助成し、くり返し保護育成し、自分の意のままにし、しまいには濫用し、搾取するのかを見ることができた。私はゼバスティアンプラッツで、簡単に言うなら社会を、芸術と芸術家の社会にとどまらず究め、そしてそれを自分にはっきりとわからせた。ゼバスティアンプラッツで私は、芸術家が何であり、彼らがどのようなもので、いかにしてこうであるのか、そして彼らが何でないのか、一生涯何になれないのかをはじめてまともに見た。ゼバスティアンプラッツで私は、なんの妨げもなしに彼らを、その後には絶えてないほど究めることができた、最大限の集中力をもって、とはすなわち最大限の受容力をもって、というのも当時の私は受容力と集中力のきわめて高い人間だったのだから。ゼバスティアンプラッツで私は、人間というものをようやくまともに知った、と言うことができる、すでにそれ以前から知ってはいたし、他の私の同類よりはよく知っていた、けれどもゼバスティアンプラッツで私は、人間を意識的に究めることによって、あらゆる人間の種類をようやくまともに知ることになった。ゼバスティアンプラッツで私は、人間考察と人間観察についての私の方法を自分自身の芸のひとつにして、この芸を生涯にわたり自分の習慣にしようとしはじめた。ゼバスティアンプラッツで私は、人間と人間社会に対する讃美ばかりでなく、同時に軽蔑をも自らのものにした、そう私は考えた、いわばこれらの人間、そして総じてあらゆる人間に関して、彼らについての途方もない喜びにいたったと同時に、彼らへの嫌悪にもいたったのだ。芸術家と人間一般のもつ力と無力が、ゼバスティアンプラッツで私にははじめて明瞭になった、まるでゼバスティアンプラッツで私が、いわゆる芸術家社会をそれまで覆っていた見通しのきかない霧を払いえたかのように、と私は考えた。ほとんど毎日ほとんど毎夜、これほど多数の芸術家が一団となっているのを後にも先にもゼバスティアンプラッツのほかで見たことがなかった、そしておそらくその大部分は実際のところ、私の今日での考えでは私が非芸術家と呼ぶものであったし、そうでありつづけたのだが、これらの芸術家一同が毎日毎日ゼバスティアンプラッツに出入りして、他方で私は当時たいていの時間ゼバスティアンプラッツを離れずにいた、タペストリーのまえに座り最大限の粘り強さでタペストリー製作にいそしんでいるフリッツを讃嘆し、ヴィーンのすべてのなかでも最大のアトリエで名声を得るのを夢見ているホアナを愛しながら。今日新聞でいわゆる著名なあるいは名声ある人名に出くわすとき、この名前の持ち主とならばゼバスティアンプラッツで知り合っていたと私が考えるのはほとんど言うまでもない。ホアナとともにラインハルト研修講座を受けて修了した彼女の仲間たちが、当時まだ数多くあったヴィーンの舞台の汚穢だめのなかにとうに消え失せていったのに対して、エルフリーデ・スルカールは、彼女自身そう思ったのだと言い張っていたように、ある明澄な見通しが開けた日のこと、ホアナに変じ、同時にまたタペストリー芸術家フリッツの妻にもなった。彼女の仲間たちがあらゆる可能な劇場とあらゆる不可能な劇場ですでに何年と、人言うところの苦労を重ねて神経をすり減らしつつ、慰安と娯楽に厭くことのない病んだ観衆に対して、私の考えるところでは総じて救いがたく手の施しようもない作品のなかの虚偽の道化を演じなくてはならなかったのに対して、ホアナは自身が栄達を遂げる夢をすでに諦めていたかもしれず、彼女のタペストリー芸術家の栄達のために全身全霊を打ち込んでいた。彼女の才能は芸術家としてのそれだけでなく、人びとからも言われているように非凡な社交の才能で、この才能を彼女はまるごと、彼女に全面的に忠実なフリッツに注いだうえに、それははじめから成功を収めた。というのもフリッツはホアナがいなかったなら決して今日の姿には、国際的タペストリー芸術家と呼ばれるような姿にはならなかったし、連想の山脈でサンパウロの大賞を取ることがなかったのも確実で、とどのつまりホアナがいなければ今日、ときおり新聞や雑誌で話題となっているという国家教授にもなっていないからだ。ホアナはフリッツのために自分を諦めた、そう私は考えている、しかしこの事実を決して過去のものにできておらず、おそらくはそれを、実際生涯にわたった絶望感のきっかけに利用するばかりだったのだろう、この絶望感に彼女は耐えなくてはならず、それを決して外には見せず、結婚生活が破綻し訪問販売員ジョンに代わりを見いだそうとしてから八年か九年たってからだったとはいえ、おそらくはそのときの絶望感によって、と私は考えるのだが、世に言うところの心折れてしまったのだ、この不幸な子は。彼女自身がなりたいと願いながらもなれなかった、威信ある、名声のある、それどころかついには世界的な名声のある芸術家という人物に、彼女はフリッツを育てた。彼女は自分自身を高みへと押しやることができなかったもので、フリッツを高みへと押しやった、つまり実際に世界的な名声にふさわしかったのはフリッツで、彼女ではなかった。いわゆる栄達に、それもいわゆる世界的栄達と世界的名声に自分がふさわしくないと悟った瞬間、彼女はフリッツを栄達へと、いわゆる世界的栄達へと強いた、私の考えるところでは一種の世界的栄達拘束衣を強制した、だがそれによって彼女の心が満たされたのは暫時にすぎず、人言うところでは永遠にではありえなかった。ホアナがいなければフリッツは、パイプをくわえたいつでも愛すべき中流階級のための画家、絨毯織工にとどまっていたと私は考える、仕事とパイプと就寝まえにひとりで、あるいはふたりでひっかける一杯のワインで満足している、人好きのする人間のままだったと。ホアナは彼をいわゆる平凡な状態から多少とも脅すことで実際にたたき起こし、はじめのうちは芸術活動にのたうちまわらせていたのが、やがては芸術家として開花させたのだ。ヨーロッパのあらゆる著名な美術館、大産業コンツェルン、保険会社、銀行のあらゆる格式張った重役室で壁に掛かったフリッツのタペストリーは、しかし長期的にはホアナを満足させられなかった。彼の名前と芸術が有名になり名声を得るにしたがい、この飛躍の創造主である彼女はそれだけ意気消沈せざるをえなかった。フリッツが頂点に達したとき、ホアナ自身は当然ながら意気消沈の最たるものだった、しかし自身にとっては消沈のどん底を意味するまさにこの頂点にあって彼女は、自分の作品、彼女のフリッツをつくりあげていわば完成させる作業をもう中断するわけにはゆかなかった。こうして彼女はフリッツという自身の芸術作品を外に向けて、もう一段、さらにもう一段と高みへと急き立てたが、彼女自身はすでに心の最深奥で、人びとが言うにはもう長いことこれを憎んでいたという。彼女が自分の芸術作品フリッツをさらにより高みへと急き立てるよう余儀なくされ、それによって自分自身はよりいっそう深い低みへと押し下げられていった、この成り行きで彼女は破滅したと私は考えている。ホアナ自身がつくり出し、多少なりとも完成させ、彼女にその責任があるとともに、つぶさに観察するなら彼女が心の底から愛していたフリッツという強大な芸術作品の重圧に、結局彼女は押し拉がれてしまった、そう私は考える。自分の身ではなし遂げられなかった、いわゆる大芸術家などでないにせよ、おおいなる芸術家の誕生を、彼女はフリッツでなし遂げ、そしてそれが実際現実になったとき、自分がなしたことを彼女が見てみるに死ぬほど驚いて、それによって彼女は殺された、そう私は考える。私たちがそうでありたい、そうなりたいと願っているのに、自身ではそうであることもそうなることもできないとき、と彼女は考えたのだ、私たちは他者を、やむを得ずにもっとも近くにいるものを、自分自身がそうなれなかったものにする、とホアナはおそらく考えたのだ、そしてフリッツを桁外れな作品に仕立てたが、それによって彼女は結局破壊され、抹殺された、そう私は考える。フリッツを知っていた誰も、フリッツがかくも名声を、それも世界的名声を得た芸術家になるなどとは、彼の作品がかくも世界的名声を得るなどとは、ありえないと思っていた、というのも、彼に備わっているすべて、彼のなかにあるすべては、このような名声、世界的名声のまさに反対であるのは、誰の目にも明らかだったからだ。しかしホアナは彼をこの名声ある、世界的名声ある者にした、そう私は考える、いっさいの異論に抗して。ホアナは実直なフリッツを世界的名声ある社交界の紳士に変え、われらがタペストリー芸術家は今日そのような人物として敬意をもたれている、そう私は考える、なぜならば彼女は、自身に拒まれざるをえなかったすべてをすっかり憑かれたようにはばかりなく彼に注ぎ込んだからだ、実際抑えがたく鎮めがたい功名心を。フリッツはホアナの作品だと私にはためらわず言うことができるし、さらに先に進めて言うこともできる、フリッツの芸術、つまりフリッツの芸術作品、世界中の名声を博する美術館に掛かっているフリッツのタペストリーのすべては、実のところはホアナの作品であり、今日のフリッツのすべてがホアナにより、ホアナそのものであるのだと。けれどもそのような考えは真摯に受けとられない、そう私は考える、これがいつでもそのように真摯には取られない考えでしかなく、そうでありつづけるだろうとは私にもわかっている、それにもかかわらず、そもそももっとも真摯な考えというのはいつもそのような真摯にとらえられない考えでしかないのだ。私たちが生き延びられるためには、このような真摯に受けとめられない真摯な考えのみを用いて私たちは考えるのだ、そう私は考える。もう二十年来なんら接してこなかった、二十年来接したいと望まなかった、そして私が私の道を歩んできたように彼らなりの道を歩んできたここに集まった人士に、私は何を求めているのだろう？　と安楽椅子のうえで私は独りごちた。つまりゲンツガッセで私は何を求めているのか？　と私は自問し、グラーベンで私は一瞬の感傷的気分に屈した、嫌悪に価するそのような感傷的気分などにけっして屈してはならなかったのに、と私は独りごちた。グラーベンで私は一瞬気弱になってしまい、もうこれほど長い歳月のあいだなんと言っても私が軽蔑し憎んでいたアウアースベルガー夫妻からの招待に応ずることで、自らを品性卑しくしてしまった、と安楽椅子のうえで私は独りごちた。私たちは一瞬間、不快きわまりないかたちで感傷的になり、自らを感傷的にする、と安楽椅子のうえで私は独りごちた、そして愚行という罪を犯す、そして決してそこまで行ってはならないところまで行ってしまう、それどころか私たちが軽蔑し憎んでいたところまで、と安楽椅子のうえで私は考えた、実際私はゲンツガッセに来ており、これは疑いなく私にとっての愚行であるにとどまらず、相当な卑劣行為だ。私たちは気弱になり、罠に陥る、社交の罠のなかに陥る、と安楽椅子のうえで私は考えた、なぜならばゲンツガッセの住居はいまの私にとって、自分が陥った社交の罠にほかならないからだ。なぜならば、アウアースベルガー夫妻が私に対して抱いているのは、自分たちの放つかなりの悪臭に満ちた楽の間に集い、妻アウアースベルガーがくり返し厭かずに言いつづけているように野鴨で大成功を収めたブルク役者を待ってこの場にいる一同と同様に、憎しみ以外のなにものでもないのは疑いないからだ、と安楽椅子のうえで私は考えた。彼らは役者をこれだけ長く待っているようには私のことなどいささかも待ちはしない、と私は考えた。ブルク役者の登場で最高潮に達するにちがいない、と私は考えた、この思い上がった愚かな演劇人のご登場で！　この厭わしき御仁のためだけに彼らはすでに、妻アウアースベルガーがくり返し芸術家晩餐会と称する夕餉を二時間おあずけにされていた、彼女がそう呼ぶのは、安楽椅子のうえでいま私が考えたところでは、おそらく自分たちの晩餐会をいつも変わらずこのような芸術家晩餐会と称していたためだろうが、ちなみに私の思い出すところではそれらは厭わしい晩餐会だった。それがマリア・ツァールであろうがゲンツガッセであろうが、アウアースベルガー夫妻宅で催されたのはいつも変わらず多少とも厭わしい晩餐会だった。彼らはいつでも豪勢な晩餐会を催そうとしており、それが豪勢きわまりない晩餐会、あるいはオーストリア風に言ったほうが良ければ豪勢きわまりない夕餉であるという信念すらをいつでももっていた、けれどもそれはいつでも厭わしく、愚かしく、まったくもって滑稽このうえない、実際げんなりする夕餉だった、と安楽椅子のうえで私は考えた。それはいつでもこのうえなく洗練されているということだったが、それはいつでもこのうえなく悪趣味で、このうえなく豪勢と言われていたが、いつでも失敗に終わった、安楽椅子のうえで私の思い出したところでは救いようなく失敗に終わった夕餉にすぎなかった。最上の食事がいつも食卓に供されているということだったが、それはいつでも不充分なものにすぎなかった、と私は考えた、彼らの夕餉ではいつも、まったくもって豪勢なものへの意志を彼らはもっていたが、実現したのはいつでも変わらず粗悪で目を背けたくなるものですらあった。基本的には彼らの夕餉に関しては、ふさわしいものはなかった、料理はそこそこ美味であるのがしばしばではあったが格別に美味ではなかった、飲み物も格別美味であることなど決してなく、そこそこ美味であることすら決してなかった、それらはいつでも劣悪で、安楽椅子のうえで思い出すところでは、質が劣悪であるか、温かすぎるか冷たすぎるか、甘すぎるか酸味が強すぎるかで、招待主であるアウアースベルガー夫妻自身いつも、彼らの夕餉ないし晩餐会がはじまるとすぐ、人言うところのたがの外れた状態で、ひと口食べはじめるや、ひと口飲みはじめるやもう、互いのおぞましい挑発に絶えず翻弄され、客たちが望んでいようがいまいが混乱した自分たちの関係に彼らを巻き込み、客たちに気を配ることなどいっさいなく、しまいには自分たちだけで汚しあっているのではもう満足できなくなると、夫婦のあいだの汚れを慎みなくこれらの客たちに投げつけ、実際いつだって不充分だった食事ばかりでなく、おまけに彼らの倒錯した臓物まで客たちの食卓に供し、多少なりともいつでも気分を害したこれら自分で招いた客たちを、ついには日常的な夫婦喧嘩で、粗暴な罵倒、非難の嵐の応酬で追い出したのだった。私には彼らの家で、それがマリア・ツァールであろうがゲンツガッセであろうが、夕餉が人言うところの夫婦生活の爆発なしに終わったのをほとんど思い出せない、彼らの晩餐会、というより夕餉のすべては最後には爆発し、ゲンツガッセではいつでも、マリア・ツァールではたいてい、言葉のもつこのうえなく本当の意味で、結婚生活の瓦礫と身の毛もよだつ結婚生活の悪臭が残された、と安楽椅子のうえで私は考えた、楽の間をのぞき込みながら。アウアースベルガー夫妻は社会的な力に劣っているという倒錯した意識をもっているようで、というのも妻アウアースベルガーは多少とも笑止なシュタイアーマルク山岳地帯の貴族家系に連なる分家の子どもにすぎないために、夫アウアースベルガー自身は母親がフェルトバッハの肉屋助手の娘で、父親は役場の下っ端職員だったために、社会に身をまっすぐに伸ばさなくてはならないという思いをアウアースベルガー夫妻はもっており、それによって結局のところ全力を挙げてふたりが刻苦するだけの力が求められたのであり、その思いなら少し注意して見るならいつでも彼らから見て取ることができたのだった、つまり、安楽椅子のうえで私が考えているように、妻アウアースベルガーは絶え間なく、それも一生を通して、夫君である夫アウアースベルガーが彼の出自から抜け出そうとしていたのと同様にいつでも自分の出自から抜け出そうとしていた、妻アウアースベルガーがシュタイアーマルクの田園貴族からだとすれば、彼女の夫は父親の役場職員の運命から、母親の肉屋助手という底辺からであり、しかしそれはいつでも周囲で見ている者、考えている者にすこぶる滑稽な印象しか与えられなかった。妻アウアースベルガーは、私の呼ぶところの田園貴族から一段うえに上ろうと、つまり少なくとも地方貴族の男爵や伯爵への段階を踏もうと、ほかのなににもまして反感を呼ぶとともに涙ぐましく、いつでもあらゆる手段を用いていたのだが、その努力は彼らについて私が知っている何十年ものあいだ実を結ばずにいた、というのも、このより高い段階の地方貴族に彼女が少なくとも手が届きそうになるといつでも、ようやく彼女が到達したこの段階の、彼女が切望していたその座を占めている者たちから彼女ははじき出されてしまっていたからだ、冷酷に容赦なく、そのため私の知っているところではいつでも痛手となっているのだった。より高い段階の地方貴族へとよじのぼり、すぐさま永久にと言わないまでもかなり長いあいだそこにしがみついていようという彼女の試みはすべて、いつでも失敗に終わった、と安楽椅子のうえで私は考えた。彼女の衣裳など何の役にも立たなかった、と安楽椅子のうえで私は考えた、同じく彼女の夫君、夫アウアースベルガーにも役立つことは決してなかった、彼は上昇しよう、貴族になろうと努め、それ以外の何者にもなろうという気は私の知るかぎり一生涯なく、すぐれた作曲家になるよりははるかに愚鈍な貴族になるのを望んだというのが事実で、妻よりもはるかに痛切に、くだらないやり方で頓挫していた。私の知っているかぎりで彼はいつでもシュタイアーマルクの伯爵のような身なりをしており、当然ながら左手の豪勢な印章付指環を手放せず、実際いつでも愚かしい容姿でしかなく、機知に富んでいないわけではないとつねづね言われていたが、それでもやはりはかり知れぬほど深刻に愚かしかった。夫アウアースベルガーはたしかに愚かではなく、逆で、と安楽椅子のうえで私は考えた、けれども貴族か、少なくとも伯爵以外の何者にもなりたいと思わないというただ一点で、彼はいつでもいわゆる帝冠に上りつめようとする者たちすべてのなかでももっとも愚かだった、と安楽椅子のうえで私は考えた。キルプで彼がおぞましい食い物だと言って、といま私は考えた、それによって一同のまえで自分を愚かしくも品性卑しく見せていたように、彼は私のまえで何百回、いや何千回と自分を愚かしくも品性卑しく見せてきた。彼が首を伸ばし口を尖らせて食事や飲物やそのほかのどうでも良いようなことに死刑判決を下すとき、気が効いているわけでもなければ心を打つわけでもなく、ただひたすら愚かでげんなりさせられるだけだった。そして夫アウアースベルガーでなによりもげんなりさせられたのはなんと言っても、と安楽椅子のうえで私はいま考えた、公式にはアウアースベルガーという名で、私にとっても当然ながらいつだってアウアースベルガーという名でしかなかった彼が、社会的に誇大に見せようという妄想の発作を起こし、突然にアウアースベルガーではなくアウアースベルクを名乗ったときだった、というのは、地方貴族であり、私の知っているとおり後に彼の妻となる当時の間貸し人のもと、ゲンツガッセにやってきた瞬間に自分の姓の尻尾を、すなわち最終音節をあっさりと切り落とし、何百年もつづくオーストリアの王侯家系という少なくとも風評だけでも得られるよう、突然アウアースベルガーではなくそのときからもっぱらアウアースベルクを名乗ったのだった。この倒錯した姓の尻尾切りを適切に表す唯一の語が厭悪感でないとするなら、あらゆる必要な慣行を無視したこの振る舞いは、少なくとも惨めったらしいくらいには呼ばずにはいられない、と安楽椅子のうえで私は考えた。キルプでの夫アウアースベルガーの態度は、五十年代に私が彼といっしょにいたときすでに知っていたそれと変わることがなかった。彼は微塵ほども変わっていなかった、と安楽椅子のうえで私は考えた。二杯か三杯を引っかけた彼は、鋼の掌の食卓に着いた一同をまえに道化を演じ、子どもじみたアウアースベルク騒動をやらかしてみせた、と私は考えた、というのも彼はすぐさま自分の中心的な役割を自覚し、世に言うところの一同を圧倒する演戯をしてみせたのだった。そして私は、彼が鋼の掌でおぞましい食い物だと言ったときには、ジョンと雑貨店主が着いた食卓に座っていた、なぜならば私には、二人のアウアースベルガーはそれぞれなりに、単にそこにいるというだけでもう耐えがたかったからだ。彼らが悪趣味な衣裳でいるのを、彼女は青地に押し染めのあるシュタイアーマルク民俗衣裳《ディルンドウル》を、彼はシュタイアーマルクの短上衣を着ているのを見たとたん、私は気分が悪くなった、というのも私には、ふたりがこの間変わっていないことが、過去二十年間、世界中その内奥で凄まじい変化が起きていたのが、アウアースベルガー夫妻には実際なんらの痕跡も残していないことが、ただちにわかったからだ。鋼の掌のこの食卓でアウアースベルガー夫妻はなんと惨めったらしく反感を呼んでいたか、それにもかかわらずここでも以前の彼らの友人一同がふたりの周りを群れなし、磁力の中点に引きつけられるようにアウアースベルガー夫妻に引きつけられていた、と安楽椅子のうえで私は考えた。かくも愚かしくくだらないのがアウアースベルガー夫妻だ、と安楽椅子のうえで私は考えた、彼らの周りにはあいかわらず三十年、二十年まえの社交界に集う群がいる、社交界に集う五十年代の群が。この二十年間実際何も変わっていなかったかのように、アウアースベルガー夫妻は、もう三十年まえに彼らの周りに座っていた芸術家の面々の中心にふたたび座っていた。この事実はどうしたゆえなのか？　と安楽椅子のうえで私は考えた。結論にはいたらなかった。安楽椅子のうえの私はこの現象で突然頭がいっぱいになった、いまだ何かに価したことのないのにアウアースベルガー夫妻がいまだ変わらず存在しているなんて、どうしてありうるのかと、そして私は考えた、彼らの財産はもともと尽きないほどだったに違いないと、そこで彼らが結婚してこの方三十五年が過ぎ去ったあとでもまだ、この財産に守られ扶養されているにとどまらず、今日でもまだ実際、私が見ているように、贅沢三昧で暮らしているのだ。夫アウアースベルガーが所持していたのは生来の天才にほかならなかった、と安楽椅子のうえで私は考えた、まったくもって非凡な音楽性だ、と私は考えた、途轍もない言語の才能であり、いつでも狂気と紙一重で振る舞っていたとはいえ、それでもまさにこの理由から非凡な知性ではあった、結婚まえにはヴィーンの音楽学校で何年か教員をしており、それによって彼が得られたのは最下級官吏の俸給にすぎなかったが、これを除けば彼はびた一文もっていなかった、それに対して、以前はフォン・ライアーと称していた妻アウアースベルガーは、裕福なのであろうと私はつねづね思っていて、いまはその旨承知しているとおり実際豊かな家の出だった。彼女の財産の出所はとりわけ、父親が大戦間にただ同然でマリア・ツァール近隣に購入したかなりの地所で、そのなかには邸宅と呼ばれている築五百年になるかつてのザルツブルク領地裁判所も含まれており、ゲンツガッセにいたのでは蒸し暑さと黴臭さがはなはだしくなる夏のあいだじゅうアウアースベルガー夫妻はここに逗留するのだが、ヴィーンの裕福な人びとがみな田舎へと逃亡するのは七月末であるのに、アウアースベルガー夫妻はもう五月末にはすでに移動していた。それらの地所はどれも、かつてはシュタイアーマルクのもっとも美しい地域のひとつだったマリア・ツァール周辺地域にあり、とりわけ地元民からは敬意を込めて大聖堂と呼ばれているおおきな巡礼教会で名が知られ、それは実際ロマーノ・ゴシック様式の貴重な建築だった。この地所によってアウアースベルガー夫妻はいまやもうほとんど三十五年にわたり生きながらえてきた、と安楽椅子のうえで私は考えた、この地所を売り払うことで。シュタイアーマルクの高名な弁護士であるアウアースベルガー夫妻のおじがアウアースベルガー夫妻の地所を次第次第に切り売りし、今日でもなお売りつづけている。アウアースベルガーの地所を売却することでマリア・ツァールは無惨な事態になってしまった、と安楽椅子のうえで私は考えた。つい二十年前にはこよなく美しい牧草地だったところに、いまや何十という、どれもこれも劣らず醜いいわゆる一戸建て住宅が建っている、大部分は近郊にある倉庫から買い手が直接取り寄せることのできるいわゆる出来合の組立住宅で、だらしない板金工の親方が安っぽい波形スレート屋根を釘で留めた、身震いのするコンクリートの塊だ。ちょっとした林があり、春になると庭は咲き誇り、こよなく美しい彩りで凋落の秋を迎えていたところに、風景どころかそもそも自然など一顧だにしない、もっぱら政治的な動機にもとづいた金銭欲に、品性卑しい無産者階級のコンクリート・ヒステリーに支配された、われらが時代のコンクリートの潰瘍がいまや繁茂している、と安楽椅子のうえで私は考えた。アウアースベルガー夫妻がもつマリア・ツァールのこれら地所の一箇所ないし数箇所は毎年マリア・ツァール近隣の人びとに売られ、彼らの低俗にして卑劣な建築についての信条は次第次第にこのマリア・ツァールを完璧に荒廃させつつあり、いやすでにマリア・ツァールは荒廃をきわめていた、というのも私は二年か三年まえにいちどイタリアからヴィーンへ向かう途中、いわばお忍びでマリア・ツァールに行ったことがあったが、自分の目を信じられなかった、アウアースベルガー夫妻の倒錯した地所売却だけによってすでに抹殺されているマリア・ツァールの破壊はいかほどだったか、と安楽椅子のうえで私は考えた。金などそもそも稼いでいない、そんな必要などないと考えているのかもしれないアウアースベルガー夫妻の地所が売られてゆくごとに、その区画のマリア・ツァールの自然は破壊され、そして私が自身の目で見たように、マリア・ツァールはすでに破壊されていた。というのも、マリア・ツァールは二十年まえにはまだ実際シュタイアーマルクのこよなく美しい場所のひとつだったのが、いまやアウアースベルガー夫妻に良心が欠けていたためもっとも醜悪な場所のひとつとなっている、これが本当のところだ、と安楽椅子のうえで私は考えた。アウアースベルガー夫妻はシュタイアーマルクのこの至宝に対して責任がある、と安楽椅子のうえで私は考え、そして突然、マリア・ツァールの風景を抹殺したのは、この嫌らしい時代によって建築ヒステリーに駆り立てられたマリア・ツァール地域の庶民ではなく、アウアースベルガー夫妻なのだと考えた、かつてはみごとだったマリア・ツァールのほぼ全域に嫌悪するべき家屋を建ててすでに醜く荒廃させてしまったと非難を受けている人びと、誰も彼らにどのように家を建てたら良いかを教えなかったために、オーストリアのいたるところでそうであるように、無造作にこの地域に家屋という糞便を垂れ流してしまった人びとではなく、陰にいるアウアースベルガー夫妻なのであって、彼らはまだ残っている最後の地所すら売り尽くすよう弁護士のおじを毎年急き立て、そしておじが彼らの最後の地所をも売却してくれるだろうから彼らは指一本動かす必要もなく多少とも役に立たない彼らの社会的生活を継続できるのだ、と安楽椅子のうえで私は考えた。陰険なる社交自慰中毒者、と安楽椅子のうえに座り私は考えた、タペストリー作家フリッツがあるとき彼らに面と向かって言ったのは、安楽椅子のうえで私が思い出したように、なんとうってつけの言葉だったか。作曲家でありたいと夫アウアースベルガーは望んだ、しかし彼がなったのは、妻の財産で腑抜けてしまい身を持ちくずした、ヴェーベルンの後継者としての社交界の模倣者以外の何者でもなかった。この宵ほどに私がアウアースベルガー夫妻に対して憤激を覚えたことはめったになかった。ホアナのような人間は自殺し、と安楽椅子のうえで私は考えた、アウアースベルガー夫妻のような寄生虫にして社交界の模倣者が生きて生きて生きて、基本的には生涯を通じて退屈し、歳を重ね重ね重ね、そして無用以外のなにものでもない。ホアナのような人間は自分自身で首に巻きつけた縄で終わりを告げ、ビニール袋に突っ込まれ、そしてなんとも安っぽく埋められ、アウアースベルガー夫妻のような人士は、吐き気をもよおすほどの退屈とくだらない世界厭悪に浸りきりどれだけ多くの晩餐会をどれだけ多くのブルクの役者たちに催したらよいのかわからずにいる、と安楽椅子のうえで私は考えた。ホアナのような人間が何年も必要最小限しか所持しておらずついには自殺するのに対して、アウアースベルガー夫妻のような人間はなんでもありあまるほど持ち、歳を重ね高齢になるものの、なにに向けてでもまったくない、と私は考えた。ホアナのような人間を彼らは見捨て、ついには誰ももう気にかけないのに対して、彼らは今日、二十年まえ、三十年まえと才分違わずアウアースベルガー夫妻のような人間の周りに群がっている。アウアースベルガー宅の晩餐会など倒錯した習慣にすぎない、と安楽椅子のうえで私は独りごちた。これらの人びとは別荘を持ち、こうした都市の芸術やくざにこの別荘を開放するが、それは人間愛からなどではなく、当然ながらそうではなく、吐き気をもよおす退屈とくだらない私欲からで、いまだに青春時代の友情という美名のもとに登場する、田舎の空気を求めて喘ぐこれらの都市の芸術やくざを濫用し、私のことを何年にもわたって侮辱し空洞化し、ぞんざいにあしらったように、このやくざを侮辱し、空洞化し、ぞんざいにあしらい、そして楽の間で無為に座ったり立ったりしている人びとをまとめて私はひとりで都市の芸術やくざと名づけたのだが、このやくざはいまだにゲンツガッセにのこのこやって来てそれに感謝してみせている。楽の間でいま無為に立ったり座ったりしているこれらの人びとはみな、私自身を含めて、何年も何十年もマリア・ツァールでアウアースベルガー夫妻の客だった、そしてその地でアウアースベルガー夫妻に利用し尽くされ、アウアースベルガー夫妻の田舎での退屈と田舎での常軌を逸した行動のあいだを橋渡しするのに力を貸していた、何日も、何週間も、何か月も、何年も、そしてアウアースベルガー夫妻から凌辱され、利用し尽くされ、濫用されただけであると気づかなかった。彼らが招待されたのは濫用されるためであり、アウアースベルガー夫妻がいつもそれとなくにおわせたように友情や愛からではなく、そんなものはいつだって偽りのばかげたものにすぎない、と安楽椅子のうえで私は考えた。破局にいたった彼らの結婚生活を修復するためにアウアースベルガー夫妻は私をマリア・ツァールへ招いたのであって、彼らにそう思わされたように、私に休暇中の居場所ができるようにということではなかった、彼らが考えたところでは、そうすることで彼らの結婚生活の不和をまるく収めようとしたのだが、当然ながらそうとはいっさい言わずに何週間も、あるいは何か月も、それどころかまる一年、いや二年も、彼らが言っていたように、私に好きにさせるためではなかった。彼らが私をはじめてマリア・ツァールに招いたのは、ぐれて身を持ちくずし、餓え死にしそうな印象をおそらく彼らに与えていた私を、無私な気持ちで食べさせてくれるためではなく、マリア・ツァールの彼らの罠へと実際遠慮会釈なくおびき入れ、彼らの結婚地獄を少しでもましにしようという魂胆からであり、言うなれば彼らの保護と愛を必要とする栄養不良の若者を呼んだわけではなく、彼らをこの結婚地獄から救い出す目的の手段としてザルツブルクの道化を呼んだのだ。私にしても自分にかけられた罠を即座に罠と認識できないほどにおめでたく、この罠に足を踏み入れ、彼らに対してそれもすぐさま、その後はよりいっそう懸命にザルツブルクの道化を演じてみせたのだった、安楽椅子のうえで私がいま考えるように、恐ろしい彼らのシュタイアーマルクで。怒りにまかせて修了証を両手で潰し粘つく塊にしてズボンのポケットに入れたままモツァルテーウムを了えた私を、いま私が思い出すように、彼らはゼバスティアンプラッツで開かれていた誕生祝の場でマリア・ツァールに招待した、と安楽椅子のうえで私はいま考えた、そして私は招待に応じてしまった、というのもアウアースベルガー夫妻が私をマリア・ツァールでの結婚地獄に招いたとは知らなかったからだ。ザルツブルクのおめでたい若者に彼らはその下劣さでもって飛びつき、マリア・ツァールの彼らの邸宅に招いた。そして私は彼らの招待に応じたのだが、残念ながらそう思いいたったのは後になってようやくのことで、それは狂気の沙汰だった。アウアースベルガー夫妻のような人士は、自分には金があり広大な、いや巨大なすばらしい土地があり、同様に広大な、いや巨大なすばらしい家がある、と言う、そしてそうしたなにも持っていない私たちは彼らの罠にはまる、と私は考えた。私たちは彼らの過剰な所有に感化されて彼らの罠にはまる。私たちは彼らの上面しか見ず、彼らの言っていることの表層しか聞かず、彼らの罠にはまる。私たちは彼らがひけらかしてみせるのに感銘を受けて彼らの罠にはまる、と安楽椅子のうえで私は考えた。彼らは、大きく美しい丸屋根のある大きく古い屋敷について語り、自分の所有する地所だけを延々と散歩することや、庭での美味な食事や毎日城から城へと車で遠出することを語る、すると私たちは感銘を受けて彼らの罠にはまる。彼らは田舎では無制限の豪奢な世界が待っていると私たちに思わせる、すると私たちは感銘を受けて彼らの田舎の豪奢という罠にはまる、と安楽椅子のうえで私は考えた。彼らはくり返し自分が所有しているものについて、実際にはそうは言わずに自分の無限の財産について語る、すると私たちは感銘を受けて彼らの罠にはまる。設備の整った厨房やぎっしりものの詰まった地下の貯蔵室、何万冊もを誇る蔵書について彼らは語る、すると私たちは感銘を受けて彼らの罠にはまる。彼らは所有している釣り場や水車や製材所には言い及ぶ、けれども自分のベッドについては触れない、すると私たちはそれらに感銘を受けて彼らの罠にはまり、彼らのベッドに入る、と私は考えた。そして私たちは、当時五十年代初頭にそれ以上を知らなかったように、それ以上を知らないがゆえ、私たち自身多少ともひとつの終着点に行き着いたため、私たちは彼らにこのうえなく深く感銘を受け、このうえなく嬉々として彼らの罠にはまってゆく。私がモッァルテーウムを去ったとき、私にはなんらなす術もなく、ヴィーンにやって来たはいいがヴィーンは私にとって逃げ道ではなく、冷たく残酷な絶望以外のなにものでもなかった、そこで私は当然のごとくアウアースベルガーの罠にはまった、ほとんど私の運命の罠とすら言える彼らの罠に、と安楽椅子のうえで私は考えた。彼らの直感が私を指名した、と安楽椅子のうえで私は考えた、彼らの直感が命中したのだ、と私は考えた、というのも、それがいつどのようにしてだったか突如皆目わからなくなってしまっているが、私の知り合ったときのアウアースベルガー夫妻にとって五十年代はじめ当時、私はあらゆる可能性のなかでもっともうってつけだったからだ。ジャニー・ビルロートを介してホアナとゼバスティアンプラッツで知り合ったのは、と安楽椅子のうえで私は考えた、たしかに覚えている、けれどもどこで彼ら、アウアースベルガー夫妻自身と知り合ったのかはもはや覚えていない、といま私は考える、そして私は突如、いったいどこでアウアースベルガー夫妻と知り合ったのか？　と自問したが、思い出せなかった、もう思い出せない、忘れてしまったのだ。私はしきりと考えてみたが思い出せなかった。このような一時的な衰弱状態、精神衰弱状態がこのところしきりに起こる、と安楽椅子のうえで私は考えた、さまざまな病に、さまざまな神経症に私は罹っているのだし、この日すでにさんざんな目にあったあとではそれも奇異ではなく、当然のことだ、と私は考えた。そして、今年になってまださほど経っていないのに、すでに五回男女の友人の葬儀に出た、と私は独りごちた。彼らはみな突然に死んでいった、と私は考えた、たいていは自らの手で、と私は独りごちた。突如激して珈琲店から通りに飛び出し轢かれてしまうか、首をくくるか、卒中に見舞われるか。五十も越えると私たちはひっきりなしに墓地へ行く、と私は考えた。まもなく町なかよりも墓地でのほうが友人が多くなる、と私は考えた。田舎で生まれると自殺するため田舎へ行くものだ、と私は考えた。彼らは自殺のためには生家を選ぶ、と私は考えた。そして基本的には彼らはみな病んでいる、例外なく。彼らが自殺をしていないならば、自分の不注意で罹った病で死ぬ、何回か私は、安楽椅子のうえでそうすることが愉快であるかのように、不注意という言葉を何気なく口にした、くり返し不注意という言葉を口にして、しまいには楽の間にいる人びとの気を引いてしまうほどつづけざまに不注意という言葉を口にしたが、彼らが突然楽の間から顔をのぞかせて玄関の間の私のほうを見ているのに気づいたため、それ以上口にするのをやめた。彼らの誰とも三十年まえ、それどころか二十五年まえにもまだ親しくつきあっていた、と私は考えた、もう理解できないことだったが。しばらくのあいだ私たちは人びとともにひとつの方向に歩んでゆく、その後目覚め彼らに背を向ける。私は彼らに背を向けた、彼らが私に背を向けたのではない、と私は考えた。私たちは彼らと固く結ばれていたのが、突然彼らを嫌悪し、彼らを去るに任せる。私たちは何年も彼らの後を追い回し彼らの愛情を乞い求める、と私は考えた、そして突然彼らの愛情を得ると私たちはもう彼らの愛情などいささかも欲しくなくなる。私たちは彼らのまえから逃げ去り、彼らは私たちを連れ戻し、私たちを強引に引き寄せ、私たちは彼らに服する、どのような無理強いに対しても、と私は考えた、そして彼らのうちで自分を放棄し、果ては徐々に死んでゆくか遁走するかのどちらかだ。私たちは彼らから逃げ去り、彼らは私たちを連れ戻し、私たちを圧殺する。私たちは彼らのあとを追いかけ、私たちを迎え入れてくれるよう懇願し、彼らは私たちを受け入れて私たちを殺す。あるいは私たちははじめから彼らを避け、一生のあいだ彼らを避けることに成功する、と私は考えた。あるいは私たちは彼らの罠にはまり窒息する。あるいは私たちは彼らから逃げおおせ、彼らを扱き下ろし、誹謗し、彼らについての虚偽をふれ回る、と私は考えた、自身を救うため彼らを誹謗する、自身を彼らから救い出すためにできるところでならば、自身の生のため彼らから逃げ出し、いたるところで彼らを責め立てる、私たちに対して責任があるのは彼らだと。

あるいは彼らが私たちから逃げおおせ、私たちを誹謗し、責め立て、私たちについてのありとあらゆる虚偽をふれ回る、自身を救い出すために、と私は考えた。私たちは自分がもう死んでいると考えている、すると彼らに出会い、彼らが救ってくれる、しかし私たちは彼らが救ってくれたことに恩を感じず、逆に彼らを呪い、そのことで彼らを憎み、自分を救ってくれたことへの憎しみを一生涯彼らに浴びせつづける。あるいは私たちは彼らに取り入ろうとして、彼らは私たちを相手にしない、私たちは復讐し彼らを誹謗し、いたるところで彼らを扱き下ろし、しまいには憎しみを墓のなかまで彼らに浴びせつづける。あるいは決定的瞬間に彼らは私たちを助け起こしてくれ、助け起こしてくれたがために私たちは彼らを憎む、私たちが彼らを助け起こしたがために彼らが私たちを憎むように、と安楽椅子のうえで私は考えた。私たちはあるとき彼らに親切にして、一生感謝される権利があると考える、と安楽椅子のうえで私は考えた。私たちは何年も彼らと親しくつきあい、それが突然生涯そうでなくなり、なぜ突然そうでなくなったのかまったくわからない。私たちは彼らを切に愛するあまり、この愛に病み、そして彼らは私たちに反感を呼び覚まし、私たちの愛を憎む、と私は考えた。私たちは彼らからすべてを与えられ、そのことで彼らを憎む。私たちはなにものでもなく、彼らが私たちをひとかどにしてくれて、そのことで私たちは彼らを憎む。私たちは、そう言われているように無から生じている、そして彼らが私たちをさまざまな事情のもとで天才に仕立て上げてくれ、彼らが私たちを天才に仕立てあげてくれたことを、彼らが私たちを重犯罪人に仕立て上げたかのように、私たちは彼らを断じて許さない、と安楽椅子のうえで私は考えた。私たちは彼らからすべてを与えられ、と安楽椅子のうえで私は考えた、そして私たちはそのことで一生涯彼らを軽蔑と憎しみで罰しつづける。私たちは彼らにあらゆるおかげをこうむっており、私たちは彼らにあらゆるおかげをこうむっていることで彼らを断じて許さない、と私は考えた。自分にはさまざまな権利があると私たちは思っているがいかなる権利ももってはいない、と私は考えた。なんらかの権利をもつ者などいない、と私は考えた。世界が、すべてが不当そのものなのだ、と私は考えた。人間とは不正であり、不正がすべてで、それが本当なのだ、と私は考えた。私たちが使いこなせるのは不正だけだ、と私は考えた。これらの人びとはいつだってすべて見せかけだけだった、本当はなにものでもなく、あるときは教養があるかのように見せかけるがそんなことはなく、あるときは、人言うところのムーサに護られ芸術の才に恵まれているかに見せかけるがそんなことはなく、あるときは人間味があるかに見せかけるがそんなことはない、と私は考えた。そして彼らはいつだって好意的であると見せかけているだけだった、なぜならば彼らは実は好意的などではないのだから。そして彼らはとりわけ自分が自然であると見せかけるが、自然だったことなど断じてない、彼らのすべてはいつだって作為そのものでしかなく、彼らが哲学的であると主張しそう見せかけても、彼らは偏屈である以外のなにものでもなかった、そして彼らがグラーベンで私に、いまヴィトゲンシュタインを全部もっていると言ったときの嫌らしさを私はふたたび思い出した、ちょうど彼らが私にいまフェルディナント・エーブナを全部もっていると二十五年まえに言ったのと同じように。当時彼らは同じ悪趣味さで哲学的素養が、少なくとも哲学的関心があると称していた、というのも私が哲学的な人間である、哲学的思考をしていると当時彼らは思っており、おそらく今日でもまだそう思っているのだが、その私をまえにそうしなくてはならないと彼らは思っていたからであり、しかし私はそのような者ではない、なぜなら基本的に私自身には哲学者とはなんであるのか今日にいたるまでまったくわからず、哲学的思索とはなんであるのかもわからないでいるからだ。彼らはあるときにはフランス文学についていくばくか理解しているように、あるときはスペイン文学についていくばくか理解しているかのように、あるときはドイツ文学について理解しているように見せかけ、そして私がスペインとフランスのかなり多くの詩人を、そしてほとんどのドイツ詩人を彼らのところで、つまり彼らを通して、とりわけ膨大な蔵書のある、ゲンツガッセよりもはるかに多数の蔵書があるマリア・ツァールで知ったのは本当だ、ゲンツガッセの蔵書だけでもかなり浩瀚で立派と呼べる、それも学術書として立派と呼べるものなので、妻アウアースベルガーの祖父が揃えたのだったが、それもまた見せかけをつくろうためであって、その後裔であるアウアースベルガー夫妻はこの蔵書から三十年のあいだにおそらくは二十回か三十回以上書籍を取り出したことはないだろう、それに対して私は、ゲンツガッセとマリア・ツァールにあるこれらの蔵書に、文字どおり飛びついたというように言える、それが無知の者の情熱をもってであったと言わなくてはならないが、と私はいま考えた。そして、私をまずはゲンツガッセに、それからマリア・ツァールにも結びつけたのは、アウアースベルガー夫妻自身であったわけではさらさらなく、彼らの先祖が揃えた大々的な蔵書だったのかもしれない、この先祖にしてもこれらを揃えたのは見せかけをつくろうため、学術性の、教養の、いつでも流行だった大都市人間の博識の見せかけをつくろうためにすぎなかったのだ。博識ぶりは、と私は考える、いつの時代にも流行だった、この二十年ほどいささか流行遅れになったにしても、いまやふたたび流行のたけなわだ。彼らがいつでも見せかけていたのは、現実的なことへの能がまったくなかったからだ、と私は考えた、彼らのすべては以前からいつでも見せかけにすぎなかったしいまでもそうだ、社交に関することすら、彼ら自身の関係すら、彼ら自身の結婚生活ですら見せかけにほかならなかった、彼らが結婚生活を見せかけていたのは、本当の結婚生活を送ることができなかったし、いまもできていないからだ、と安楽椅子のうえで私は考えた、そして生まれてこの方、見せかけで生きてきたのはアウアースベルガー夫妻だけではない、楽の間にいるこれらのすべての人びとがいつでも見せかけだけにしたがって生きてきた、決して本当に、一瞬たりとも現実を彼らは生きてこなかった、と私は考えた。そうするだけの勇気も、そうするだけの力も、それに必要とされる真理への愛も、これらの人びとはすべてなにももっていなかった、と私は考えた。彼らはみないつでもまさに流行のなかだけで生きてきた、と私は考えた、いつでも流行を見せかけとしてまとい、その衣にこのうえなく完璧に服してきた、と私は考えた、そしてヴィーンでフェルディナント・エーブナを読むのが流行だったとき彼らはフェルディナント・エーブナを読み、今日ヴィトゲンシュタインを読むのが流行ならば彼らはヴィトゲンシュタインを読む、けれども当然ながら彼らはフェルディナント・エーブナなど決して読んでいなかったし、今日ヴィトゲンシュタインを読んでいない、彼らは三十年まえにエーブナの一連の著作を家に運び込んでいた、いまヴィトゲンシュタインの著作を運び込んでいるように、そしてそれについて語りはするが読んではいない、さんざんそれについて語りはするが読みはせず、やがて絶え間なく、場合によっては何年ものあいだ語ってきたものが突然流行遅れになると、そこで彼らも突然もはやそれについて語らなくなる。そして、かつてヴィーンでフェルディナント・エーブナについて話題にしていたように、いまヴィトゲンシュタインについてあれこれ話題にしているので、と私は考える、ヴィトゲンシュタインのほうは教員であるよりも哲学者であって、フェルディナント・エーブナは哲学者であるより教員だった、そしてヴィトゲンシュタインは生き延びて哲学者として歴史に残るだろうが、教員としてのみ歴史に残ったフェルディナント・エーブナはそうはならない、と。アウアースベルガー夫妻はいつでも自分たちが立派であるように見せかけて、同じように芸術家のようにも見せかけていたし、もちろんのことなによりもまずは、人間味があるという見せかけを呈していた、超人の見せかけとは言わないまでも、と私は考えた、その一方で彼らは、この見せかけのもとでいつでもみすぼらしさそのものでしかありえず、彼らが本当に望んでいたものには決してなれなかった。一流に、貴族に、すでにそうであるなら高位貴族には。彼らが一生涯、反感を呼ぶとともに滑稽であるこの世界像にしがみつき、昼も夜もそれによって自分を駆り立ててきたのは、彼らの奇怪なところだ、と私は考える。アウアースベルガー夫妻はまた、芸術後援者を見せかけてもいた、と私は考えた、そして彼らが誰であれ貴族界に属していない者を招いたとき、これは彼らにとって後援活動だった。しまいには彼らは私から在郷芸術後援士の称号を授与されたが、それは多少とも謝肉祭勲章のようなものであるのに、彼らは私の辛辣な冗談を真に受けていた。彼らは道のりをきわめ、このきわめた道のりを踏まえどのような方法であれ自らを正す、ということをせず、道のりをきわめてみせるだけの金銭ならば充分にもっているにしても、彼らの時間を、それゆえ彼らの何十年を、いわゆる一流を模倣することで、貴族になろうとすることで浪費した。貴族模倣者として貴族への熱狂に消耗し尽くし、そこから何をもってしても治癒されることはなかった、と言うより私の考えるところでは、治癒される気すらなかった。芸術家を見せかけてはいた、と私は考えた、けれども小市民にすぎなかった、実際の市民階級の振る舞いすら、いわんや富裕市民階級の振る舞いをするにはあまりに弱すぎたからで、彼らもこの弱さゆえそのような振る舞いを軽蔑していた、と私は考えた。かつて彼らの罠にはまった者たちを彼らは最後の最後まで掠奪した、と私は考えた。けれどもその掠奪は、掠奪されている人びと自身のせいなのだ、と私は考えた、というのもアウアースベルガー夫妻に掠奪されているとき彼らはそれを充分に意識していたし、この掠奪から最大限の利益を得ていた、そう、アウアースベルガー夫妻による掠奪の犠牲者は、本当は自分が掠奪されることを楽しんでいた、私自身、アウアースベルガー夫妻の何年にもわたる掠奪を楽しんでいたように、しまいには身体に効く療養のように楽しんだ、これは本当だ、そしてアウアースベルガー夫妻のこの身体に効く掠奪療養で実際に健康になり、しまいには言葉のこのうえなく真の意味で治癒されたのだった。なぜなら、私がアウアースベルガー夫妻に行き着いたとき私は病んでいた、重病だったからで、身体と頭がただひとつの病をなしていたからだ、と私は考えた。

アウアースベルガー夫妻の掠奪療養で私は三十年まえ当時、健康（より幸福にではなかったにしても）になった、と私は考えた。けれども三十年まえ当時、彼らが私を健康にしてくれたにもかかわらず、私は彼らを軽蔑し、憎んでいる、と安楽椅子のうえで私はいま考えた。彼らが三十年まえ当時、私を救ってくれたにもかかわらず、と私は考えた、当時私が彼らを救い、彼らが私を救ったのだった、と私は考えた、これは本当だ。いま彼らは芸術家たちのために芸術家晩餐会を催しているように見せかけている、けれど本当は自身のあさましさのために催しているのであって、それも役者のため、彼らがそう称しているように役者のため、すべてのブルクの役者たちがいつでもどこでも、そしてこの町のまるで目立たない片隅でも褒めそやされているのと同じにブルクの役者としてどこでも褒めそやされている役者のため、成功を収め拍手喝采を浴びている野鴨の主演役者、エクダルのためにであって、しかし実は自分自身のためだけであり、招待客たちのために催しているが実際にはいつものとおり自分自身のためのみになのだ、と安楽椅子のうえで私は考えた。芸術家たちにと大量に買い込んでそれを温め直し食卓に供したのだが、そのとき自分自身のためだけに買い込み、自分自身のためだけに温めているにすぎず、果てにはこの芸術家晩餐会を芸術後援のためと称する。野鴨のエクダルのために自分は晩餐会を開いたと、何週間もヴィーンで話題にするものの、役者がブルク役者として彼らのもとにやって来たの

サブスクの子と呼ばれて

山田悠介

人材サブスクサービスの闇に飲み込まれていく怜と灰花は、狂気を越えて幸せを摑めるのか？ 鬼才・山田悠介が放つ最高傑作！

▼一五四〇円

Ultimate Edition

阿部和重

暴動、陰謀論、暗殺計画、反転する日常——すべて実在の楽曲名をタイトルに掲げ、奇妙に響き合う至高の十六篇。九年ぶりの短編小説集。

▼一八九二円

皆川博子随筆精華Ⅲ 書物の森の思い出

皆川博子／日下三蔵編

幼少期の追憶、舞台の魅力、『死の泉』と戦禍の中の子供たち、執筆の秘密——物語を愛し幻想の世界に遊ぶ小説の女王の随筆集、第三弾。

▼三三〇〇円

ゆれる階《きざはし》

村松友視

これまで黙して語らなかった「母」との複雑な関係。「一度死んだ」母とは？ 静謐な筆致の中の圧倒的迫力に、作家の覚悟が漂う感動作。

▼二二七八円

出セイカツ記

衣食住という不安からの逃避行

ワクサカソウヘイ

誰しもが日々の中で抱く「漠然とした不安」に対して、衣食住の観点から著者本人が体を張って抵抗を試みた、爆笑と感動の生活探索記。

▼一七〇五円

有吉佐和子の本棚

有吉佐和子

ベストセラー作家、有吉佐和子が再注目されている。本や書斎、原稿などの写真と単行本未収録小説やエッセイを収録、人と作品に迫る。

▼二〇九〇円

家康と信康

我が子に切腹を命ぜざるをえなかった家康の無念、

は、彼らが何週間も彼に来訪を懇願したから、ヴィーンでの言い方をすれば、彼のためにほとんど身を切り刻まんばかりの思いをしたから、とは言わない、自分たちはブルク役者のために晩餐会を、芸術家晩餐会を催した、それとともに一群の他の芸術家たち、いわばブルクの役者たちのようなすばらしい芸術家ほどに立派ではない、それでも芸術家、芸術家まがいのためでもあった、と言う、と私は考える。彼らはブルク役者のために晩餐会を催すと言う、そしてことによると実は彼らはこのブルク役者を彼らのこの晩餐会に来るよう強要していたのだ、というのも彼らの招待はいつでも結局は強要だったのだから、と安楽椅子のうえで私は考えた。結局彼らは自らに社交性をいつでも強要してきた、と私は考えた、どのようなやり方であるかにかかわらず、彼らは社交的であるよう自己演出をしてきたし、自己演出をしている、それは強要されたものにすぎなかったし、いまもそうだ、と私は考えた。人びとが多少とも自ら進んで彼らの晩餐会に来るにしても、と私は考えた、それでもアウアースベルガー夫妻にそうするよう強要されたのだ。彼らにしても、貴族に、つまり彼らアウアースベルガー夫妻が貴族であると、つまり彼らアウアースベルガー夫妻が貴族の名のもとに理解しているところのものであると信じた人士に、いまゲンツガッセの食卓に着いていていてほしかったのであり、今晩実際に彼らのところにやって来た人びとにいてほしかったわけではないだろう、と安楽椅子のうえで私は考えた、落ちぶれた侯爵、零落した伯爵とその取り巻きのほうが、この芸術的な人士よりも好ましいのだろう、これらの人士を彼らは結局のところ恐がっており、というのも彼らは基本的には芸術的なものなどなんとも思っておらず、芸術的なものをいつも見せかけているにすぎなかったのだから、この夕餉をもまたもや芸術家晩餐会として、つまり見せかけとして呈しているように、と私は考えた。けれども、侯爵も伯爵も自分たちの食卓に迎えられないからには、少なくともブルク役者でも、と彼らは考えたではないか、と安楽椅子のうえで私は考えた、まさにその瞬間、三十年か四十年この方ブルク劇場と契約しており、三十年か四十年この方ブルク役者と称されているために、いつもブルク役者としか呼ばれていなかった役者が登場した。よりによって作家ジャニー・ビルロートの向かいにアウアースベルガー夫妻は私を座らせた、つまり、まさに午後キルプで私にとりわけて反感を呼び起こした人物の真向かいに。私が呼ばれ饗膳の間《ま》に入り席に着くよう促されるよりまえに、一同はすでに饗膳の間で席に着いていた、私を促すのが遅くなったのは、彼らが私のことを忘れていたからだと推測せざるをえなかったが、私の考えるように彼らはおそらく本当に忘れていたのだ。実際私は、一瞬あるいは数瞬のあいだ、疲労困憊のあまり安楽椅子のうえでうとうとしてしまっていた、というのも、饗膳の間に、彼らの申し分なくおぞましいアンピール様式の饗膳の間に来るよう促されて私は目覚めたからだ。妻アウアースベルガーは楽の間から玄関の間に足を踏み入れて私を呼んだのだったが、私はしばらくのあいだ聞こえなかったにちがいなかった、というのも彼女が最初に私の名を呼ぶのが聞こえたとき、彼女がすでに何回も呼んでいたのが私にはただちにわかったからだ。実際彼女は私の肩を揺すって起こさなくてはならないと思ったのだが、私はそれに先んじて彼女の手が私の肩に触れるまえに彼女の手を払いのけており、これはほんの少し唐突すぎたかもしれない。玄関の間の薄暗闇のなか私には彼女の顔の表情は窺えなかったが、私の容赦ない拒絶は彼女を傷つけたにちがいなかった、と私は考える。それでも私はただちに立ち上がったと言っておかなくてはならない、そして彼女について饗膳の間に入ると、いま述べたとおり一同はすでに席に着いており、多少とも中心の席にはブルク役者がいたのだが、彼が登場したのを私は寝ていて気づかなかったのだ、と私はいま考えざるをえなかった。私には彼が入ってくるのが聞こえていなかった、もし彼が饗膳の間に入ろうとするならば私のすぐ脇を通らなくてはならず、私には彼が聞こえなかったのだから、私は実際にうとうとしていたに違いなかった、もしかしたらと推測しなくてはならないのだが何分間にすらわたったか、ほとんど半時間、それよりも長かったかもしれないが、眠り込んでしまっていた。すっかり朦朧として私は食卓に着いた。料理人がスープを供している様子が私には見えた、夜中の十二時四十五分というのにばかげたありさまだ、と私は考えた。一同はあたふたと食事をし、ブルク役者がスープを匙ですくいながら話しているのを聞いていた。今日は不出来な晩でした、とブルク役者は言った、わたしの最上の晩ではない、と彼は自分の気持ちを言い表した、アカデミー劇場の観客が何回も聞こえないぞと声を上げていたもので、おそらく自分の声が小さすぎたのでしょうが、どうしてそうなったのかはわかりません、役者たる者、自分の芸術にいわば全身で入り込んでいた、つまり自分の出番のあいだ観客などすっかり忘れてしまっているものですが、観客のほうでは俳優から見えるものに加え、俳優から聞き取れるものをも実際求めているからだと思われます、と。彼は舞台に登場するときのようにだらしなくスープを口に運ぶ、と私は、彼をではなく作家ジャニー・ビルロートを観察しながら考えた、彼女は彼女で当然ブルクの役者として役者を観察しており、ブルクの役者としての役者があたふたと匙ですくっているすべて、話しているすべてを、なにかまったく並外れたもの、特別なもの、比類ないものとして吸収しているように見えた。いま私はヴィーンのヴァージニア・ウルフの向かいに座っていた、この悪趣味な詩と散文の創作者、彼女は、いまや突然にして明白なのだったが、私の考えるところでは一生のあいだ小市民的な低俗作品に浸っていた。そしてこうした人物は、私が作家としての思考を習練して以来すべての女性詩人のうちで第一番として讃美してきたヴァージニア・ウルフよりも自分はもっとうまく書いている、などと嘯いてみせるのだった、そして彼女、ビルロートの何篇かの小説は波の先をいっている、オルランドの先を、灯台への先をいっている、などと。キルプでジャニーはまたもや彼女の俗物面を見せつけた、と私はいま彼女に面して座りつつ考えた、ブルク役者のおかげで突然にして実際に、そして言葉のこのうえなく本当の意味で芸術家の夕餉となったこの芸術家晩餐会を呪詛しながら、これがかつてそうだったのと同様に奇怪で反感を呼ぶのを感じながら、と私は考える。夜中の十二時四十五分というのに馬鈴薯スープを食卓にならべ、次は茹でた川魳《フオゴシュ》と告知されるだなんて、もうアウアースベルガー夫妻だけがなしうる倒錯だ、と私は独りごちた、例によって食事の際にはいつでも右手の小指を少なくとも一センチメートルほど張り出すのが彼女の癖で、そうしてスープを口に運んでいるジャニーに面して座りながら。夜の十二時四十五分に川魳、というのもブルク役者のせいだが、彼ときたら馬鈴薯スープをめまぐるしい速さで、飢えきっていたように半ば平らげたため、髭にはいまこの馬鈴薯スープがついていた。エクダルは、と彼は言いスープをすくった、エクダルはもう何十年わたしの演じたい役だったのです、そして彼はふたたびスープをすくいながら言った、それもふた言を発するたびに匙を口にもってゆく調子で、そこで彼は、このエクダルと言ってはスープをすくい、はもうと言ってはスープをすくい、ずっとわたしのでスープをすくい、お気に入りの役だったと言ってはスープをすくった、そして彼はさらにまだスープをすくう合間に、何十と、それからもういちどスープをすくう合間に、年もまえからと言った、わたしの演じたかった役という言葉は甘いものについてでも話題にしているかのようだ、と私は考える。彼は何回もエクダルはお気に入りの役なんです、というので、私はただちに自問してみた、彼がエクダルでからきし成功できていなかったとしても、エクダルをお気に入りの役としてくり返し語っただろうかと。役者がある役で成功したとき、これはお気に入りの役なのだと彼は言う、彼がその役で成功していなければ、これが自分の気に入っている役だとは言わない、と私は考えた。ブルク役者は馬鈴薯スープをくり返しすくいながら、エクダルはお気に入りの役だと言った。まるで彼だけが何か言わなくてはならないかのように、他の一同は長いあいだ何も言わずにスープをすくい、ブルク役者をじっと見つめていた。ブルク役者がスープをすばやくすくうと彼らもスープをすばやくすくい、彼が少しゆっくりすくうと彼らも少しゆっくりとすくい、彼がスープを皿からすくい取り終えると彼らも最後まですくい取った。彼らがとうにスープをすくうのを終えたとき、私にはまだ皿の半ばまでスープが残っていた。ちなみに私の口には合わなかったので、そこまででやめておいた。野鴨で彼はつねづね演じたいと思っていたようについに演ずることができた、とブルク役者はもったいぶって言った。もっとすぐれた、つまり理想的な仕事相手といっしょだったなら、と彼は言った、というのも最良の仕事相手、理想的な仕事相手とではなく、野鴨に

は間に合わせの配役だったからで、もしそうでなかったらぼこ
だけではなく、全体としてとてつもない成功を収めていた、と彼。
注意は彼に集中し、新聞はおしなべて彼についてしか書いておらず、
はなく彼、彼のエクダルが成功だったと書き、上演が、とは書かな
してもし彼が出ていなかったなら、この野鴨が、このイプセン全体がど
新聞はこぞって多少とも遠回しに書いていた、と。彼自身はイプセンを
ている。ストリンドベリを高く買っているのと同じに、そもそもいわゆる
く買っているのだが、といっても実際こうした詩人たちだって自分のような
よなんだというんだ、どんなに慎み深く振る舞っても、このことはどうし
まけておく、と。こうした詩人たちのなかには、新聞が書いているよ
いる。これが彼の考えだ、そして見事な役者がいようがいまいが、
であり、ストリンドベリにしてもそうだ、ふたりとも文学史の
れど実際、見事な役者がいなければ彼らがなんだというの
命の息吹を与えるときはじめて活き活きとした
き、ゲンツガッセの住まいに入
彼はすでに飲ん

補充注文カード

販売調査カード

帖合・書店印

注文　部　月　日

定価 本体3300円（税別）

著者 トーマス・ベルンハルト
初見基／訳

樵る

発行 河出書房新社

9784309208718

ISBN978-4-309-20871-8
C0097 ¥3300E

頭を…

…しました…

…、役者頭をうえ…

…しい、…

BBBN4-309-20871-1 C0097 ¥3300E

〒151-0051
東京都渋谷区
千駄ヶ谷2-32-2
㈱河出書房新…

定価 本体3300…

ガーは頭を…言った瞬間に、ヴェーベルン…のあと一同は声を立てず、川師《フォゴシュ》…入ってきた料理人は料理を運…かと訊ねただけだった。妻アウ…した。わたしたち役者は遅い食事に馴れ…たしたちが食事をするのはたいてい真夜中すぎ…真夜中すぎになってようやく食事をするのは、とブルク…役者ならではの習性なんです。不健康な生活ですね、舞台生活…はそれにつづけて言い、棒状の塩焼菓子を半分に折った。でも役者はこ…事に馴れているんです、とブルク役者は言って、そのすぐあとにふたたび、エ…ダルは他のどれよりも自分のやりたかった役なのだと言った。最良の舞台となるためには偉大な文芸作品でなくてはなりません、とブルク役者は言った。わたしは半年にわたってエクダルを研究しました、このエクダル研究のためにいちどなど三週間、世間と隔絶したティロール・アルペンの山小屋にこもったのですが、そのとき、この実際隔絶した状態のなかで、とブルク役者は言った、このエクダルをようやく正しく理解できたのですと。役者というのは役にかかるのが早すぎるか遅すぎるかなのですが、エクダルのような役には唯一正しい時点でかからなくてはなりませんと彼は口にした、偉大な文芸作品には、大役をこなすにはいつでも唯一正しい時点でと。エクダルはいつでもわたしの演じたかった役でした、と彼は言った、でもエクダルを正しく理解していませんでした。エクダルのほかに集中するものがなにもない山小屋ではじめて、エクダルがなんであるのか、そもそも野鴨がなんであるのかを理解しました。そもそもイプセンがなんであるのかを、と彼は激しく言い放った。エクダル開眼を導いてくれたのは山小屋でした、そこの山小屋でわたしは開眼したのですとブルク役者は言い、椅子に背をもたせて言った、川魳はいつだって大好物なんです、いちばん好きなのはバラトン湖の川魳です、バラトン湖の純正川魳と、すると妻アウアースベルガーが彼のエクダル研究を実際遮って、もちろんバラトン湖の純正川魳しかお出ししません、それ以外に川魳なんてあるでしょうか、と言った。エクダルには最大の慎重さで取りかからなくてはなりません、とブルク役者は言った。わたしたちは何か月も町なかを駆けめぐり、頭をしぼり、それでもエクダルを理解できず、エクダルへの取っかかりを見いだせないでいる、わたしたちにとって彼は世界文学のなかで類例のない人物であるといつも考えていたのですが、そこでしまいには捨て鉢になりいっさいを投げ出してしまう、と彼は言った、そしてわたしたちは山に登って山小屋に泊まり、開眼したのでした。私にはプロスペローがそうでした、この先リアを演じることになったらと彼は言った、また山に登るつもりです、でもそのまえに何か月もここ、このひどい町で啓明が訪れるまで待つことはしません。わたしにエクダルを開示してくれたのはティロールでした、とブルク役者は言った。一八〇〇メートルを越える山の上にある小屋で、と彼は言った。あらゆる文明から離れて。電灯もなく。ガスもなく。消費世界もなく！　と彼が強く言ったとき、彼のまえには温めた皿が置かれ、川魳を取るよう勧められた。世界への正しい視線を得るためにはアルペンの高みに登らなくてはなりませんと彼は言って、川魳をもう一切れ取った。ちなみにわたしはそれ以前イプセンの役に扮したことはありませんでした、ストリンドベリの役ならあるのですが、死の舞踏と呼ばれている作品のエドガーでしたけれど、イプセンの役はいちどもないのです、若いころにペール・ギュントすら一回も演じていません、本来ならやっていて当然至極だったのですが。わたしたちが当たる演出家はさまざまで、と彼は言った、実際に演じたいと思っている役を得ることはないのです。それに、自分にとって切実な詩人にも。あるスペイン詩人を演じたいと思う、それなのにフランス詩人に係わらなくてはならない、と彼は言った、ゲーテを演じたいと思う、それがシラーを申し渡される、ある喜劇に出たいと思う、それが悲劇の契約を結ばされる。名声があっても自分の演じたいものをつねに演じられるわけではありません、とブルク役者は言った。自分のお気に入りの役のひとつと呼べる役がようやく得られそうなことなら、と彼は言った、頻繁にあります、けれどこのお気に入りの役は結局別の役者に奪われてしまう。劇場では、と彼は言った、計画通りに進行するものなどなにもない、どんな計画も劇場では本来計画されたとおりに結局実現することなどありません。わたしたちがついに上演し、ついに見ることができるものは、いつだって妥協の産物にすぎません、腐敗した妥協の。この年齢になると自分のような役者はさすがにこの事実にとうに馴れてしまっており、この事実とともに生きているのです、と彼は言った。彼の言い表すところではヨーロッパ第一の劇場であるブルク劇場ですら、結局はこの妥協だけが成立するのです。しかしなんという妥協なんでしょう、と彼は言った、その意味するところは、ブルク劇場でのこの妥協こそがあいかわらず大劇場である所以だということだった。ブルク劇場でのあらゆる不成功もやはり結局いつだってブルク劇場なのです、その意味するところは、結局のところ失敗のなかですら、ブルク劇場は彼がそう名づけるところの大劇場であるということだ。彼の語ったことは愚かしかった。私自身は眠くてほとんど目を開けていられなかったが、ブルク役者は突然にしてすっかり眠気が飛んだようだった、一同は難儀な一日のために眠くなっていた、とりわけホアナの葬儀とそのあと役者を二時間以上待たされ神経をすり減らされたことで。エクダルのような役のためにはほとんどまる半年を費やさなくてはなりません、とブルク役者は言った、そしてこのまる半年間、ほかのいっさいは諦めなくてはならない、つまりこうしたエクダルのような人物はすっかり手間取らせるのです、彼の言い表すところによれば、稽古のあいだはあらゆる安逸さが奪われるという、そしてそのようなエクダルのためにティロールの山小屋に何週間もいて、この山小屋に閉じこもり、多少とも水とパンとエンドウ豆スープと寝心地悪いベッドで、多少ともそのあいだじゅうシャワーも浴びず、結局のところ楽しいものではない、そしてそのあと人びとは、と彼の言うところでは、観衆はそんなことに思いも寄らない、まったく報われないのです。そしてたとえ今回のエクダルのように拍手を浴びる大成功であっても、とブルク役者は言った、そうした献身の、そう、犠牲行為のと言っても許されるでしょうと彼、その代償はおおきすぎます。でも役者の運命とはまさに犠牲者の運命にほかなりません、と彼はこの発言を皮肉めかそうとしたものの、うまくゆかなかった、というのも彼がそのように真から思っているのが一同にはごく明らかだったからだ。そうしたエクダルのような人物は、と彼は言った、役者にすべてを要求するのです。まずは作品をよく研究する、と彼は言った、ただどのようにするか。それから詩人を本当に理解し、それから役を本当に理解し、それから長い稽古期間で秋のことごとくが、冬のことごとくが失われてしまった。わたしたちは八月終わりに稽古をはじめた、と彼は言った、そして稽古を終えるのがもう次の春だなんて思いも寄らない。シェイクスピアの場合まったく異なります、と彼は言ったが、それにつづけてどうしてイプセンとまったく異なるのかは言わなかった。あるいはストリンドベリの場合とは。稽古期間中、たまたま別な芝居に出演していなければ、つまり公演がなければ、晩の十時には床に就き、朝六時に起床する。ちなみに台詞は開けた窓のまえで覚え、寝室内を行ったり来たりする。結婚していなかったのはわたしにとっていつも好都合です、と彼は突如言った。七時から十一時まで多少とも自分の寝室内を行ったり来たりして台詞を覚えるのです。わたしは台詞を完璧に覚えて稽古に臨みます、と彼は言った。稽古の最初の瞬間からわたしは台詞が完璧にできているので、演出家はいつも呆れます、とブルク役者は言った。たいていの役者は稽古に来ても台詞ができていません、と彼は言った。わたしは稽古がはじまるときにはいつでも台詞を完璧に記憶しているのです。でも共演者が自分の台詞をできていないと不快なものです。不快なものです、と彼はくり返し、ケーパーがあまりに効きすぎたソースが添えられて出された川魳をもう一切れ皿に取った。グリンツィングに家を建てていなかったら、五四年でしたが、と彼は言った、ドイツの舞台に移ってしまっていなかったかどうか、誰が知るというのでしょう、とブルク役者は言った。申し出ならば山ほどありました。ベルリンに移っていたかもしれませんし、ケルン、ツューリヒだったかもしれない。でもこれらの町がヴィーンと比べたらなんだというのでしょう、と彼は言った。この町をわたしたちは憎んでいる、けれども愛している、ほかのどの町よりも、と彼は言った。たしかにわたしたちがブルク劇場をどんなに憎んではいても、それでもほかのどの劇場も愛していないのです。このエクダルの成功はそもそも見込まれていなかった、と彼が言っているあいだ、私は作家ジャニー・ビルロートを観察していた、いつだって場の中心にいるのを望んでいた彼女がこの晩はそれがかなわず、ブルク役者の意見がつづいていたためこのときまで口を挟めず、始終なにか言おうとするのだが言えないでおり、自分が蔑ろにされているように感じ、もうそわそわしていたのだ。ブルク役者の意見に対して彼女はくり返し自分の意見を表そうとしていたが、ブルク役者がその余地を与えないでいた。それがいま、エクダルは自分がこれまで稽古して演じたなかでももっとも難しい役だ、とブルク役者が言うなり、いえストリンドベリのエドガー役はもっと難しいと思う、と彼女は言った、エドガーのほうがと彼女は言った、エクダルよりはるかに難しいです、少なくとも彼女がエドガーを読むときの印象ではいつもエドガーはエクダルよりはるかに難しい、エクダルを自分は決して難しい役とは見ていない、もっともすべての役は、つまりどんな役であろうともしうまく演じようとするなら、そしてうまく演じられるなら難しいという点はさておいてのことですが、彼女が読むときにはいつも、エドガルはエクダルよりはるかに難しいと感じている、と。違います！　とブルク役者は叫んだ、より難しい役はエクダルです、これは明々白々なことです。これにはブルク役者に同意できないとジャニー・ビルロートは言い、自分がかつて演劇学を学んだことをほのめかした、ちなみに高名なキンダーマン教授のもとでと、つまり彼女はこの宵も、こうした機会には必ず言っていた、自分がキンダーマンの教え子だということをまたしても言ったのだ。もしかしたら役者さんの考えでは、とジャニー・ビルロートは言った、エクダルのほうが難しい役だということかもしれませんが、でも難しいのはエドガーのほうです、と。いやいやご存じでしょうが、とブルク役者は作家ジャニー・ビルロートに向かって言った、わたしのように何十年も役者を、それもブルク劇場でやっていて、思い出せるかぎりで主役かそれに準じた役しか演じていない者が語っているのですから、どういうことかおわかりでしょう。演劇学者が演劇について一般に別な考えをもつのは当然です、とブルク役者は言った、けれどエクダルのほうが難しく、エドガーははるかにやさしい役であるのに疑う余地はまったくありません、このような役を演じるにあたってずっとやさしい、これを忘れないでください、とブルク役者はジャニー・ビルロートに向かって言った。ブルク役者の言ったことに彼女は満足せず、エドガーとエクダルがこの世に生まれてこの方ずっと、エクダルがよりやさしく演じられる役であってエドガーではないと証明されてきました。これは私の師であるキンダーマンがある論文であますところなく明白に示しているところでもあります、キンダーマン論文の題名はエドガーとエクダル－対比というものです、この論文を読まれたことはあるでしょうか、とジャニー・ビルロートはブルク役者に訊ねると、キンダーマンのその著作は知りません、と彼は応えた。それは残念ですこと、とジャニー・ビルロートは述べた、だってブルク役者がエクダルの稽古に入るまえに（ストリンドベリの）エドガーと（イプセンの）エクダルについてのキンダーマンの論述を読まれていたなら、野鴨を仕上げるにあたってさまざまな好ましくない事態を避けられたでしょうに、するともうこのあいだじゅう自分も何かひと言とうずうずしていた夫アウアースベルガーが突如、それに何週間も山小屋に滞在する事態も！　と言ったため、ブルク役者自身は突然に話題を変えることを望んだ、というのも彼は、ゲンツガッセに来る途中で手袋の片方をなくしてしまったという話をはじめからだ。ゲンツガッセに向かうのがこんなに遅くなっていなければ引き返し、なくした手袋を探したのですが。でもアウアースベルガー夫妻にこれ以上気をもませないよう、引き返すわけにはゆかなかったのです。晩餐会にご招待いただいているのに、と彼、ほかのお客はそのままでは何をしているのかわからないでしょうから。このようなご招待は気軽に口に出されるものです、でもそれが何を意味しているか招待主にわかるのは、招かれた客が十二時半になってもまだ現れないと気づくときにはじめてなのです。そうなんです、役者稼業はたいした難物なのです、とブルク役者は言ったが、それは窮地に陥ったときのためにいつでも準備してある台詞のひとつであるかのようだった。川魳料理の二品目の皿を食卓に運ばせた妻アウアースベルガーは、それは残念でしたと口にした、ゲンツガッセに来る途中で手袋をなくされたなんて、片方の手袋をなくすのは、と彼女は述べた、両方ともなくすのと同じくらい悔しいことです、だって手袋の片方だけでは役に立ちませんから、と。本当にそうです、と食卓の一同は口にした、誰もがいちどは手袋の片方をなくしたことがあり、同じことを考えたことがある、と。でも拾ったお方が届けてくれるかもしれません。そりゃいったいどこに届けてくれるというんだ？　と夫アウアースベルガーが妻に訊ねるなりどっと吹き出し、それはすぐさまほかの一同にも伝染してそれぞれどっと笑い、いったい誰がどこになくした手袋を届けてくれた、あるいはこれから届けてくれるのか、という夫アウアースベルガーの妻に対する問いに一同は笑いさざめいた、そしてこれを承けて実際、食卓についているそれぞれが自分の手袋にまつわる話を披露した、というのも食卓の誰もがいちどは手袋の片方をなくしたことがあり、手袋の片方をなくしたことに左右双方の手袋を揃ってなくしたのと同じくらい悲しい思いをしたからだ。ちなみにみな、なくした手袋を二度と見つけることはなく、なくした片一方の手袋のどれとしてふたたび届けられることなどなかった、と彼らは述べた。ああ、やはり手袋は左右揃っていなければ、と妻アウアースベルガーが述べ、今度は自身の手袋にまつわる話をはじめた。二十年ほどまえ彼女はヨーゼフシュタット劇場の化粧室に入り、そこに黒いオペラグローヴを置き忘れてしまった。オペラグローヴ左右揃いで、と述べて彼女は一座を見渡した。演目は分裂した男でした、彼女に言わせるとネストロイのいちばんすぐれた作品のひとつだという。休憩時間にオペラグローヴを化粧室に置き忘れ、上演後彼女は、オペラグローヴがまだ化粧台にあるだろうと思って急いで化粧室に駆け込んだ。ヨーゼフシュタットなら、と彼女が言った、手袋は当然まだあると確信できたのです。でもありませんでした。化粧室番は置き忘れた手袋について何も知りませんでした、と妻アウアースベルガーは言った。それで思い浮かべてみてください、この分裂した男の二週間後、私のオペラグローヴが送り届けられたんです。差出人名はなく、と彼女は言って、座っているアンピール様式の椅子の背に一瞬もたれた、差出人名はなくちいさなカードが添えられていました、心からのご挨拶をと書かれて。今日にいたるまで、どなたがオペラグローヴを送ってくれたのかわかりません、と彼女は言った。つづけざまにブルク役者が彼女に面と向かって言った、すばらしい川魳です、正真正銘のバラトン湖の川魳だと、ほかの客たちは、いま食べている川魳が正真正銘のバラトン湖川魳であるという同じ印象を受けている、という顔をしてみせた。

ご存じでしょうが、髭をたくわえた口をシャツの襟にはさんだナプキンでときおり拭っていたブルク役者が言った、役者稼業はたいした難物なのです。あるときミュンヒェンで出番があったとき、二十年以上まえのことで、急場の代役ってやつですが、と彼は言った、基本的には語るに価しないものでハインリヒ役でした、と彼は言った、そのときカウフィンガー通りで以前からの、戦前からの知り合いの役者仲間と出会ったのです、彼とはレルヒェンフェルダー通りの又貸しの一部屋でいっしょに暮らしたことがあるんです、暖房のない、お察しのとおり鼠もいました、食べるものがなく、と彼は言った、当時がどんなだったかご存じでしょう、アメリカ人はまだ来ておらず、ロシア人はすでにいました、レナーが権力の座についていました、ご存じでしょう、そのとき私は、なんでヴィーンから出ていったのか役者仲間に訊ねました、そう、と役者仲間は言いました、ヴィーンにうんざりしてるからだ、と。でミュンヒェンは？　と役者仲間に訊ねると、と髭をたくわえた口をふたたび拭ったブルク役者は言った。すると役者仲間はこう言ったのです。ミュンヒェンだってうんざりさ！　ミュンヒェンもうんざりというなら、じゃあヴィーンにいたってよかったじゃないか！　とわたしは役者仲間に言ったのです、とブルク役者は言った。ところでこの役者仲間は当時レジデンツ劇場と契約をしていました、同じような役柄で、とブルク役者は言った、彼の役柄には声が高すぎたかもしれません、ストリンドベリの声だとわたしは考えます、とブルク役者は言った、まさしくストリンドベリの声で、イプセンの登場人物ではありません、ゲーテはいいでしょう、シェイクスピアはだめです、イプセンの登場人物じゃない、モリエールなら悪くない、でもネストロイには向かない、ネストロイはだめです、と彼は言った、ともあれ少しばかり太りすぎかもしれない、自制できない生き方をしていて、とブルク役者は言った、フェクラブルック生まれの基本的には田舎者だった、でも気の良いやつで声が少しばかり高すぎた、早くに結婚し子どもができて、別れた、長いこと国民劇場と契約していた、とブルク役者は言った。じゃあヴィーンにいたってよかったじゃないか、とわたしは彼に言いました、とブルク役者は言った。彼の顔にとても奇妙な痙攣が走ったのです、根っからユーモアに満ちた人間でしたが、金遣いが荒くてだらしなく、とてもだらしないたぐいでした、とブルク役者は言った。わたしは言いました、エドガーの稽古をしているんだ、と。そうか、エドガーか、と彼は言いました。興味ないな、と彼は言いました。興味ないのか、興味ないんだ、とわたしは言いました。とても寒いのにわたしには手袋がなく、そのあいだじゅう凍える思いでした。エドガーの稽古をしているんだ、ともういちど言いましたが、彼はもうわたしにわずかかも耳を傾けていませんでした。エドガーの稽古をしているんだ！　とわたしは彼に怒鳴りつけました、とブルク役者は言った。そうしてわたしは踵を返し、彼を置き去りにしたのです。好もしい人間でした、とブルク役者は言って、匙いっぱいの川魳のソースを口にした。翌日わたしはアーベントツァイトゥング紙でやつが自殺したとの記事を読みました。わたしは知りませんでしたがカウフィンガー通りに住んでおり、そこで。首をくくったのです！　一音一音を強調してブルク役者は発音した。役者というのは自殺するよう、首をくくるよう定められている！　とブルク役者は言った。わたしは自殺するようなたぐいではない、と彼は言った、そう、まったく違う、まったく違う、まったく違う。でも自分の業界からいったいどれだけがすでに自殺したかを考えると！　才能にはまったく恵まれていたのに、まったく、とブルク役者は言った、大喜劇役者になる素質ならおおいにあったと彼は言った、それが自殺してしまう。わたしが彼と話をした最後の人間でした、とブルク役者は言った。青春の友でした。最良の人たちが自殺をする、と彼は言って、グラスから白ワインをひと口飲んだ。誰かが自殺するときにはいつでも天候が格別大きな役割を演じているのです、と彼は言った。ところで、とミュンヒェンで自殺をした役者をめぐって話した物語に気持ちが沈んだブルク役者は、自身の知己でないにしても食卓に着いている他の一同の知り合いであったホアナが前の週に自殺をして、午後にキルプで葬儀を終えたばかりである（これを彼がアウアースベルガー夫妻から聞いていたのはたしかだと私は考える）という事実を思い出し、このホアナをいちどだけ見たことがあります、ブルク劇場で彼女が言うところの身体運動芸術について講演をしたときです、と言った。彼女のことをかなりはっきりと覚えています、と彼は言って、突然一種の喪の姿勢をとり、声も喪の調子に合わせられ、有能な人物だった、と口にした、けれどもブルク劇場にはまったくの場違いだった、と。この講習会はかんばしくない催しでした、とブルク役者は言って、今年に入ってからでも役者仲間の葬儀に何回も足を運びました、と述べ、これまでになく役者が亡くなってゆくと彼は言った、カバレット芸人もつぎつぎと亡くなっている、とつけ加えた。ああそうですよね、と彼は作家ジャニー・ビルロートに面と向かって言った、生涯の友人を失う、それがどういうことかわかります。でもある年齢になるとわたしたちは、自分になんらかの意味があるすべて、自分が愛したすべてを失うものです。彼はグラスから白ワインをひと口飲むと、妻アウアースベルガーがついだ。急死であってくれれば、と彼は言った、長患いほど嫌らしいものはない。昏倒して死ぬ、これは幸福です、と彼は言った。でもわたしは自殺するようなたぐいではない、と彼はくり返した。自殺するのは男性より女性のほうが多い、と彼が言うと、これに対して作家ジャニー・ビルロートが、そんなことはありません、統計のうえで毎年女性のちょうど二倍の男性が自殺していると証明されています、と言った。自殺は男性のすることです、と彼女は言った。オーストリアでの自殺についての研究を読んだことがあります、この研究からは、彼女の言うところでは人口比に対して、毎年他のどのヨーロッパの国よりもオーストリアでは自殺者数が多いと判明しているのです。二番目に自殺率が高いのはハンガリーで、三番目はスウェーデンです。オーストリアのなかでもとりわけザルツブルクで自殺が多い、興味深いことに、いわば風光明媚の最たる地域に住んでいた人びとこそがもっとも多く自殺をしていたのです。シュタイアーマルクの人間は本当に自殺好きだ、とこの時点ですでに多少ともすっかり酩酊しており、実際、不穏そのものであったと言わなくてはならない夫アウアースベルガーが口にした。そのための理由なら充分あるのに自殺するブルクの役者がこんなに少ないのは自分にとって、夫アウアースベルガーにとって驚きだ、と彼はブルク役者に向かって言った。夫アウアースベルガーはこれをまだ言い終わらないうちに、自分が言ったことに噴き出してしまっていた、ほかの一同にとってこれには閉口するしかなく、いわば視線で彼を非難していたが、私自身は思わず笑い声をあげて、どんなに厭わしくふるまっていても夫アウアースベルガーにはときどきある種の喜劇役者の機知があり、機知そのものに必ずしも向いていない私のような者すらを笑わせる、と考えた。どういう意味でしょうか？　とブルク役者は夫アウアースベルガーに訊ねた。ごく単純なことです、と夫アウアースベルガーはブルク役者に答えた、ブルクの役者たちが自分たちの演じている芝居がいかにお粗末か見るなら、みなさん自殺せにゃならない。貴殿は別ですが、と夫アウアースベルガーは言ってグラスを空けた。そうおっしゃるなら、とブルク役者が返して言った、ブルク劇場にそのような見解をおもちなら、そもそもどうして観にいらっしゃるのです？　これに夫アウアースベルガーは、もう十年来ブルク劇場には行ってませんよ、と言った。妻アウアースベルガーはここですかさず夫を訂正して、二週間まえいっしょに浪費家に行ったばかりです、と述べた。これを承けて、そうか浪費家に行ってたか、と夫アウアースベルガーは言った、あんまりひどい公演でむかつくもので、すぐさま忘れてしまっていた。夫アウアースベルガーにどう反応したものか、ブルク役者はすぐには判断がつかなかった。ブルク劇場はいつでも敵をもっていました、結局のところ最良のものはすべてそうであるように、と彼は言った。なんとしてでもブルク劇場でやってゆきたいと思っていた、でもブルク劇場に拒否された、とりわけそんな人たちからブルク劇場はいつだって敵視されるのです。ブルク劇場と契約を結んでいない役者はみな、とブルク役者は言った、ブルク劇場と契約を結べるときまでブルク劇場を罵るものです。いつだってそうでした。異例のものはいつだって敵意を引き寄せます、と彼は言った。ブルク劇場への憎しみはヴィーン人の古くからの陳腐な仕草です、と彼は言った、国立歌劇場への憎しみと同じに。劇場の総監督たちすらブルク劇場を憎み嘲弄するものです、継続的で品性卑しく遠慮会釈のない働きかけで自らがブルク劇場総監督になりおおせるまで、と彼は言った。いえいえ、とブルク役者は言った、わたしたちがいまアカデミー劇場で上演しているような野鴨をいったいどこで見られるというのでしょう、どこでも見られはしません、どこにでも行ってごらんなさい、こんな野鴨はどこでも上演されていません。どこでも、とそれを受けて夫アウアースベルガーは言った、でも先ほどご自身が、今回のアカデミー劇場での野鴨は失敗だ、批評家が書いているように貴殿のエクダルだけがうまくいった、貴殿のエクダルはみごとなエクダルだけれど、上演そのものは価値がない、とおっしゃっていた。そうとも言い切れないのです、とこれに対してブルク役者は言った、今回の野鴨が失敗であるにしても、価値がないとは言い切れません。この失敗した野鴨ですら、わたしがこれまで観たすべての野鴨よりも多くの点ではるかにすばらしい、それにわたしは、過去数十年間に上演されたすべての野鴨を観てきています。わたしはかつてベルリンで野鴨を観ました、戦後初の野鴨です、とブルク役者は言った、自由民衆劇場の舞台でした、シラー劇場での野鴨も観ました。どの上演も失敗に終わっている、とブルク役者は言った、ミュンヒェンやシュトゥットガルトでも。ドイツの演劇を賞讃するのは、演劇とはそもそもなんであるか自ら知らないまったく不適格な人びとだけです。いっさいが未熟な人びとの流行ジャーナリズムなのです、とブルク役者は言った。いえいえ、アカデミー劇場でのこの野鴨は、わたしがこれまで観たなかで最上の野鴨です、先入観にとらわれてなどいません、と彼は言った、この野鴨でわたしはエクダルを演じてはいますが、これは図抜けて最上の野鴨です。わたしはストックホルムで野鴨を観たことがあります、とブルク役者は言った、野鴨はスウェーデン語でヴィルダンデンといいます。これはいささかも気に入りませんでした。観ることのできる最上の野鴨を観るためにストックホルムに行かなくてはならない、と思ったのでしたが、この野鴨は幻滅でしかありませんでした。北欧の劇場なら北欧の戯曲をいちばんうまく上演する、というわけではないのです。アウクスブルクでの野鴨を観たことがありますが、こちらのほうがはるかに良く思えました。もちろん野鴨ではすべてがエクダルにかかっています。エクダルがひどければ作品全体がひどく、上演全体がひどいものです。ザルツブルクやヴィーンでなら理想的なモーツァルトを聴き、観ることができるなどとは思わないでください。この誤りに人びとはいつでも陥る、作品が生まれたところでなら上演も最上だなどと考える、そんなことはまったくない、正反対です。わたしはハンブルクでモリエールを観たことがありますが、パリでこのように演じられたことはいちどもありません。それにケルンでのシェイクスピアも、イギリスでのどんなシェイクスピア上演をもはるかに凌駕するものでした。むろん良質なネストロイはここヴィーンでしか観られませんが、とブルク役者が言うと、夫アウアースベルガーが継いだ、でもブルク劇場じゃあ観られないと。これに対してブルク役者は、おっしゃるとおりかもしれません、と言った。これについてはそのとおりとお認めしなくてはならない。ブルク劇場ではいまだ良質なネストロイが成功したためしがない。でもどこでならうまくいっているでしょう、うってつけのはずの民衆劇場なんかではない。もちろん民衆劇場じゃあない、と夫アウアースベルガーは言った。カルル劇場だろうか、と夫アウアースベルガーは言った、でもカルル劇場が取り壊されてもうほとんど三十年になる。そうですね、とブルク役者は言った、カルル劇場が取り壊されてしまったのは残念です。ある意味で、カルル劇場を取り壊すことで同時にネストロイをもろとも取り壊してしまいましたとブルク役者は冗談抜きというわけでなく思うところを述べたが、念頭にあったのはヴィーンのほとんどすべての取り壊された劇場に責任のある呆けたヴィーン市行政担当者だった。戦争のあと、ヴィーンの劇場の半数以上が取り壊された、と夫アウアースベルガーは言った。そう、ごく些細な理由で、とブルク役者が応じた。最良の劇場がいくつも取り壊された、と夫アウアースベルガーが言った。残念なことに、とブルク役者は言った、おっしゃるとおりです。ヴィーンではいつだって最良のものが取り壊される、と夫アウアースベルガーは言った、ヴィーンの人びとはいつでも最良のものを取り壊す、けれども最良のものを取り壊しているときに、自分が最良のものを取り壊していると気づいていない、いつだってすでに取り壊してしまってはじめてそれが最良のものだったと気づく。ヴィーンの人びとは総じて取り壊してばかりだ、と夫アウアースベルガーは言った、取り壊し、引き倒してばかりだ。おっしゃるとおりで、とブルク役者は言い、食べる手を止めたが、妻アウアースベルガーからグラスにワインをまたも満たされた。ヴィーンで美しい建物があると、確実にまもなく取り壊されてしまう、とブルク役者は言った。建物であろうが制度であろうが、格別美しかったり格別うまくいっていたりすると、ヴィーンの人びとはこの建物や制度が取り壊されるまで静かにしてはいられない。人間に対してもヴィーンの人びとは同じです、とブルク役者は言った、ある人が善良である、ある人が重要であるといったことを正視できず、ひと晩にして引き倒してしまう、自分たちで建てたのを突然すっかり忘れた記念碑を引き倒すように。わがエクダルはある意味哲学的に見られています、とブルク役者は言った。けれどもイプセンについて書かれた著作を読んだところで賢くなりはしません、逆です、そんなもの、頭がおかしくなるだけです。そしておかしくなった頭ではこのように厄介な役にかかることはできない、とブルク役者は言った。青年ヴェルレ、グレーゲルス、とブルク役者は言った、三十年まえだったら、あるいは二十年まえでももしかしたらまだ、わたしに適した役だった。おおいに喜んで演じたでしょう、とブルク役者は言った、でもいよいよとなるといつでも野鴨はお蔵入りとなってしまったのです。グレーゲルスだったならもっと合っていたでしょう、とブルク役者は言って一座を見回した。野鴨を読んで観たのは最近になってはじめてであるといましがた認めたジャニー・ビルロートを除けば、ブルク役者がそもそも何について しゃべっているのか誰もわかっていないという印象を私は受けた。基本的にはグレーゲルスが向いていたのであって、エクダルではありません、とブルク役者が言うと、彼が何を言っているのか、何について語っているのか、食卓の一同は確実に理解していなかった実際のところグレーゲルスは私の夢でした。デュッセルドルフでグレーゲルスを演じないかという出演依頼を受けたことがありますが、そのときはヴィーンを離れたくなかったためお断りしました。デュッセルドルフに行ってグレーゲルスを演じていたなら、ブルク劇場との契約は破棄されてしまったかもしれません。わたしはブルクの役者となれたことを喜ばずにはいられませんでした、と彼は言った。それでもやはりグレーゲルスをお断りしたのは一生心残りでした。ただ一回だけ、わたしにグレーゲルスの依頼があったのですから。いつの日かはグレーゲルスを演じるのだといつでもわたしは考えていました。でも二度とその日は来ませんでした。いったんこうした絶好の機会を断ってしまうと、とブルク役者は言った、二度と来ることはないのです。[illegible]アウアースベルガーから葉巻を勧められ、火をつけようとすでに待ちかまえていた妻アウアースベルガーを多少ともすげなく断り自分で火をつけたところで、心理劇とブルク役者は座っている椅子に背をもたせかけた。わたしたちはいつでも最高のものを求めます、でもそれを求めることによってそこに到達するわけではない、とブルク役者は言った、これが自分の言葉などではなく、なにかの戯曲からであるかもしれないが、引用であるかのように彼はそれを言った。いまエクダルを演じて大成功を収めているところですが、すでに次の役を準備しています、と彼は言った。イギリスの劇です、と彼は言った、イギリスの演出家がロンドンからヴィーンに来るのです、来週には稽古がはじまります。イギリスの対話劇ですが、オスカー・ワイルドではありません、と彼は言った、そうじゃないです。ショーでもありません。もちろんちがいます。現代物です！　と彼は激しい調子で言った、現代物です！　笑いもありますが、深遠です！　ちなみに演劇界隈が舞台でした。彼の演ずるのは貴族の家に婿入りした作家だという。必ずしも第一級ではありませんが、と彼は言った、楽しめますし駄作ではない、駄作なんかでは断じてない、ただただイギリス流なのです。おおいに楽しめて、頭を悩ませるところなどほとんどありません、と彼は言った。訳はぞんざいですが、と彼は言った、もうわたしは台本を刈り込んで整えてあります。わたしたちにひとりでも詩人がいてくれれば！　突如ブルク役者は大声を出した、でもいないんだ、ドイツ全体にもいなければ、オーストリアは言うにおよばず、スイスなど話にならない。そこで外国ものばかりがいつも舞台にのぼる、イギリスもの、フランスもの、ポーランドもの、とブルク役者は言った。これは惨憺たることです、と彼は嘆いてみせた。二十年間、一作として読むに価する戯曲がありませんでした、と彼は言った。ドイツ語で芝居を書ける才能が死に絶えてしまった、と彼は言って椅子に背をもたせかけ葉巻の煙を夫アウアースベルガーに向かって吐き出すと、相手はむせはじめた。おそらく現代は劇作家のための時代ではない、と彼は言った。才能ある者が現れても、少し経てばそのような才能ではないと判明する、と彼は言った。なんたる汚物がジャーナリズムに褒めそやされていることか、と彼は言った。信じられません、今日才能あると称されているものが、そもそも今日劇芸術と見なされているものが。彼の言っていることは厭わしかった。ご存じでしょうか、これがどういうことか思いも寄らないのではないでしょうか、才能のない連中と稽古に入らなくてはならない、そして何週間も、場合によっては何か月も手こずらされなくてはならないというのが。若い演劇人は今日みな甘やかされているんです、と彼は言った、新聞は引っ切りなしにこの若手には才能がある、天才だ、と書き立てる、でも凡才にほかならず、実際微塵ほどの才能もなく、彼らに突出してあるのは怠惰だけです。そもそも今日の若者たちはなんと愚かさきわまりないやり方で徹底して甘やかされ、わがままに育てられていることでしょうか、とブルク役者は言った。ちょうど野鴨準備の折り、こうした若者に何が足りないのかわかりました。規律がないことです、最上の原理原則をもっていないように見受けられます、とブルク役者は言った。でもグレーゲルスはやっぱり抜群ですよ、とここでジャニー・ビルロートが言ったのに対して、ブルク役者が応じた、みなさんそうおっしゃいます、このグレーゲルスはすばらしいと、人びとがこのグレーゲルスに何を見いだしているのかわたしには理解できません、凡庸なグレーゲルスだとわたしは見ています、まったくもって凡庸なグレーゲルスだと、とブルク役者は言った、完全なミスキャストです。アカデミー劇場の野鴨を観たのは作家ジャニー・ビルロートだけでほかの人びとはそもそも、野鴨がいったいなんであるのかも知らず、時間が経過してはじめて舞台作品のことだとわかったくらいであるため、口をはさまないよう宣告を受けているのであって、ときおりうなずいたり、ブルク役者の顔をまじまじと見つめたり、一瞬そこから食卓の隅に目を転じたり、あるいは目のやり場もないため向かいに座っている客をただひたすら見ていた。ブルク役者が供した話題に誰も口出しする余地はまったくなかった、彼の邪魔をする者は誰もおらず、逆に妻アウアースベルガーなどしゃべるよう彼にくり返し促すもので、彼としてもはばかりなく、そして野鴨を演じてきたばかりということもあり、当然アカデミー劇場での野鴨とそれにまつわる話を延々とするのだった。野鴨がヴィーンで載せられたのは本当に奇跡です、と彼は何回も載せられたと言った、だってヴィーンで野鴨を載せるのは冒険だからです。なんといっても野鴨は現代劇ですから、と彼は言った、ちょうど百年まえの戯曲について臆面もなくこのように言う、百年経ってもまだそれが成立した時代と同じように立派ではあるが、それを現代のと称する、これは馬鹿げている。ヴィーンの観客に野鴨を見せるのは冒険であるにとどまりません、とブルク役者は言った、まったくおおきな危険を冒すことなのです。ヴィーンの人びとはただひたすら、彼の言い表すところでは現代芸術に同調しなかった、現代芸術に決して同調することなく、いつでももっとも好むのは古典作品ばかりでした、そして野鴨は古典劇ではなく現代劇です、とはいっても、と彼は述べた、野鴨がいつの日か古典劇になること、ストリンドベリ同様にイプセンが古典作家となることはあるかもしれませんが、とブルク役者は言った。ときどきストリンドベリのほうがすぐれた戯曲家であってイプセンではない、という気持ちになるのですが、同じくときどき、話は逆でイプセンがストリンドベリを凌駕している、いつの日か古典作家となるとするならストリンドベリよりもイプセンのほうだろう、という気持ちになることもあるのです。あるときは令嬢ジュリーがそれだと、またふたたび野鴨のような戯曲がそれだとわたしは考えます。けれどもストリンドベリを尊重しすぎると、と彼は言った、イプセンに負い目ができてしまうし、イプセンを尊重しすぎると、ストリンドベリを不当に扱うことになる。自分一己としては、と彼は言った、北欧的な詩作様式、演劇様式を愛しています。エドヴァルド・ムンクもいつでも愛してきました、叫びをいつも愛してきました、と彼は言った、叫びはみなさんご存じでしょう、と彼は言った、なんという並外れた芸術作品でしょう。叫びをみるためわたしはわざわざオスロまで行ったことがあります、と彼は言った、当時は叫びがまだオスロにあったのだ。だからといってスカンジナヴィア諸国をとくに好きというわけではないのです、と彼は言った。あちらにいるといつでも南方が、少なくともドイツが恋しくなる、と彼は言った。ストックホルム、なんと荒涼とした町でしょう、オスロはまったく言うにおよびません、神経を参らせ、と彼は言った、神経を破壊するからです。コペンハーゲンもそのようなもので。若い役者たちがブルクに押し寄せています、と彼は言った、そして才能がなくとも受け入れられている、というのも縁故に頼っているのです、おじにフォルクスオーパーの事務長か連邦舞台芸術管理局の役人がいるというように、と彼は言った。おばが教育省に勤めてる、すると甥がラインハルト講習会のすぐあとにブルクと契約している、とブルク役者は言った、当人には微塵ほどの才能もないにもかかわらず。そうしてこの二十歳が稽古場でぼやっと座ってみなの行く手を妨げており、腹立たしいことこの上ないのです。せいぜいのところが生半可な才能だ、とブルク役者は言った、そんなのがいつもわれわれの最上の舞台で時とともに伸び悩むだけで、本当に才能ある者の場を奪ってしまっているのです。本当に才能ある若者に助言できるのは、ブルク劇場には決して来るなという点だけです、もし来てしまえば、飛躍に向かう初っぱなで早くも全面的な滅亡にまっすぐ入り込んでしまうのですから、とブルク役者は言った、そしてシャツを着たムーア人と呼ばれている甘味に手をつけていた、私はこれをひと口だけ食べて、シャツを着たムーア人のような甘味はこんなに遅い夕餉には重すぎる、と考えていた。しかし他の人びとはみな、シャツを着たムーア人を平らげており、シャツを着たムーア人を半分ほど食べてからふたたび野鴨に戻っていたブルク役者もまた、食べていた。本来ならヴァレンシュタインを演ずるはずでした、それどころかそのまえには新演出のカルデロンで、でもそれは実現しませんでした、ありがたいことに、といまなら言わなくてはなりません。わたし自身、このように成功するとは考えていませんでした、このようにめざましく成功するとは、とブルク役者は言った。アカデミー劇場での野鴨、そして成功、これには彼自身すっかり驚かされました、四月にわたしは慣例となっているスペイン旅行をします、と彼は言った、アンダルシア、セビリア、グラナダ、ロンダ、と彼は言って、シャツを着たムーア人を食べきった。スペインに対する私の憧れは、と彼は言った、シャツを着たムーア人の最後のひと口をまだ口のなかにふくんで。口のなかをいっぱいにした彼が何を言ったのか、ほとんど聞き取れなかった、そればかりでなくそのとき彼自身ぎょっとして、申し訳ない、と言ってシャツを着たムーア人のひときれを飲みくだしたのだった。この数年私はスペイン旅行をすることにしているのです、いうなればイタリアに背を向けて。スペインはまだ手つかずの国です、大部分についてですが乏しいと彼は言って、髭をたくわえた口ばかりか髭全体と額をもナプキンで拭った。カール五世、プラド、と彼は言って周りを見回した。わたしは芸術通なんかではありません、と彼は言った、ただの芸術愛好家にすぎません、そこには違いがあります。イタリアは考えるだけで気分が悪くなります、と彼は言った、それがスペインを考えているときには一直線に快感があるのです。イタリアでは何もかも多少とも天に向かって歩んでいる、と彼は言った、スペインにはまだ歴史の乏しさ、歴史の安息があるのをおわかりでしょうか。役者たる者、年にいちどは少し大がかりな旅行を企てるのが良い、でもアフリカである必要はないしカリブ海の必要もない、わたしにとってそれはスペインであり、とりわけラマンチャがわたしを再生させてくれるのです。それにみなさん信じようが信じまいが、と彼は言った、わたしは闘牛をことのほか愛しているのです。ヘミングウェイばりに、と彼は言った、実際、ヘミングウェイばりなのです。でもわたしはヘミングウェイがそうであったようなロマン主義者ではない、もっと知性的な人間です、とブルク役者は言った、闘牛についてわたしはロマン主義的‐アメリカ的な見方をしていません、わたしはもっと学問的な考え方をしています。深遠なるものはロマン主義的ではないのです、と彼は言った。深遠なるものはすべてロマン主義的ではない。そう、と突如彼は言った、自殺は現代の流行病です。わたしは自殺するようなたぐいではない。ホアナとはスペイン風の名前ですね、彼は二回言った、ホアナとはスペイン風の名前ですね、それから椅子に背をもたせ、夫アウアースベルガーに、彼の最新のカンタータは出版されているのかどうかを訊ねた、ウニヴェルザール出版社は貴殿のすべての作品を出していますよね、とブルク役者は言った。夫アウアースベルガーは、ええ、あそこから私の最新カンタータも出ています、と言った。貴殿のカンタータはヴィーンでも上演されるのですか？　とブルク役者が訊ねると、ヴェーベルン後継者アウアースベルガーは、たぶんされないでしょう、なぜならヴィーンでは彼の複雑なカンタータを演奏できる一流奏者がいませんから、と言った。コンツェルトハウスにも楽友協会にもいませんとヴェーベルン後継者アウアースベルガーは頭を昂然とあげて言った。オーストリア中探してもこれを演奏できるフルート奏者はいません、と夫アウアースベルガーは言った。けれどロンドンでは、聞くところによれば、とてもすばらしい上演がありましたね、とブルク役者は述べた。ええ、とヴェーベルン後継者アウアースベルガーは言った、ロンドンでだけは彼の想定するとおり理想的に上演できるのだと、すると妻アウアースベルガーがそれにつづけてすぐさまやはり理想的にと言って、ふたりは何回も理想的にという言葉を言った、まるで突然一同が理想的にと言ったかのように、ただしジャニー・ビルロートを除いて。彼女はそこに座し、ブルク役者がしゃべっているあいだじゅう私を観察していて、そのあいだじゅう彼女のなかにあったのは私に対する憎しみ以外のなにものでもなかった。

三十年まえ、さらには二十五年まえにもまだ私は彼女にエリュアールの詩を朗読しながら同時にソファーのうえで彼女の足裏をさすっていたことが、いまではもう想像できない、彼女の寝室でモリエールの舞台場面を演じてみせたことが、彼女は多少とも裸でベッドのうえに座り、私のジョイスやヴァレリーの朗読に飽きてしまったように見受けられると、彼女の求めるモリエールの短い舞台場面を何度も演じてみせたことが、エルンストルと呼ばれていた男がザルツカンマーグートから彼女に書いて寄こした何通もの手紙を彼女に読んで聞かせたことが。彼女がつねづねこのうえなく内密なと呼んでいた、そしてそれも無理からぬことだが、それらの手紙を彼女は、私からだけ読み聞かせられるよう望んでいたのだが、といま私は考えた、その彼女が、世に言うように、私に視線を刺し通しているのだった。彼女には何時間も、彼女の小説から朗読をして、それに彼女は何時間も最高に満足していたが、私にとっては神経の参るものだった、そしてこの彼女の小説の表題を思いついたのは私で、青春砂漠というものだったが、実際この表題のもとでのちにこの小説は刊行された、不幸なことに、などと私は考えた。ジャニーとは何時間もプラーターを当てどなく歩きまわり、それどころかあるときなどいっしょに大観覧車にまで乗りながら、パヴェーゼ、ウンガレッティ、ピランデッロについて話し合った、カグラーンに、カイザーミューレンにいっしょに何回も行ったものだった、彼女といるといつでもいわゆるライヒスブリュッケを渡ってドナウ北岸に行ってみたい気分に駆られるからだった、と私は考えた。彼女は、私がザルツブルクの大学を了えてからヴィーンで出会った初めての芸術人だった、と私は考えた。私はヴィーンで自作詩を読んで聞かせたが、そしてこの詩を、私にとってはとうから慣れっこになっていたようには即座に拒絶しなかったはじめての人が彼女で、そこで彼女は私にとって、そう言って良いだろうが、文学の道での勇気を与えてくれたはじめての人だった、それがどのような理由からだったかはともかくとして、と私はいま考えた。私はかつてジャニー・ビルロートを愛していた、そしていまではもう二十年以上憎んでいる、翻って彼女が私に対してそうであるように。人と人が出会い友情を結ぶ、この友情を何年も維持するだけでなく強めるあまり、果ては決裂し、その後は何十年も互いを憎み、場合によっては生涯つづく、と私は考えた。何年も私はジャニー・ビルロートの家へも通った、と私が考えていると、ブルク役者はいま突然小咄を披露しはじめた、ヴィーンで好まれているようないわゆる劇場小咄で、こんなものでもなければ麻痺症状をきたしていまにも死滅しかねないでいるヴィーンの社交界はこれによってどれも生きながえているのだった。ヴィーンのほとんどの社交界が夕べの数時間を持ちこたえているのは、絶え間なくこの劇場小咄が持ち出されているがためだけで、芸術家晩餐会と称されたゲンツガッセでの社交のこの場も変わりはしない、と私は考えた。結局のところ私がアウアースベルガー夫妻と知り合ったのはジャニー・ビルロートを通してであり、結局のところ私がホアナと知り合ったのも彼女を通してだったと私は考えた。そして哲学者の姪だというジャニー・ビルロートと知り合ったのは、私の祖父と親しかったある哲学者を通してであって、三十年まえ当時、困窮を極め餓死寸前だったと言わなくてはならないさまの私はヒーツィングのマクシングガッセの哲学者を訪れたのだった。当時ヒーツィングのマクシングガッセもまた私の救いだった、と私は独りごちた、ヨーハンシュトラウスハウスと呼ばれている家に、フィルハーモニーのファゴット・ホルン奏者の兄である、祖父と親しい哲学者は住んでいた。私は一文もなしにヴィーンにたどり着いて、飢死寸前で、実際自身を扼殺せんばかりの境地にいたっていたのだが、それでも最後の力を振りしぼりマクシングガッセに、救いが、存在救済の最後の可能性が期待された、祖父から知らされた住所にやってきたのだった、といま私はふたたび考えた、そしてマクシングガッセは私を救ってくれた、まずはひと口のミルクで、それから夕食で、しまいにはリンケ・ヴィーンツァイレに住む作家を斡旋してくれて、鎖橋そばにもっている彼女の地下蔵を片づけるよう言いつかり、三日間生きながらえられるだけの金銭をもらった。この作家を通して私はジャニー・ビルロートと知り合った、と私はいま考えた、当時何篇かの詩を私も読んだことがあり、影響を受けなかったわけではない、早世したこの詩人を通して。ジャニーとはかなり頻繁にキルプへ行ったものだった、と私は考えた、いっしょにホアナを訪れたのだ、ホアナとジャニーとフリッツといっしょにキルプではとりわけ鋼の掌を何度も訪れた、食事をして、飲んで、トランプをして、羽目を外した、と私は考えた。二十世紀のほとんどの大作家を私に教えてくれた、つまり読むよう勧めてくれたのも、結局ジャニーだった、当時のジャニーだ、と私は考えた、いま私のまえに座り、彼女に飲み込まれないようある日彼女から逃れていった、そのことで、といまふたたび私は考えたが、私を無言のまま憎んでいるジャニーではない。いわば彼女との関係の頂点でのことだったが、もしジャニーから逃れていなければ、私は避けようなく彼女に飲み込まれ、抹殺されていた、と私は考える。そこで私はひと晩にして彼女の家を訪れなくなった、彼女は私を待ったが待ち人は現れなかった。彼女のエルンストルが化学研究所と呼ばれているところで仕事をしている何百もの午後、私は彼女の家で過ごした、カーテンを引いて、二十世紀大作家の大作を彼女のまえで朗読して、あるいは二十世紀大作家の大作を彼女が私に朗読してくれるときにはそれに耳を傾けて、と私はいま考えた。やがて彼女のエルンストルが帰宅するといわゆる火を使わない夕餉か、ただひたすら何回も温め返したため格段に味が良くなったグーラシュをふたりとともに食べた。そして眠くなったエルンストルがベッドに横になってしまうと、彼女は私にもういちどジョイスを朗読するよう、あるいはサン＝ジョン・ペルスやヴァージニア・ウルフを、私が疲労困憊するまで朗読するよう求めた、と私はいま考えた。そして私がジャニーの家から帰宅するのもようやく午前二時ころになってからで、世界文学で頭をいっぱいにしてラデッキー通りを通ってドナウ運河沿いにヴェーリングまで帰った。私たちは何年にもわたりひとりの人間に愛着し、といまジャニーの顔を直視しながら私は考えた、しまいには私たちを魅了するこの人間に完全に依存し、人言うところの身も心も虜になるにとどまらず、実際完全に自分を捧げてしまう、おしまいだと私たちが思い、当時私たちもそう思ったのだが、その人間から去ると、ある日からもう出向かなくなり、なぜ行かないかの理由もいっさい告げず、この人間をもう訪れることもなく、そのときからこの人を避け、この人を軽蔑し、それどころか憎みはじめ、もはや会うことはない。やがてこの人と出会い、恐ろしく激しい感情に巻き込まれる、と私はいま考えた、そしてこの激情を抑えられない。キルプの葬儀で出会ったこれらの人びとはみな、私にとっては多少ともどうでも良かった、と私はいま考えた、アウアースベルガー夫妻ですら、けれどもジャニーと会ったことで私の心は最初の瞬間からかき乱されてしまった。他の一同についてはキルプに行く際に念頭にあった、ただジャニーのことは考えておらず、当然ながら彼女と遭遇するという恐ろしい事実にも思いを馳せていなかった。キルプの墓地に彼女は来ていて、それどころか私に手を差し出しすらした、それどころか私に微笑むだけの余裕すら見せていた、と私はいま考えた、多少とも人を抹殺するような微笑みではあったが。私のほうもキルプの墓地で彼女と出会った際に、同様な抹殺するような微笑みをたたえていたのではあろう。蓋の開けられた墓のまえに立ち、そこで生涯の友人という役割を演じている彼女を私は憎んだ、と私はいま考えた、他の誰よりも墓ににじり寄り、洗練された手の動きで教会用務員の差し出すシャベルから土を蓋の開いた墓穴に撒いた。彼女に殺されるまえに、と当時、三十年近くまえに私は考えた、彼女から逃れるのだ、二度と彼女の住まいには行くまいと、そして私は雲を霞と逃げ去ったと言えるだろう。しかし私は、そのように見えるかもしれないが、卑怯だったわけではない、正当防衛の振る舞いだったのであり、生き延びることへの不安からだった、と私はいま考え、自分自身以外の誰にも望めないし求めもしない赦しを自らにすぐさま与えた。私たちはある人間にしかるべき時点で出くわし、自分にとって重要なすべてをこの人間から摂取する、と私は考えた、そしてふたたびしかるべき時点でこの人間から去ってゆく、と私は考えた。私はまさにしかるべき時点でジャニー・ビルロートと遭遇し、同じくしかるべき時点にふたたび彼女から去った、と私は考えた。私がいつでも誰からもまさにしかるべき時点でふたたび去ってきたように、と私はいま考えた。私たちはジャニーのような人間の精神状態に、その感情と精神の状態にしたがい、しばらくのあいだこの精神と感情の状態だけを自分のうちに摂取する、そして充分に摂取した、もうたくさんだと思うとき、この人間との関係を断ち切る、私がジャニーとの関係をあのときあっさりと断ち切ったように。このような人間から私たちは何年にもわたりすべてを吸い尽くし、突然に、私たちがほとんど完全に吸い尽くしたこの人間が私たちを吸い尽くしていると言う。そしてこの品性卑しさと一生涯かかずらわなくてはならない、と私はいま考えた。そして私はジャニーと別れ、いわば旗を打ち振ってアウアースベルガー夫妻へと寝返った、そして実際にはホアナへと、当時私がほとんどすべてを負っていたジャニーと縁を切り、彼女をただひたすら無視し去った、アウアースベルガー夫妻のため、そしてホアナのために、はじめの二、三年のうちは私をすぐさま魅了したアウアースベルガー夫妻のために、その後はホアナのために、というのも事実は、私がアウアースベルガー夫妻をも無視し去った瞬間、いわば彼らから逃れ、全面的にと言わなくてはならないが、ホアナに飛び込んでいった、つまり、ゲンツガッセとマリア・ツァールでのはじめのうちの内面的な任務、やがての外面的な任務のあとで、ゼバスティアンプラッツへと飛び込んでいったのだった、ジャニーのところでジャニーを通して二十世紀文学を私は知るようになったと言わなくてはならないが、そしてこの知識を私はそのあとアウアースベルガー夫妻を通して信じられないほどに拡張できた、つまり、ジャニーとアウアースベルガー夫妻を通していわゆる文芸が、とりわけ二十世紀文芸が私には突然もはや秘密ではなくなった、そのあとで、私はいわゆる造形芸術に飛び込んでゆき、私の関心全体はこのいわゆる造形芸術と演劇と、ホアナの本領はもっぱらそこにあったので当然ながら身体運動芸術、舞踏、振り付けに向けられた、と私はいま考えた。振り返ってみると私はやはり、自分にとって理想的な発展を遂げてきた、と私はいま、ジャニーと向き合って座りながら考えた、そして私は考えた、この発展を私は我がものにしたのだ、つまり私の遂げた発展が断じて理想的である、というのでなく、私自身がこの理想的な発展を、私にとって理想的なこの芸術的発展を、私がいま考えるに自ら我がものにしたのだ。そして私がこの考えを気に入ったのはとりわけ、突然私自身にとってすっかりなじみとなった芸術的発展という考えのためだった、と私は考える。私の発展はこれ以上理想的ではありえなかった、これ以上首尾一貫したものではありえなかった、と私はいま考えた、というのも、はじめは作家ジャニー・ビルロートに、やがてアウアースベルガー夫妻に、そしてついにはホアナにいたり、それもジャニーと同時に彼女の化学者エルンストル、ホアナと同時に彼女のタペストリー作家フリッツにいたるのだから、私にはこれ以上幸運な道を理想的な道として歩むことはできなかっただろう、と私はいま考えた。それなのに私はいまジャニーを憎んでいた、私の向かいに座り、彼女のほうでも私を憎んでいるジャニーを。憎しみを憎んだ、この憎しみは当然、私の考えでは精密に分析されてしかるべきではあるが、それを分析する気など私には毛頭ない、私の考えるところではジャニーならばとうに自分で分析をしているかもはしれない。そうしてこのような人間は結局は価値のない感傷的な散文と、同様に価値のない感傷的な詩を書き、結局は小市民というそこらじゅうにある汚穢だめに全身はまりこんでしまう、と私は考えた。私たちはある人間を敬慕し、何年ものあいだ敬慕して、果ては突如その人を憎むが、なぜであるかはまずもってまったくわからない、と私は考えた。そして私たちが本当に愛してはいなかったにしても長いこと敬慕している、そしていわばすべてに対して、つまり全世界に対して、とりわけ芸術世界に対して私たちの目と耳を開いてくれたこの人間が、結局は自身では惨めな芸術を創っていた、恐ろしい素人芸に勤しんでいたことを、品性卑しき耐えがたいこと以外のなにものでもないと感じる、その人間は絶えず最高の、そして何にもまして最高の要求について語り、かくも長い歳月この最高の、何にもまして最高の要求へと私たちを導き育ててきたのだが。そのような人間自身が結局はこのうえなく価値のない、つまりこのうえなく反感を呼び起こすような作品しか創らないということを、私たちはただひたすら理解しない、と私はいま考えた、こうして私たちは、実際、騙され欺かれ、この何にもまして最高の要求と言われたものを本気にさせられただけだったため、その人を許さないのだ。その素人芸によってジャニーはおまえを騙し欺いた、と私は独りごちた、そうしながら、彼女がいまもまた反感と憎しみいっぱいに、他の一同と同様に椅子に背をもたせ、妻アウアースベルガーがすでにぎごちなくなっている一同を解放して楽の間に戻るよう請うのを、私が考えるところではおそらく待ちながら、ブルク役者があいかわらず振るっている長広舌にじっと耐えている様子を私は眺めていた。私には、ヴィーン人が小咄をしているのを聞かされるほど嫌らしいことはない、それがいま私もこの倒錯を耐えなくてはならなかった、と私は考えた。突然私はアウアースベルガー宅の饗膳の間が遺体安置室のように感じられた、それというのもおそらくはなによりも、妻アウアースベルガーがこの間電灯をすっかり消してしまい、本物の蜜蠟でできた蠟燭を灯したアンピール様式の灯だけを饗膳の間の食卓のうえで照らしていたからだった。饗膳の間の家具調度でいまなんとか見えるのは輪郭だけで、それが本当はどんなに倒錯的に美しいか、いつも私が考えていたごとく、あまりに美しいかはもう見えなかった、つまりかろうじて見えたのは、食卓についたこの一座に似つかわしい悲しくも芝居がかった暗闇だけだった、彼らはいま実際に、妻アウアースベルガーが楽の間の座り心地良い肘掛け椅子へと移動するよう合図するのを待ちかまえるばかりで、ホアナの死によってとりわけ、また夜も更けることでも醸し出された喪の気分によって、多少ともと私は考えたが、打ちひしがれていたのだった。実際いまや、ブルク役者もこれ以上何か話そうという気持ちをすっかりなくしていた。彼がネクタイを緩め、シャツのいちばん上のボタンを外し、新鮮な空気がなんとかとつぶやくと、妻アウアースベルガーはすぐさま飛び上がって窓を開けに行った。彼女が開けたのは中庭側の窓だった、こちらなら街路側よりも新鮮な空気が入るのを見込めたからで、彼女はいったん楽の間に入ってゆき、そこからまた饗膳の間に戻り、饗膳の間の食卓にふたたび着いた。妻アウアースベルガーは饗膳の間の食卓にふたたび着いて、ホアナなら何でもやりかねないと踏んでいました、ただ自殺するとだけは思っていませんでした、と言った。ブルク役者はミュンヒェンに行った役者仲間の話に立ち戻り、彼が言うにはこの男ははじめから不幸な人間だったという、こうした自殺者は誰も、とブルク役者は言った、決まってはじめから不幸な人間なのです、人によりけりですが多少とも不幸なのです、いつだって不幸であって、ついには自殺してしまう、それは事実誰であろうと驚きなんかであったためしがない、と彼は述べた。ホアナが連邦舞台芸術管理局の肝入りでブルクの役者たちに歩き方を指導するなんて、彼は当時狂った考えだと思ったという。連邦舞台芸術管理局の役人はいつだってそのような狂った考えを思いつく、と彼は言った、やつらはホアナのような人びとを救っているつもりなんだ、と彼は言った、それなのに狂った考えしか思いつかない。ブルクの役者には歩くこともできれば立つことも座ることも横たわることもできる、と彼は言った、彼の表現によるならヴィーンの口さがない批評家の言葉を彼ははっきりと覚えているという、この口さがない批評家がプレッセ紙に載せたもので、ブルクの役者たちには歩くことも話すこともできない、あるいは少なくとも歩くことと話すことを同時にできない、という話だったという。批評家がこのような馬鹿げたことを書くと、とブルク役者は言った、連邦舞台芸術管理局がただちにこれを採り上げて、ブルクの役者たちに歩くことや話すことを指導する者と契約を結ぶのです、と彼は言った、彼らはさらに、ブルクの役者たちが話せるよう学ぶためにと話術要員すら当時雇いました、ばかげています、とブルク役者。でもそれがわれらが故人に役立っていたなら、とブルク役者は言った、それなりの意味はありました。ブルク役者がこれを言っているさなか、キルプでの葬儀のあとでジャニーがいかに卑劣な振る舞いにおよんだか私の頭をよぎった。葬儀が終わると彼女は雑貨店主に歩み寄り、一〇〇シリング紙幣を一枚彼女の手に握らせたのだ、雑貨店主が彼女、ジャニーにホアナの死を知らせるため、キルプから彼女、ジャニーに掛けた電話の代金だというのだ。蓋の開いた墓から十歩も離れていないところでジャニーは雑貨店主の手に一〇〇シリング紙幣を握らせた、と私は考えた、雑貨店主が侮辱されたと感じないわけにはゆかぬ悪趣味このうえないやり方で一〇〇シリング紙幣を彼女の手に握らせた、そしてこのような反感を呼ぶジャニーの行動様式によって彼女は事実侮辱されていた、なぜならば雑貨店主のような人間には、自分の友人の死を故人のいわば別な友人に知らせる電話に対して、ほかならぬ金銭を要求するなどとは思いも寄らないからだ。けれどもこのたぐいの悪趣味な振る舞いをジャニーはいつでもやらかしてきた、と私は考えた、彼女は変わっていない。だがそれで終わらないのがジャニーであって、私が葬儀のあとで雑貨店主ともういちどホアナについて話をするため雑貨店主と鋼の掌に入っていたところそこに現れ、鋼の掌に居合わせた葬儀参列者に哀れなジョンのために無心をするという厚かましい態度に出たのだ、いまぽつねんと立ちつくしていたジョンはホアナの葬儀にまつわるすべての支払いをしなくてはならない、一文ももっていないのにホアナの埋葬に係わるすべてをもたなくてはならない、そこで自分自身は先頭を切って、彼女の言うにはとりあえず五〇〇シリングを進ぜる、と。いつでもジャニーはサマリア人を気取っていた、と私はいま考えた、そうすることで私に反感を呼び起こしていた、なぜなら彼女を導いていたのは真のサマリア人精神ではなく、彼女の実践はいつでも社会的なことを弄ぶ演出の厭わしい変種にすぎなかったからだ。他の人をすべて悪者に仕立てようとする特性、不安定な悪い性格を彼女は一生のあいだもっており、加えて彼女にとっていつでもどんな手段も正しく、キルプでのホアナの葬儀のあとでもそうだった。彼女は臆面もなくと言えるだろうが、煙草の空箱を手に取って自身の五〇〇シリング紙幣をふたたびそのなかに差し入れ、この箱を手に弔問客のひとりひとりから集金、つまり物乞いをして回ってみせた、顔に浮かべた表情ときたら、実際に貧しいかもしれないジョンのための金銭にというより平手打ちにこそふさわしかった。弔問客のひとりひとりに煙草の箱を差し出し、彼女の犠牲者がどれだけの額を入れるつもりでいたか、そして結局入れたか、よくよく注意しながら彼女は回った。誰もがジャニーのこの振る舞いを悪趣味と感じていたが、それをはっきりと口に出してみせたのは、まさによりによって夫アウアースベルガーだったのは奇妙だった、と私はいま考えた、彼はそのとき突然ジャニーに面と向かって、なんて悪趣味な、なんて悪趣味な、なんて悪趣味なんだあんたは、と言ったのだった。実際夫アウアースベルガーはこのなんて悪趣味という言葉を二回くり返し、都合三回言って、一〇〇〇シリング紙幣を一枚彼女の煙草の箱へ投げ入れた。結局一〇〇〇シリング札何枚かと私の入れた一二〇ポンドが煙草の箱には集まり、ジョンと雑貨店主と私が座っていた席にジャニーが歩み寄り、ジョンのまえの食卓のうえに煙草の箱の中身を開けた、その際にそれは彼女の金銭であるかのように、つまり彼女のなした仕事のような顔をした、彼女の悪趣味な仕事では実際あった、と私はいま考えた、けれども彼女の金銭などでは断じてない、彼女の悪趣味さではあるが、彼女の金銭ではない、と私はそのとき独りごちた、けれども舌先まで出かかっていた言葉、厭わしいという適切な言葉を彼女に面と向かって向けるのを自制した。ヴィーンのヴァージニア・ウルフは、とそのとき私は考えた、またしても社会的に自分を誇示するのにジョンを利用し、それによってこのジョンを彼の一生のなかでも最大のいたたまれない状態に陥れたのだ。そのときジョンにとっていちばん好ましかったのは、私はありありと覚えているのだが、鋼の掌の卓の下にもぐり込んでしまうことだった、けれどそんなことを彼にはできなかった。ジャニー・ビルロートのように、いちどは少なくとも高度な芸術理解をもっていた人びとは、現実の生に、とはすなわち人間との現実のつき合いに関して完璧に無神経なものだ、と私は考えた。そして、二十年の経過のうちにジャニーが、もしかしたならもともとは才能がありすらした、それどころか徹頭徹尾有能だったかもしれない芸術家が、おぞましいことこのうえない小市民的で遠慮会釈ない社会偽善者になりおおせたという事実には、なにがしかのことがあるというにとどまらない、と私は考えた。ただ、この社会偽善はすでに以前から彼女のなかにあった、と私は考えた、私は当時、三十年まえ、そして二十年まえにもまだ、彼女に見られるこの社会的偽善の嫌らしさを全体として、まだ今日のように気づいておらず、意気阻喪させられていなかっただけだ、と私は考えた、当時私は彼女の短所と全体的な不快感にまったく気づいていなかったのだ。私たちは長いあいだある人間の一面しか見ていない、自己保存本能から別な面を見ようとしないからだ、と私は考えた、それが突然、そのような人間のすべての面を見て反感を覚える、と私は考えた。二時間あまり私は鋼の掌に座り、やがてジャニーが少しまえにアウアースベルガー夫妻と連れだってヴィーンに向かって帰ってから暇を告げた。私はもういちどひけらかしげに供えられた唐檜でできた献環を見た、そこに掛けられた銀色に輝くリボンには、ジャニーよりと文字が入れられており、教会用務員は蓋の開いた墓の山なす花のうえにこの環を置いたので、誰の目にもこのジャニーという名前しか入らなかった。自分の献環がいちばん目立つようにジャニーが教会用務員に指示したと私が思っているわけではない、私は本当にそう思っていない、けれどもよりによってジャニーよりと入れられたジャニーの献環を教会用務員がいちばん目立つよう置いたという事実を私はやはり、キルプでのジャニーの振る舞い全体の特徴を表していると感じた。彼女は、地元の人たちと声を合わせて祈りを唱えたただひとりでもあり、ジャニーはカトリックなどではないし、キリスト教に対して少なくとも私のまえではいつも扱き下ろすような態度しかとっていなかったのを考慮すると、これにも私はほとんど耐えがたい思いをした。彼女は敬虔に振る舞っており、これは儀式のなかで第一に反感を呼ぶ点だった、彼女以外の誰もこのように厭わしく敬虔に振る舞う者はいなかった、と私は考えた。そもそも彼女はホアナのいちばんの友人であったかのような態度をキルプでとっていたが、私の知るとおり本当は亡くなる十年ほどまえにすでにホアナを見捨てており、彼女のフリッツ、ゼバスティアンプラッツの華々しい芸術家が彼女のもとを去ったまさにその瞬間、彼女とのつき合いを断ったのだった。ゼバスティアンプラッツがいわば真っ暗になり、もはや宴は開かれず、ゼバスティアンプラッツで得られるものはもう何もなくなった瞬間に。彼女はもっとも親密な友人であるよう振る舞ったが、基本的にはもう十年ほどホアナからは離反していたのだ。いま彼女はこの倒錯的なジャニーよりリボンを献環に添えさせ、これで不実の十年を拭い消すことができると思ったのだ、と私は考えた、そして私は考えた、彼女が私を憎むのは、彼女の意志に反して私がやはり作家になったからだ、どんな作家であるかにかかわらず、ともあれ作家になってしまった、つまり競争相手であって、彼女の望んだように役者や演出家や演出助手ではなかった、そしてある日私にホアナを紹介したのもおそらくもともとそのような心づもりからだった、と私は考えた。私が作家になるのを彼女は何が何でも阻もうとしていた、と私は考えた、私が作家になったいま、彼女はそのことで私を憎んでいた。彼女の目には、それでも作家となった私は、重大犯罪を犯したのだ、それでも、それでも、それでも、と何度でも言わなくてはならない、彼女がくり返し阻もうとしていたのにそれでも、と私は考えた。そして私は考えた、なんという憎しみをもって彼女は私のことをこの二十年間、彼女の時代のなかの文学誌で責め立てたことか、私の発表したすべてが時代のなかの文学で徹底して貶された、少なくとも徹底的に貶そうといつも試みられてきた。彼女自身私の作品を時代のなかの文学の下劣な記事や誹謗論文で徹底して貶しはしなかったにせよ、食い扶持を求めて彼女を頼みにするほかの書き手を怯まず私に向けて駆り立てた、と私はいま考えた。けれど私がいきり立つのも笑止だった、このようなくだらないことにいきり立ってみせた私は、実際自分自身のまえで自らを笑いものにしていた、そして私は何回も自分自身に、私だけが聞こえるようにいった、おまえは自分を笑いものにしている、おまえは自分のまえで自分を笑いものにしている、おまえは自分のまえで自分を笑いものにした、と。おまえはなんて厭わしい人間なんだ、と私は独りごち、同時にそれを誰にも聞こえないよう心のなかへと押し込んだ、くり返しそうするうち感情はいよいよもって激していった。おまえがジャニーを裏切ったのであって、彼女がおまえをではない、と私は何回も独りごち、この独り言を何度も何度もくり返し、果てにはすっかり疲れ果ててしまった。すでに午前二時半になっていたが、人びとはみなまだ饗膳の間に座っていた。そしてブルク役者が語り、他の一同は拝聴しているのだった、そして本当は、この芸術家晩餐会のあいだじゅうしゃべっていたのは基本的にはブルク役者だけで、それというのも自らしゃべるには他の人びとはあまりに疲れ果てていたのだ、ただジャニー・ビルロートだけはときどき口をはさんでいた、私の考えではいつでも不適切で手の施しようのないことを、さらには品性卑しく卑劣なことを何回も、芸術家晩餐会にはともあれほかにまだ七人か八人か十人か十二人が来ていたものの、夫アウアースベルガー、妻アウアースベルガーと同様に、誰もこのあいだじゅう発言をしていなかった、いったい何人が来ていたのか、そしてみな私の知り合いなのかどうかも、長いこと私には皆目わかっていなかった、もちろん私は彼らをみな知っていたが相手にしなかった、彼らはこのあいだじゅう書割のままだった、と私は考えた。ほとんどの人間が本当に興味を惹かない、と私はこのあいだじゅう考えていた、私たちの出会ったほとんどすべての人が興味を惹かない、団塊をなす惨めさと愚かさのほかに彼らが提供できるものはなく、それによっていつでもどこでも私たちを退屈させる、そこで私たちは当然のことに彼らに微塵ほどの関心も抱かない。私たちが歴史を振り返ってみるならば、何千人、何万人、何百万人と彼らが私たちにとって、意味もなく関心もなくなったのは理の当然だった、と私は考えた。名士などというものは、このブルク役者にしてもそうだが、なんと無内容で神経に障るだけでしかありえないのか、と私はいま考えた、そのとき私にはブルク役者が突然あくびをするのが見えた、それにつづいて妻アウアースベルガーが突然あくびをするのが見え、それにつづいて夫アウアースベルガーも、そしておそらく一同みなが突然あくびをした、ジャニーと私だけはしなかった、向かい合って互いに目を離さずにいた私たちだけは。ヴィーンのヴァージニア・ウルフは、とどのつまりは彼女のエルンストルの妻に、つまり化学者の妻にとどまるしかなかった、六十にしてすっかり老け込んでしまい、他の人なら七十、それどころか八十にしてようやくこうなのだが、と私は考えた。私は青春砂漠と、彼女がこの青春砂漠に書き込んだ戯言を思い出した、世界文学だと彼女は考えていたものの、実は小市民の低俗作品にすぎなかった。彼女はおまえを憎んでいる、と私は独りごちた、そしておまえは彼女を軽蔑している、これは本当だ。けれど彼女がおまえを憎んでいるのは、おまえが二十年まえ当時、いやもう二十五年まえか、彼女を見捨てたから、そしておまえが作家になったから、というだけではない、おまえが彼女より十歳若い、これをこの手の女性たちには許せないからだ、自分が十歳年上であることを、と私は考えた。私が彼女を彼女のエルンストルともども第二区の住居に捨て置き、ホアナに鞍替えしたこと、十歳年長の作家から六歳しか上でない、エルンストルではなくフリッツとかいう男がいる身体運動芸術家に鞍替えしたことを。とはいえジャニーにはともあれ今日でも彼女のエルンストルがいるが、ホアナには亡くなる十年まえにすでにもう彼女のフリッツはいなかった、と私は考えた。いま彼女は私を、二十五年まえ、あるいは二十年まえよりもはるかに激しい憎しみをもって憎んでいる、と私は考えた。彼女はおまえをこれまでにないほどに憎んでいる、と私は独りごちた。いや、いや、アウアースベルガー夫妻が芸術家晩餐会にはジャニーも招待していると言ってくれていたなら私はゲンツガッセなどに来なかった、と私は考えた。いつでも私は、自分のほかにどんな客が招待されているのか招待者に訊ねるのを忘れてしまう、と私は考えた。ジャニー・ビルロートも招待しています、と彼らが言っていたなら私は決してゲンツガッセなどに来なかった、こうして私は都合二回にわたりゲンツガッセの罠にはまってしまった、と私は考えた、都合三回、都合四回にわたり、私の考えるには千回にわたり。ゲンツガッセでのこのような芸術家晩餐会に、それもジョアナの葬儀の日に、ジャニーもやって来るのが当然であると、私は承知しておくべきだった、と私は考えた、芸術家の集まりに彼女は決して連れてこないエルンストルが不在であるのも同様に当然だった、と私は考えた。彼のほうでも芸術家や芸術家に関するいっさいに関心がなかった、ジャニーの関心を惹いた事柄に微塵ほどの関心も抱いていないのだった、そう言わなくてはならないが、ジャニーの関心を惹く何ごとにも彼女のエルンストルはこれまで関心をもつことはなかった、彼に関心があるのは彼の化学とジャニーその人だけで、それ以外の何にでもなく、実際もっぱら彼の化学とジャニーといっしょのベッドに対してだけだった。そして私は考えた、今日のようなまさにこんな日に、ジャニーに身をさらしてはならなかった、彼女はいま、私を破壊するにとどまらず抹殺するだけの影響力をもっており、自身でもそれをただちに理解し、私をもはや落ち着かせてくれないからだ。私にはもう彼女から逃れる手立てがなかった、私には立ち上がって去ることもできた、だがそうするには当夜はもうあまりに衰弱していたし、他方で私はゲンツガッセでのこの夜をも切り抜けようと考えていた、これまで何百ものそのような夜を、このような社交の夜を、このようないわば耐えがたいゲンツガッセの夜を切り抜けてきたように。私はいままでどんな社交の場もなんとか切り抜けてきた、と私は考えた。ブルク役者は楽の間で肘掛け椅子に腰を下ろした、肘掛け椅子に腰を下ろしたのはもちろん彼がいちばんにだった、彼のあとでようやく他の人びとが楽の間のあちこちの一画で腰を掛けた。ああそうか、と私は考えた、饗膳の間から楽の間に移動する最後になったのは実際またもや私だった、多少とも饗膳の間から重い腰を上げて楽の間にようやく移ってきた最後になってしまった、いまもしかしたなら妻アウアースベルガーはアリアのひとつ、ふたつでも歌いかねない、しかしそのあいだにもう三時になっているのだから彼女の歌唱芸術などよしにしてもらいたい、つまり、夫アウアースベルガーが先ほどすでに開いていたパーセル楽譜帳からいまはもう歌わないでもらいたいと私は願った。実際妻アウアースベルガーは歌うことで私を煩わせなかった、彼女の歌は、と言わなくてはならないが、いつでもすばらしく魅力的だった、妻アウアースベルガーは本当にいつでも特別美しい声をもっていたと認めなくてはならない、その声はおそらくはそれどころか第一級だといつだって私はためらうことなく呼ぶことができた、といちばん最後に楽の間の肘掛け椅子に腰掛けながら私は考えた。楽の間も三十年まえと同様にいまだにアンピール様式でしつらえられており、そう言って良いだろうが今日ではとてもそれだけの額を払えない貴重品に満たされていた、それらは彼女の父親がシュタイアーマルクからヴィーンに運ばせたマリア・ツァールにあった財産であるか、ヴィーンで有利なことときわまりない条件で入手したものであるか、なのだった、というのも彼は第三区の骨董商と良く知る仲で、この男は基本的にはいつも貴重品だけを扱っていたにもかかわらず、私も知るようにさまざまな理由から古物商としか呼ばれていなかったのだが、彼は妻アウアースベルガーの父親とは長年持ちつ持たれつの交換関係にあった。妻アウアースベルガーの父親は古物商と呼ばれている男の病気を治療し、古物商のほうではお返しとして妻アウアースベルガーの父親にありとあらゆるヨーゼフ朝様式やあらゆるアンピール様式の家具ばかりか、このうえなく美しいビーダーマイヤーの調度品まで調達して、妻アウアースベルガーの父親はこれに対して一文たりと払わずに済ませていた。三十年まえ当時、と私は考えた、私はこの楽の間を愛していた、ここを、これまで見たことがあるなかでもっとも美しいヨーゼフ朝様式の部屋であるといつも自分で呼んでいた。けれどもすでに述べたとおり、のちに突然私は考えたのだが、これはあまりに美しく、あまりに完全にしつらえられており、それゆえ耐えられなくなってしまった。いまこの部屋のなかを見回すと反感が募るばかりだった、おそらくは私がこの間、というのは過去数十年の経過のなかで、この手の人言うところの古典風にしつらえられた部屋にもはや同じだけの重大な価値を置かなくなっていた、そもそも古い家具に対して以前にもっていた非常に強い熱意が減退してしまった、それどころかこの熱意がほとんどもうそれらに対する反感と憎しみに反転してしまっていたこともおそらく与っているのだろう。人びとは古い家具調度をそろえ、すでに何百年もが過ぎ去った時代の家具に囲まれ、それらはそもそも自分たちに関係なく、それだけですでに嘘つきなのだ、と私は考えた。本当のところ彼らは自分自身の時代に対して衰弱するあまり、息をつげる状態を保つためには、と言えるが、とうに過ぎ去り、とうに枯れ果てた、とうに死んだ時代の家具に囲まれていなくてはならないのだ、と私は考えた、つまり人びとがその苛酷さ、惨忍さに耐えられない自分の時代の家具にではなく、過ぎ去った時代の家具に囲まれるとき、それは基本的にはいつでもまったくもって思わしくない衰弱状態の表現であるのだ、と私は考えた。彼らはあらゆる矛盾がありえなくなった枯れ果てたもののもつ柔和さに囲まれている、と私は考える。良き趣味と呼ばれているものを備えていると囁かれているアウアースベルガー夫妻は、根本的には決して良き趣味などもってはおらず、良き趣味を模していただけだったし、そもそも彼らには自分独自のものなどなにもなかった、いつだって模した生だけで、自身の生すらもっていない、基本的には自身の生活をもっておらず、模した生活だけだ。これがアウアースベルガー夫妻の厭わしいところだ、と私は考えた。基本的には彼らの社交の場での中心点はいつでも彼ら自身であったためしはなく、何世紀もまえの彼らの家具と彼らの貴重品が中心点だったにすぎない、自分の住居のなかで彼らにもの言うことができたのは彼ら自身の力によるわけでなく、彼らの家具やその他の美術品と彼らの金銭のおかげだった、と私は考えた、この宵、この夜だって、彼らにもの言うことができるのは、自身によるのではなく、彼らの調度品と彼らの金銭のためだ、と私は考えた。このように考えるとき、彼らがなにからなにまで惨めであると私には意識された。彼ら、アウアースベルガー夫妻は、自分たち自身が人びとから賞讃されているといつでも思っている、それに対して彼らのところへやって来る人びとが賞讃するのは、基本的には彼らの家具や彼らのその他の美術品、そしてアウアースベルガー夫妻が彼らの家具と彼らの美術品を住居のなかで配置する際の洗練された手際だけなのだ。彼らは人びとが彼らを賞讃していると思っている、それに対して人びとが賞讃するのは、彼らの磨き抜かれた戸棚や食器棚、食卓、椅子、肘掛け椅子、壁にかけられた無数の油彩画、そして彼らの金銭なのだ、と私は考えた。人びとが賞讃し、彼らのことを賞讃するようあらゆる人びとを引き込むのは、彼らの財産であり、この彼らの財産から可能になった多少とも恥ずかしげもなくくり返されている生活であると考えるのは、決して的外れの思いつきではないのと同じに。人は衣裳によってばかり立派に見えるわけではない、家具や何世紀もまえの貴重品によっても、と私は考えた。けれどもここを支配している暗闇のなか、楽の間の貴重品を微かに見ることすらできない、と私は考えた、それに私はそれらを見たいとはわずかなりとも思わなかった、というのもいまではそれらに反感を覚えるのがたしかだったからだ。この宵もこの夜も、いまもまた倒錯的に思われるこのゲンツガッセの住居全体に私が反感を覚えていたように。いたるところであまりにしつこいほどに目に飛び込んでくるこの完璧さは反感を呼ぶ以外のなにものでもない、と私は考えた、すべてが整っていると言われて、なにものも、ことごとくなにものも枠から外れることなく、また決して枠から外れてはならない、そんな住居が概して嫌みな住居であるように。こうした住居に私たちは反感を覚え、そのなかでは決して寛げない、と私は考えた、三十年まえの私のように、この住居をはじめて訪れたときのように、多少とも心ここにあらずといった状態であるなら別ではあるが。楽の間ではよりによって役者と夫アウアースベルガーのあいだに私は腰を下ろした。ブルク役者はいま、退役した歩兵部隊司令官のようだった、そして満腹のあまり饒舌さすら麻痺していると私は考えた、なぜならブルク役者は突然静かになっており、全身のものものしい様子は突然軍人のそれでしかないと、ブルク役者が両脚を伸ばしたときに私は考えたからだ。このように几帳面なアイロンの折り目があるのは将校のズボンだけだ、と私は考えた、司令官のズボン、陸軍元帥のズボンだけだ、と。妻アウアースベルガーは白ワインに満たされたガラスの壺をもってひとりひとりを回っていた、しかし会席者一同は突然に眠気を催してしまっており、もうワインにも他の飲物にもほとんど食指を動かさず、夫アウアースベルガーその人だけがいまもまだ飲んでいた、絶え間なくと言いうるほどに。いわゆる禁酒治療施設カルクスブルクへまたしても収容されるのもおそらく時間の問題だろう、と彼を横から観察しながら私は考えた、彼の落ちくぼんだこめかみの下にはぶよぶよした頬肉がぶら下がっていた。もしこの光景がこれほどまでに反感を呼ぶものでなかったなら、彼のことをただひたすら奇怪と感じただろう、けれど私にはそうできなかった、というのも、私は本当に夫アウアースベルガーのこの状態を心底気の毒に思っていたからだ。この人間をおまえはかつて多少とも愛していた、と彼を横から観察しながら私は考えた、おまえはかつて、そう言って差し支えないが、完全にこの人間の虜になっていた。いまこの人間はむくんだ姿で私の傍らに座り、時折呂律の回らぬ発言で注目を集められるだけだった。彼はまたこの奇怪な編み靴下を履いている、と私は考えた、結局のところ悪趣味にすぎないフェルトのこの農夫風上着、他の誰にもまして彼が着ると笑止な、鮮やかな刺繍をほどこした立ち襟のこの天然亜麻布シャツを。妻アウアースベルガーが夫の倒錯した精神病状態に悩まされているのは見た目に明らかで、この状態を変えられないでいた、彼女は夫アウアースベルガーをすでに一時間ほどまえに集まりから連れ出して寝かしつけようとしたが、うまくゆかなかった、夫を、とどのつまり飲酒癖によって幼児化している夫アウアースベルガーを肘掛け椅子から、ということは楽の間から連れ出して寝かしつけようというそれ以上の試みも、いまや失敗した。夫アウアースベルガーは手に持ったなみなみとつがれたワイングラスで彼女を押しのけ、その際に目の縁を傷つけるだけでなく、グラスいっぱいのワインを床にぶちまけてしまい、すでにひと晩じゅうそうしていたのだが、彼女のことを三十年まえと同じにただただばか女と呼ぶのだった。アウアースベルガーのこの騒ぎは私にはなじみのあるものだった、私はそれを見知っているのでこれはまだ無害ですらあった。このような宵はたいていのところ、夫アウアースベルガーが自分のワイングラスをアウアースベルガー家の壁に投げつけ、そればかりか壁のどこかで優美で値もつけられないアンピール様式の肘掛け椅子のひとつを打ち砕くことで終わった、そうした椅子は絶えず町の中心地のある修復家のもとに運ばれ、アウアースベルガー夫妻はこの修復家をこうした、あるいは別な破壊欲に満ちたやり方でおおいに煩わせた。ときおり夫アウアースベルガーはまだ何か言える状態になり、それどころか完全な文章がうまく口から出てくることもあった、たとえば人類は絶滅されるにふさわしいといった言葉、これによって彼はいま楽の間に集う一同の注意を何回も引いたが、これを彼はいつも音楽家の精確な数学的リズムでくり返した。あるいは社交の集まりなど廃止されるにふさわしいといった言葉、あるいはわれわれはみな殺し合わなくてはならないといった言葉。こうした言葉を私は熟知していたので、それを独創的と感ずるわけにはいかなかった、けれども今宵の私にとっては、もしかしたら他の人びとにとってのように気まずいものでももはやなかった、彼らがこの言葉を彼の口から聞いたことはまだなく、彼の口から知ることもまだなかった、ブルク役者もそのひとりで、彼はアウアースベルガーのこの言葉をこの宵以前に聞いたことがなかったようで、彼にとってそれは気まずいものである様子が私には認められた。でもアウアースベルガーさん、いったいどうされたんです？　とブルク役者は突然言った、何をそんなにいきり立っておられるんです？　世界はそれでもひとつの美しい世界ですし、人間はそれでも良き人間です。何をそんなにいきり立って、何もかもを扱き下ろされるんです、でも基本的にはすべてにはそれなりの秩序があり、それなりの魅力があるのではないですか？　とブルク役者は言ってつづけた。なんだってほとんど意識を失うほどに酔い潰れるのです、そして頭を振って妻アウアースベルガーが火をつけてくれた葉巻をふたたび吸った。ジャニー・ビルロートは楽の間でも私の向かいに座って、何も言わず、ふたりのあいだの光景を観察していた、彼女が三十年まえ当時、二十五年まえにもまだ、私に対する以上に惚れ込んでいた夫アウアースベルガーと、饗膳の間に入ってからもまだ彼女がいつもそう名づけてきた精神的会話を求めたものの実現しなかったブルク役者とのあいだの光景を、ブルク役者は実際彼女の問いにはいっさい乗らず、そもそも彼女と話すこともなく、彼女と精神的会話を交わす余地を微塵ほども与えなかった、ブルク役者は本物の川師《フオゴシュ》に専念し、彼の冗談や小咄にすっかり戻るほうを選んだ。ジャニーは彼女が呼ぶところの精神的会話を交わそうといつでもかまえており、自分にとって人間づきあいでいつだって重要なのはそうした精神的会話だけであり、そもそも社交の場に現れるのもこの理由、唯一この理由からだけなのだと、どのような機会をもとらえていつも強調していた、とはいえ彼女自身、自分で精神的会話と呼んでいるものについて精確な像を、たいていのところはおおよその像すらもほとんど思い描いたことがないのだった。ブルクの役者ならば、と彼女は考えたのだろう、そうした精神的会話にうってつけだと、けれどそれは思い違いだった、このブルク役者はこの宵に何でもするつもりだった、ただいわゆる精神的会話だけはごめんだった、そう、日常を越えたいわゆる精神的なことなど話す気は彼にまったくなかった、彼の生業と称されうるものと係わり合うことは決してなかった。くり返しジャニーはブルク役者を殻とでも呼びうるものから誘い出そうとした、というのも彼女は知らなかったのだ、ブルク役者が殻などはなからもっておらず、私の考えるところでは殻などはなからもちうるはずもないということを、なにせこのブルク役者は基本的かつ究極的にはブルク劇場と契約しそこで演じている愚か者のひとりにすぎず、低劣な精神で実際のところ総じていつでも精神性を欠いたままブルク劇場で齢を重ね老いているのだった。このブルク役者の顔にも精神的と呼びうるようなものは微塵ほどもない、と私は独りごちた、ジャニーはそれを見ていなかった。しかし彼女にしても、他ならぬ役者に芝居について語るよう、役者稼業について、つまり彼の生きがいについて語るよう要請するとは相当に察しが悪かった、そんなことを誰も語りたくないし、基本的には誰も受け入れようとはしない、つまり自分がそれによって生活し生きなくてはならず、自分の職業あるいはそう言われているように天職と呼びうるものに対する立場を表明することなど許容しないのだ。彼女自身いつも文筆稼業について話すのを拒否してきた、私だってそうだ、文筆稼業について話さなければならないほど嫌なことは、当然ながら作家としての私にはないからだ、そこで私もそれについて話すのをいつでも拒否して、非常に多くの人びとをくり返し侮辱した、これらの人びとのほうでもみな察しが悪く、このように侮辱されるに価していた、と私は考えた、実際私がこれほどひどい吐き気を感じることはない、と私は考えた、文筆稼業について語るなどとは、そして私がもっとも吐き気をもよおすのは自分自身の文筆稼業について話すことだと、そしてジャニーは、ブルク役者とブルクの役者稼業について会話を交せると信じていたのだ、と私は考えた。ジャニーの隣にはギムナージウム教師のアナ・シュレーカーが座っていた、彼女を私はアウアースベルガー夫妻と同じくらい長く知っており、彼女と会ったのはいつでもアウアースベルガー夫妻といっしょのときだった、いつでもゲンツガッセの彼らの家にかぎられ、マリア・ツァールで会うことはなかった、そして詩を書いている彼女の連れ合いといつもいっしょだった、と私は考えた、そして彼女の発音は三十年まえ当時すでに、歯の間から息を吐き出して反感を呼ぶ音をたてていた。ギムナージウム教師アナ・シュレーカーについてはいつも、オーストリアのガートルード・スタイン、あるいはオーストリアのマリアン・ムアだなどと言われ、主張されていたが、しかし彼女はいつでもオーストリアのシュレーカーにすぎず、誇大妄想のヴィーン地方文士だった、そして私はいま考えた、ギムナージウム教師シュレーカーも五十年代に執筆をはじめ、多少ともジャニー・ビルロートと同じ道を歩んだ、つまり若い才人から反感を呼ぶ国家芸術家へ、亜流の物書き乙女から亜流の物書き中年女性へ、私のいま考えるところでは凡庸な道であって天才の道ではない、つまりジャニーがヴァージニア・ウルフ狂乱からヴァージニア・ウルフ気取りへの道なら、シュレーカーはマリアン・ムア＝ガートルード・スタイン狂乱からマリアン・ムア＝ガートルード・スタイン気取りへの道だった。両者、ジャニーならびにシュレーカーとその連れ合いは、自分の文学的な初発の未来像、初発の意図、初発の情熱からほんのまもなく、それも残念なことに非常に徹底的に、嫌悪に価する、文学という国家に阿る芸術へと方向転換をして、そして三人とも同じ反感を呼ぶやり方で、さまざまな市会議員や大臣やその他公職にあるいわゆる文化官吏たちとつるんでおり、そして私の考えるに、六十年代初頭に突然にして、私に言わせれば彼らが生まれつきもってはいた性格不全によって一夜にして死んでおり、彼ら自身他の人がそうであるならば最大の軽蔑でもって語っていた、嫌らしくも反感を呼ぶ存在にいわば一夜にして変じていた。シュレーカーにしてもジャニーにしても、と私は考える、私の目には突然はっきりと国家装置への阿諛によって、私が当時考えたように、そして私が今日考えるように、自身に対してだけでなく文学全体を裏切った、これを私はいまもこれからも許さない、ただふたりのどちらがより卑劣であるかははっきりしない。ふたりが五十年代には私に対していつも、このうえなくげんなりさせられる最大の汚穢だと説教していたほかでもない不浄域に、ジャニー・ビルロートにしてもアナ・シュレーカーにしても突然、すでに六十年代初頭には、嫌な気持ちにさせられる無定見なやり方であけすけに自らもぐり込んだ。五十年代、ということは私がまだ二十歳のころ、彼女たちふたりは実際今日にいたっている姿である国家のことを、この何も知らない私たちの国民にとって根本的な不幸であると私のまえで言ってみせていた、それが、と私は言わなくてはならないが、その国家に六十年代初頭にはすでに遠慮会釈なく隷従し、そのなかで背信的にも自己放棄したと私は考える。シュレーカーにしてもビルロートにしても、と私は考える、六十年代の早くにはすでに、と言わなくてはならないが、おぞましいとともに笑止なこの国家に身も心も売り渡してしまった、そこで私はこの理由もあってとりわけジャニーとはこの時点からいっさい係わるのをやめた。シュレーカーのほうは私にとっていつでもいわゆる添え物にすぎず、精神と性格のうえでジャニーの妹分と私にはつねづね思われた。ジャニーがいつでもヴァージニア・ウルフ妄想をいだいて、一種のヴィーン風ヴァージニア・ウルフ病に罹っていたとすると、シュレーカーはもうまえからマリアン・ムア妄想とガートルード・スタイン妄想をいだき、マリアン・ムア病とガートルード・スタイン病に罹っていた。そして両者、ジャニー・ビルロートにしてもアナ・シュレーカーにしても、五十年代当時にはおそらく完璧に本物の狂気であり完璧に本物の病であった、この彼女たちの文学狂気、この彼女たちの文学病を、六十年代に入り突然のこと、まったく出し抜けに気取った姿態へと、文学という目的を気取った姿態、出し惜しみしない政治家に向けた文学的という多目的を気取った姿態へと変えた、そして一夜にして多少とも遠慮会釈なく自らの裡で文学を殺した、国家の禄を食もうという絶対的な卑劣さと引き換えに。というのも、はじめのうちは長年誹謗していた国家とその倒錯した出し惜しみなさに定見なくすり寄るためのいかなる機会も過去数十年逃したことのない両者を、私は狡猾に国家の禄を食むふたりと呼ばなくてはならないからで、この十五年間ふたりはこの地での言い方をすれば、何か得られるものがあるならばいたるところどんな場所であろうと姿が見られたし、国家や市の公的な式典では必ず自分の席を空けたことはなかった。この国でいわば最大の不名誉と恥ずかしげのないことこのうえない粗暴さを文化の場で発揮する政治家が国庫金でいっぱいにした財布をもって登場してきた、そして彼らの登場するところではどこでも、彼女たちが現れ、かしこまっている。かくしてジャニー・ビルロートとアナ・シュレーカーという、何十年と多少とも人言うところのすべてを私が傾注した、私の青春の文学と芸術と文化そのものを体現するふたりのご婦人は、時とともに私には憎々しい以外のなにものでもなくなってしまった、と私は考える。でもジャニーのほうが当然ながらシュレーカーにまさっていた、というのもジャニーとのあいだほどに緊密な接触を（そして摩擦も！）シュレーカーとは少しももっていなかったからだ。私が多少とも崇拝していた五十年代はじめの大詩人ふたりが、いつだって嘘つきで貧弱な思想を書きつけているだけのふたりの小市民に他ならなかったと、六十年代初頭には早くも明らかになった。いま両者は、オーストリア文学のヴィーン風畸形にすぎない例のふたりの女流として私のまえに座っていた、自分の文学のほうが優れているという思い上がりに浸され、嫌らしく隣り合って。ヴィーンのマリアン・ムアとガートルード・スタインとヴァージニア・ウルフがそこに座っている、と私は考えた、卑小でずる賢く野心に満ち国家の禄を食んでいる以外のなにものでもない、いくつかの愚かしい文学賞と年金の保証と引き換えに文学と芸術そのものを裏切り、国家および文化官吏のならず者とつるみ、その間彼女らの亜流の低俗作品も、助成金を与えてくれる省庁の階段をのぼるのも、同様の下劣さで身につけ習慣化させていた。シュレーカーはいつもいわゆる芸術評議員会を罵っていた、それどころか泡を吹いて怒鳴っていたのが、一年まえにはその同じ芸術評議員会からいわゆる大オーストリア国家文学賞を与えられて有頂天になっていた。シュレーカーやビルロートのような人びとが、いわゆる芸術評議員会のほかならぬ前会長にして現名誉会長の首っ玉に突然かじりつくさまを眺めなくてはならないだけでも嫌らしい、と私は考えた、彼の醜悪さと有害性ゆえ何十年と罵倒していたのに、いわゆる芸術評議員会のこの会長、名誉会長からいわゆる大オーストリア国家賞を授与してもらいたいというだけのために、この賞とそれに結びついた金額を用立てているといわれている、ほかならぬこの男やその周辺の人びとと、突然なんの遠慮会釈もなくつるんでみせるとは。芸術評議員会のこの会長は両者にとって何十年と不快きわまりない人物だったのが、いまやシュレーカーは突然、文化省のいわゆる謁見の間で小切手を片手に握りしめて彼に抱きつき、悪趣味な感謝講演までしてみせている。オーストリア芸術評議員会前会長にして現名誉会長は九十という年齢で、この国の誰が最高の賞で表彰され誰がされないかは、いまだにこの人物だけにかかっているのだ、数十年にわたりこの国のあらゆる文化環境汚染者のなかでも最大である、この平凡で筋金入りのカトリックである呆けた芸術濫用者に、と私は考える、そしてとうとう賞を手にしたシュレーカーが彼の頬に口づけすらしてみせたとは、いまだ思い出すに気分が悪くなる。そしてこの先さほどかかることはなく、ビルロート、それにつづけてシュレーカーの連れ合いすらも、文化省のいわゆる謁見の間へと進軍し、大オーストリア国家賞を嫌らしいこの男の手から受け取り、彼の頬に口づけして悪趣味な感謝講演をするのも厭わないのだろう。しかしシュレーカー（と彼女の連れ合い）とビルロートだけが何十年もまえから卑劣極まりないやり方によってこの国で、いわゆる国庫金と国家の栄誉をつかさどる人びとと絶え間なくつるんでいるわけではない、多少ともオーストリアの芸術家はすべて、人言うところの齢を重ねるやこの道を歩みはじめ、彼らが二十五か三十になるまではどこにいようとも大断固としてこのうえない声高さで、いわば芸術家精神の必要最小限の道徳として高く掲げ喧伝していたすべてを否認し、資金と勲章と年金を提供してくれる国家の人間と親交を結ぶのだ。オーストリアの芸術家はすべて結局のところ国家とその卑劣な政治的意図に買収され、遠慮会釈なく品性卑しくも卑劣なこの国家に自らを売り渡す、それもほとんどの者が当初からすぐさまそのような態度だったのだ。彼らの芸術家精神とは国家とつるむ以外のなにものでもない、これが本当のところだ。シュレーカーと彼女の連れ合いとビルロートは、オーストリアのいわゆる一般的芸術世界の三例にすぎない。芸術家精神とはオーストリアにあってはたいていの者にとって、どの国家であるかはどうでもよいのだが国家の意のままとなり、一生涯国家に食い扶持を支えてもらうことを意味する。オーストリア的芸術精神とは、国家に対して無定見である品性卑しく嘘つきの道であり、奨励金と賞に敷きつめられ、勲章と栄誉章に飾られ、中央墓地の名誉墓所で終わる。簡単な思考をくり広げることもできず何十年も戯言だけを書いてきたシュレーカーが、それよりはるかに愚かであると私の考えるビルロートと同じに知的な作家と見なされている、と私は考えた。この事実は、現在の私たちの身を持ちくずしたオーストリア的精神生活ばかりでなく、一般的精神生活そのものを特徴づけている。けれどもイギリスから来た立場として鳥瞰的に観察するならば、オーストリアではこの破局的な状態がいっそう破局的なのだ。嫌らしい状態がここでは長らくよりいっそう嫌らしく、悪趣味なものが長らくよりいっそう悪趣味で、愚かしいものが長らくよりいっそう愚かしくある。けれどももし事態がいっさいこうでないなら、私たちは何者でどこにいるのだろう？　シュレーカーと彼女の連れ合いはもう二十年来若者に反抗と革命と進歩を信じ込ませ、本当のところはこの二十年間より多くの精力を注いで金づるである省庁の裏階段を上ったり下りたりする以外のことをしてきておらず、いつだってジャニーと精神上の同族だった。自分の芸術で若者を誑かし呆けた官庁をゆする彼女たちが私には以前から嫌らしく感じられていた。いまアナ・シュレーカーはジャニー・

ビルロートの隣に座っている、と私は考えた、そして両者を、実際精神を持ちくずした性格上の姉妹として観察した。シュレーカーにしてもビルロートにしてもシュレーカーの連れ合いにしても今日、知的と見せかけたこの手の亜流のおしゃべり文学を体現しているが、それは私のいつも憎んでいたもので、熱狂的にして流行に敏くいつでも輝かしい、文学研究に勤しんだ思春期を抜け出せないでいる編集者に愛され、ミノリーテンプラッツにある文化省の耄碌した官吏からはしきりに補助金が出されるのだ。今宵この芸術家晩餐会にシュレーカーは、いつものように全身黒づくめの出で立ちで現れた、と私は考えた。いま彼女は突然まったく目立たない場所で、隻腕画家レームデンの傍らに座っていた、いわゆる第二シュルレアリスム・ヴィーン派の男で、もちろんシラープラッツの画家アカデミーで講座をもっていて、繊細な線の彫金で自然を描いている。いまでは自己嫌悪の念で思い出すのだが、かつて私が大真面目に音色のノヴァーリスと呼んでいた夫アウアースベルガーはとうに責任能力のない状態になっており、ときどき怪しい呂律で訳のわからないことを口走るのがせいぜいだったが、そうなるまえにおそらくは最後に楽の間の一同から注目を浴びようと、まったく出し抜けに下顎の入れ歯を口から取り出し、戦利品でもあるかのようにブルク役者の顔のまえに差し出し、人生は短い、人間は脆い、死はもう遠くない、と言い添えた、これに対してブルク役者は悪趣味なという言葉を何回もくり返したのだった、夫アウアースベルガーはといえば、入れ歯をふたたび口のなかに戻し、妻アウアースベルガーは当然ながら、夫を楽の間から寝室へと運ぼうとまたしても肘掛け椅子から飛び上がったものの、またもやうまくゆかなかった。夫アウアースベルガーは妻に殺害の脅しをかけて彼女を押しのけたところ、彼女はブルク役者にぶつかりよろけてしまった、それを役者のほうは摑まえて両腕で抱きしめた。ああ、なんて悪趣味な！　と夫アウアースベルガー自身が何回か叫びをあげて、農夫風厚地毛織りの上着のまま眠りに落ちてしまった。この芸術家晩餐会にはシュタイアーマルク訛の若者ふたりも来ていた、おそらくは夫アウアースベルガーの親戚で、言うなれば故郷の自然児、人言うところのシュタイアーマルクの筋肉自慢としてアウアースベルガー夫妻によってこの芸術家晩餐会に、彼らの芸術家晩餐会に賑わいを与えるためと言えるだろうが、言葉の心底の意味で呼び込まれたのだった、と私は考えた、そして私の観察したかぎりで彼らは、ふたりのあいだ以外の誰とも話していなかった、私自身がそうであるのだが、私の場合そもそも自分自身としか話しておらず、この芸術家晩餐会にやって来てはいるものの、この芸術家晩餐会のあいだじゅう私がいま考えるように完璧に無関心だったのだが。そこで私はこの芸術家晩餐会では、基本的には技師補と呼ばれているシュタイアーマルクのふたりの若者と同じように振る舞っていたのだ、彼らは少なくともときどき、どんな理由からかは知らないが肘掛け椅子から立ち上がってはまた座っていた、それに対して私自身ははじめのうちは玄関の間の安楽椅子に、そのあと饗膳の間で座っていただけで、実際そのあいだじゅう無言だった、いちどブルク役者に質問をしたのを除けばであって、ブルク劇場では四十年あるいは五十年とくり返しゲーテかシェイクスピアにグリルパルツァーと古典劇の役ばかりを演じて、つまり年に二回ゲーテかシェイクスピア、三年に一回はグリルパルツァーばかりで、そして五年か六年に一回だけは野鴨のエクダルのような役を、あるいはいまちょうどブルク劇場で稽古がはじまっているくだらないイギリス社会喜劇のひとつでのそのような役で、世に言うように辟易としないかどうかを訊ねたところ、ブルク役者はこれに答えを寄こさなかった、さらに夫アウアースベルガーに対してまったく不必要ではあったのだがもういちど話しかけたのを除けばということだが、そのときは、彼は自分の生をしくじり、裕福な女性と贅沢な生活のために自分の天才に泥を塗りそれによって自分自身を抹殺し、飲酒癖をいわば自分の本来の生きがいにして、不幸を、すなわち彼の青春の不幸を第二の不幸、彼の老齢の不幸と、青春の寄る辺なさを老齢の飲酒癖と、そして音楽的天才を結局社交の嫌らしさと、精神の自由を富の牢獄と取り換えてしまった、そして彼の着ている農夫風厚地毛織りの上着も農夫風亜麻布シャツも私には嫌らしく思われ、そもそも彼のすべてが嫌らしく思われると何回も彼に告げたのだった。たしかに私はゲンツガッセのこの芸術家晩餐会にやって来た、しかしシュタイアーマルクから来たふたりの自然児のようにこのあいだじゅうまったく無関心だった、ゲンツガッセでのこの芸術家晩餐会を私はたしかに観察していた、しかし実際にはそこに加わっていなかった、と私は考える。目立たない隅にはまだ何人かが座っており、彼らを私はいまいる楽の間よりもはるかに照明が明るかった饗膳の間ですら認められなかった、そしてふたりの若い作家がいたが、私には微塵ほどの意味もない大笑いをくり返し響かせることでしか注意を引いていないのだった。この大笑いは、ブルク役者がゲンツガッセに登場するまでのあいだじゅう私の神経に障っていた、というのもそれは、今日私たちが若者と同席すると頻繁に聞かされる、まったく空虚で、と同時に呆けた笑いだったからだ、空虚で愚かで呆けている。言うべきなにごとをもふたりの若い作家は多少とも何ももっていなかった、と私はいま考えた、はじめから飲んでおり、供されたものをすべて食べ尽くし、私が考えるにおそらくは夫アウアースベルガーがこの芸術家晩餐会にいわば書斎仕事である芸術家の知的青年として、シュタイアーマルクの自然児技術者ともども招待したのだろうが、このあいだじゅう周りにまったく無関心だった。とはいえ、話すべき何を若い作家たちがもっているというのだ、と私は考えた、すべてを知っているとうぬぼれ、実はすべてを愚かしいとしか見られない、何故愚かしいのか理由も挙げられずに。そこまでいたり着くのははるか後になってからだ、と私は考えた、何故かはわからぬままにすべてをまずは愚かしいと見る、これが彼らだ、後になってようやく何故なのかを知る、けれどもそのときにはもうそのための理由がないのでそれを言いはしない。ふたりは笑ってみせたが、それは倒錯して馬鹿げていて危険なわれらが八十年代のこのような若者を全面的に性格づける愚かで空虚で呆けた大笑いなのだ、と私は考えた。彼らは大笑いをして、すべてを愚かしいと見て、いまだ一冊たりとも書籍を刊行していない、と私は考えた、三十年まえのおまえのように。彼らにあるのは大笑いだけで、それ以外にはなにもなく、この大笑いに満足している。彼らのまえに控えているのはこの大笑いと全面的な生の破局だけだ、と私は考えた。彼らにあるのはこの大笑いだけで、それをいっさい理由づけしない。そして私は思い出した、自分がこのふたりの若い作家とまったく同じように若手作家として、この芸術家晩餐会と称されたものと同様な社交の場に座り、いつだって大笑いをしているだけで、すべてを愚かしいと見ていたことを。そして自分の大笑いにはなんの理由づけもしなかった。そして私はこうした社交の場のいっさいに加わらず、ひたすら飲み喰い、そしてまさに高笑いをするだけだった。当時の私が人びとの関心をそそらなかったのと同じにこのふたりは私の関心外だったので、当時誰も私と接触しなかったのと同じに、私は彼らと接触しなかった、と私は独りごちた。われらが八十年代のこうした若者と話す際、私たちに本当の関心事には何も触れられない、私たちは話して話して話すが、私たちが何を話しているか彼らは理解しない、そして彼らが話して話して話しても、私たちはその何も理解しない、その何も理解しようとしない、と私は独りごちた。若い人びとと話したところで何の役にも立たない、と私は考えた、その逆を主張する者は偽善者だ、なぜなら若い人びとは年長者、老人には何も言わないからで、これは本当だ。若い人びとが老いた人びとに何を言おうとまったく関心を呼ばない、まったく、と私は考えた、そしてその反対を主張するのは最大の偽善なのだ。若者は老人に対してきわめて多くを言いたいのだから老人たちは若者と話すべきであるというのがいつでも当世風だったが、実情は逆だ。若者たちには老人に言うべきことなど何もない。老人が若者に言うべき何かがあるとしても当然ではある、だが老人が自分たちに何を言っているのか若者は理解しない、というのも彼らにはそれをまったく理解できないし、それゆえ理解しようともいっさいしないからだ。夫アウアースベルガーの周りと彼のベッドにはいつでも若い作家がいた、私はマリア・ツァールに招かれたそうした若い作家たちの最初のひとりだった、と私はいま考えた。彼の罠に陥った最初のひとり、と私は独りごちた。彼のまえで道化を演じた最初のひとり。夫婦の鎹という言葉を私はふたたびそれとなくつぶやき、ふたりの若い作家とふたりの技師補を観察しながら、二重の夫婦の鎹と。夫アウアースベルガーが自分のそばに、そして彼のベッドに引き込んだのは、単なる若い男では済まなかった、と私は考えた、いつでも若い作家だけだった。若い画家や若い彫刻家を夫アウアースベルガーがマリア・ツァールへ、そして彼のベッドのなかへと招いたことはいちどもなかった、いつでも若い作家だけだった。若い作家をマリア・ツァールへ、そして彼のベッドのなかへと招いては、彼をむさぼり喰っていた、と私はいま考えた、どこからやって来るにしてもマリア・ツァールまでの切符代を払い、駅に迎えにきて、準備の整った彼の部屋に連れ込み、初日にしてすぐさま彼をむさぼり喰おうとした。このことを考えると、何年も、いや何十年も心がひりひりする反感が私には呼び覚まされたのだが、突然それはなくなった。夫アウアースベルガー、淫らなる作家喰い、と私はいま考えた、私がこれほど疲れていなかったなら、自分のこの造語に一瞬大笑いもしただろう。夫アウアースベルガーと若い作家たち、と私は考えた、これは、ちょっとしたあるいは長めの論文主題にだってなるだろう、人言うところの凄まじい論文の。エクダルを私はまだきっと五十回は演じるでしょう、とブルク役者が突然言った。彼は肘掛け椅子に全身もたれかかり目をつぶった。もっとましなグレーゲルスだったなら。私は自分でグレーゲルスを演じなくてはならないようでした、けれどもばかばかしい考えです、エクダルを演じながら同時にグレーゲルスも演じるなんて！それはばかげている！　ばかげたことだ！　とブルク役者は言った。そうこうしているあいだ妻アウアースベルガーがボレロのレコード盤に針を落とした、まさにホアナがいちばん愛していた曲だ。妻アウアースベルガーはボレロによってふたたびホアナを思い出してもらおうと、意図してボレロをレコードプレーヤーにかけたのだ、と私は独りごちた。そして実際私はボレロの出だしによって触発され、ふたたびホアナに、とりわけ彼女の葬儀に思いを馳せた。当初、妻アウアースベルガーがほかならぬいまボレロを掛けた事実を私は悪趣味だと感じたが、そうでなかったのかもしれない、芸術家晩餐会なる多少ともおぞましき夕餉を、最後になってとうとうホアナの追憶に変えたのは、狡猾ではあれそれでも彼女の妙案だった。妻アウアースベルガーがボレロをかけるまえに私はすでに立ち上がって辞去するつもりでいたのだが、いまやむしろ座ったままでいるのが好ましかった、突然頓着のないうるわしい状態で、キルプでの葬儀のさまざまな光景が私の傍らを通り過ぎてゆく、鋼の掌で過ごしたひととき、雑貨店主の顔、ジョンの顔をもういちどはっきりと目のまえに思い浮かべ、キルプ、心安まるうるわしいニーダエースタライヒの市場町を思い浮かべた。ゲンツガッセでのこの恐ろしい宵のあいだずっと、この恐ろしい夜のあいだずっとつづいていた私の激した感情は、突然心の安静に取って代わられた。私自身ボレロをいつも好きで聞いていた、そしてホアナはこれを才能ある教え子との稽古の際に身体運動スタジオでいつも踊っていた。基本的にボレロは、彼女の身体運動芸術と身体運動理論全体の方向性を示す音楽だった、と私は考えた、ボレロを聞きながら目を閉じて。ときおり感傷的になるのはなんてすてきなんだ、と私は考えた、そしていまホアナを見るのにいささかも困難を覚えなかった、幸せになるあらゆる可能性をもっていた身体運動芸術家、けれど結局は不幸であるしかなかった。私は彼女の声を聞き、彼女の話す言葉、彼女の笑い、彼女のあらゆる美しいものに対する感受性に接して喜ばしい気分になった、というのも、生涯にわたる無慈悲でなにもかもを破壊し抹殺する醜悪さに見舞われながら、それでもそれとともにある美しいものをいつでも見る才能にかけてホアナに並び立つ者は私が生きてきたなかでいなかったからだ、ごく少数の人間しかもっていない才能が彼女にはあったからだ。けれどこの才能も彼女にはなんの役にも立たなかった、と私は考えた。彼女はヴィーンにやってきて、ヴィーンにむさぼり喰われてしまい、ヴィーンから家へと逃げ帰って首をくくった、と私は考え、彼女が不在のあいだ彼女の家を管理している隣人が、早朝の六時少しまえにはもう自身の手で掛けられて結ばれた縄にホアナが下がっているのを見た、というその状況を考えた。雑貨店主は鋼の掌で自分を抑えられないままに言った、隣人は、まずはホアナの足先が玄関階段のうえに揺れているのを見た、それからそばに近寄ってはじめて両脚が、それから縄に下がった長年の飲酒癖ですっかりむくんでいる重たい全身が見え、その身体は隣人が玄関扉を開けたために動き出したという、じっと見るには奇怪で、同時にむごたらしい、と雑貨店主。叫び声もあげずに、そう、まったく平静に隣人は即座に雑貨店主がホアナの最良の友人だったから、とは隣人の言葉で、やって来て、発見を伝えたのだという。まだ夜明けまえだった。すぐさま七時には雑貨店主はヴィーンの私に電話をしてきた、最初にかけた相手ではないが、それでも自殺者が見つかって一時間以内ではあった。ボレロによってゆっくりと、ホアナが生きてきたありとあらゆる段階が私のまえに現れた、ゼバスティアンプラッツで、キルプで、彼女も頻繁に客として招かれていたマリア・ツァールでの彼女が交互にくり返し私の目に浮かんだ。彼女がとりわけ好んで着たのは、自分でデザインしたこのドレスだった、と私は考えた、古いエジプトの腕輪とペルシアの耳輪は、彼女がそもそもアフリカやアジアの古い文化に対してとても強くとても女性的な交わりをもっていたからで、それらについて彼女はありうるかぎりの書籍や論文を読んでいた。そして彼女はいつでもインドの絹の布を身に巻きつけており、首に巻いた鎖はアフガニスタン、中国、トルコのものだった。彼女以外の誰もこれほど自分の夢を語り、それらの夢を探ろうとして、その手がかりをつかもうとした人はいない、こうして彼女の夢を探るため、いく晩も夜っぴて私は彼女といっしょに過ごした。他の人の夢に彼女はいつでも関心を抱き、それをいわば熱心に調べ、夢の探求は彼女の第二の技能となった、と私は考えた、自分自身について彼女は再三再四、自分は夢遊病にほかならない、彼女の生活は夢遊病者のそれだ、と語った。彼女はいつでもとりわけ若い人びとに取り囲まれていた、と私は考えた、まだ夢遊病でふらふらしているようなうんと若い子がいちばん、と彼女自身言い表していた、まだ文化にも教養にも汚されず駄目にされていない子が、と。当然ながら彼女はメールヒェンと空想的な交わりをもち、彼女自身メールヒェンを読むのがいちばん好きで、人に読み聞かせもした、機会があれば公開の場での朗読も。夢とメールヒェンは彼女の真の生きがいだったと私はいま考えた。それだから彼女は自殺もしたのだ、と私は考えた、夢とメールヒェンだけを自分の生きがいとしていた人物など、この世界で生き延びることはできない、生き延びることは許されないからだ、と私は考えた。彼女自身メールヒェンの登場人物のようだった、と私は考えた、そして彼女はおそらく一生涯自身でもメールヒェンの登場人物のようだと思っていたのだろう、彼女のメールヒェンではホアナと呼ばれていたエルフリーデ・スルカル、と私は考えた。ボレロはいつでも彼女の曲だった、と私は言わなくてはならない、彼女の生活の中心点だった。私たちはときとして感傷的気分に支配されるのに怯むべきではない、と私は考えた、そして私はいまボレロに支配されていた、私が自分を、つまり私のホアナに対する感情をこのボレロのなかで完全に解き放した瞬間、ジャニー・ビルロートが私の隣、ジャニーの向かいに座っていたブルク役者に訊ねた、新しいブルク劇場総監督が環状通の劇場に就くというのを、まもなくブルク劇場に向かって新しい風が、人びとがいま信じているところでは新鮮な風が吹き、古臭くなりとうに死んでいる恐ろしいものいっさいを、とはつまり、何年来と厭わしく反感を呼ぶしかない、ただひたすらおぞましくなってしまったいっさいをブルク劇場から吹き飛ばすと言われているのを、いったいどうお考えですか、と。最良の演劇人のひとりがブルク劇場に入ってくるというのを、ドイツの天才が、第一級の、ジャニーの表現ではそれどころか超一級であるドイツ演劇の天才が、一流の演劇狂いが、とは彼女の言い方、より正確には引用した言い方なのだが、というのも彼女は引用しているにすぎず、ドイツから来るこの新しい男が何者か自分自身の言葉で言ったわけではなく、この新しい男について彼女が新聞で読み、聞いた内容を引用しただけであって、この男を彼女は知らず、そこで彼女自身この男について確信できず、彼女にとっては自分で言っていたように、いわゆる白紙状態なのだ。凶暴なる劇場戦士と新聞は書いていますが、ブルク劇場が何百年来見たことのなかったような荒々しい演劇人が、新聞が書き立てているのをあえて引用しますが、この劇場にやってくる、というのです。ビルロートは突如としてこうして訊ねてみせて、うとうとしかけていたブルク役者を突如として飛び上がらせた。あなた方の劇場に就くこの新しい男についてどうおっしゃいます？　とジャニー・ビルロートは、まるで彼女の悪意が一晩中待ちかまえていた生贄をブルク役者に突然見いだし、この生贄をどう仕留めてどうとどめを刺せば良いか突然わかったかのように、執拗に訊ねた。彼女がブルク役者に、この新しい男についてご意見がおありなんでしょう、とたたみかけたのが、ブルク役者を実際に怒らせた。ブルク役者は身を起こし、伸ばしていた両脚を引き寄せ、首を伸ばして言った、いいんじゃないですか、新しい男が劇場に来るというのも、でもまったく関心ありません、自分にはもうまったく関心がないのです、と。彼自身はすでに多数のブルク劇場監督がその職に就き、ふたたび失うのを見てきたので、この男のことも関心ない。やって来ては去ってゆく、双手を挙げて迎えられ、嘲罵と汚名をもってふたたび劇場から追いやられる、いつでもそうでした、この新しい男にしても例外ではないでしょう、と彼は言った。そう、新しい男は、と彼は言った、あなたのおっしゃられるとおり天才であるかもしれない、これにジャニーはただちに応えた、新しい男が天才だなんて、彼女はひとことも言っていない、新しい男が天才であると新聞が書いていたのだ、彼女が言ったのではない、新聞が書いていたのだ、いまや毎日毎日新聞はドイツからのこの天才のことを書き立てている、彼女が言ったのではない、するとブルク役者は言った、それを新聞が書いているのかあなたがおっしゃっているのかどうでも良い、劇場にやって来る新しい男が誰であるか私にはまったくどうでも良いのです。いつだってどうでも良かった、彼は十人か十一人のブルク劇場監督を送ってきた、とブルク役者は言った、みんな消え去ってゆきました、そもそもそれらの人びとの名前すら今日誰も覚えてはいない、と。芝居についてなにも知らず政治的な勘にしたがっただけの大臣によって彼らは据えられる、そして一年も務めればくびだ、とブルク役者は、突然ふたたび激した調子になって言い表した。大臣は、何人かのなかから自分にいちばん役立つと思った誰かしらを任命するんです、もちろんいつだって政治的理由からだけであって、芸術的理由からだったためしなどありません、とブルク役者、そしてこの新しい男が契約書に著名をするや敵視され、できるだけすみやかに消え失せるよう全力が傾注されるのです。二作か三作か演出が報道で賞讃される、とブルク役者は言った、すると彼が契約書に署名するまで丸一年は天にも昇らせんばかりに褒めちぎっていたばかりの新しい男を奴らは非難し抹殺せんと、新しい男の座った木の枝を鋸で切り落とそうとしはじめる。そして契約書に署名をするよりはるかまえに自分の枝が切り落とされてしまっていたのを新しい男は長いこと気づかない、とブルク役者は言った。新しい男は自分のやりたいようにできる、彼は契約書に署名をした、つまりブルク劇場監督になったことによって、彼は死んだ男なのだ。新聞はまず、彼が契約書に署名しその地位に就くまえには、彼が天才だと書いていた、それが、契約書に署名をして地位に就いたあとには、彼は愚か者だと書くのだ。何を演目にしようと、時とともに彼の価値は減ずるばかりで、二年、三年もすればこの男はもうまったくなんの価値もない、彼には何だってすることができた、とブルク役者は言った。古典作家を上演すればそれは愚行であり、いわゆる現代劇を上演すればそれは愚行であり、国内の作家を演ずるときそれは偽物であり何の価値もなく、外国の作家を演ずるときそれは偽物であり何の価値もなく、ヴィーンのブルク劇場に来るまえには彼のシェイクスピアは圧倒的で、彼ら批評家たちがそもそもこれまで見たなかでそもそも最良のシェイクスピアである、と聞かされているのが、ブルク劇場監督になるや、彼のシェイクスピアは破局的だ、と聞くことになる。ブルク劇場監督の仕掛け人たちは、目的を達して新たなブルク劇場監督が契約書に署名するや、とブルク役者は言った、瞬時にしてブルク劇場監督抹殺者となるのです。ご存じでしょうか、とブルク役者はジャニー・ビルロートに向かって言った、すぐれた役者でしたらこの小屋でいま誰が監督かなどまったくどうでも良いのです。新しい監督が魅力をもつのはいつだってごくわずかなあいだだけです。その姿がたびたびケルントナー通りで見かけられ、ザッハやインペリアルで何回か食事をしてその様が観察されると、彼はおしまいです。いつだってブルクの人気役者はいましたが、とブルク役者は言った、ブルク劇場の人気監督がいたためしはありません。もしお訊ねなさるのでしたら、現監督の後釜が誰であるか私にはまったくどうでも良い、とブルク役者は言った。ブルク役者が突然に、いまや葉巻を吸うだけではなくふたたび白ワインも傾けながら何を言っているのか、一同は突然、興味津々に聞き入った。ブルクの役者たちはこの町に定着します、と彼は言った、グリンツィングやヒーツィングやズィーフェリングやノイシュティフト・アム・ヴァルデに家を買い、無風流な屋敷で無風流な生涯を無風流な晩年まで過ごすのです、それがブルク劇場監督たちがこのすばらしい町に定着するわずかな可能性もありません。おいたわしや、ブルク劇場監督がこの町で家でも買おうものなら、入居しないうちにもういびり出されてお払い箱だ。ブルク劇場監督の歴史は醜聞まみれなんてもんじゃない、とブルク役者は言った、それはヴィーンの歴史そのもののなかでももっとも悲痛かもしれない、とブルク役者は言った。このヴィーンは言葉の心底の意味で芸術の碾き臼なのです、実際これは世界でも最大の芸術の碾き臼で、年がら年中芸術と芸術家が碾かれ粉々にされている、どんな芸術か、いかなる芸術家かおかまいなしに、ヴィーンの芸術碾き臼はともあれそれをいつも徹底的に粉々にする。なにもかもがこのヴィーンの芸術碾き臼で粉々にされる、なにもかも、とブルク役者は言った、救いようなく。はて面妖なのは、とブルク役者は言った、こうした人びとがみなそれどころか自ら率先して、自分たちがあまさず粉々にされるこの芸術碾き臼に飛び込んでゆくことです。ブルク劇場監督たちも完全に自由意志でこのヴィーンの芸術碾き臼に飛び込んだのです。場合によっては一生のあいだ、この芸術碾き臼に飛び込むことができる以上の猛烈さで何か別なことに取り組むことはなく、自分たちがあまさず粉々にされるこの芸術碾き臼に、文字どおり競い合って飛び込んでゆく。あまさず粉々に、

あまさず粉々に、あまさず粉々に！　とブルク役者は激しく言い放った。そのあとつづけて言った。でも新旧のブルク劇場監督をめぐる大騒ぎや醜聞は私に関係ないことです。おわかりでしょうか、と彼はジャニー・ビルロートに向かって言った、私はどんな監督のもとであってもこのエクダルを演じたでしょう、これは信じてください。それに、とこの話題を打ち切らんとばかりにブルク役者は言った、新しい監督が就任するまえに私は年金生活に入ります。その人が就任するときには私はもうこの小屋からいなくなっているのです、とブルク役者は言って、次いでこのあいだじゅうすでにうとうとしており、ブルク役者がビルロートの質問にどう答えたかなどまったく聞いていなかった夫アウアースベルガーのほうに向きを変えて、年金生活に入ったら、コンツェルトハウスで年に二回か三回リルケかゲーテ晩年作の朗読会を開く、それで充分です、と夫アウアースベルガーに向かって言った。基本的に私は今日の演劇にもうまったく関心がありません。とっくに年金生活に入っておいたならいちばんでした、なにしろ今日演劇に関してはなにもかもがほとんど耐えがたいのですから。以前は芝居を演ずるのが楽しみでした、実際人生の課題でした、とブルク役者は言った、今日演劇から私はもう何も得られません。私がまだエクダルを演じて、このエクダルがこれほどの大当たりを収めるとは、いちばん驚いているのは私自身です、と彼は言った。本当のところでは演劇は私の関心ではなくなってしまいました、とブルク役者は言った。ご覧のように、と彼はジャニーに向かって言った、私は芝居でなんとも幸福な数十年を過ごせる境遇にありました、そして芝居で過ごした幸福な時間を一日たりと悔いてはいません、実際、ブルク劇場の芝居で過ごした幸福な時間の一時間たりと悔いはありません。でもそこからは私はもう何も得られません、もうとうに何も、とブルク役者は言った、これにジャニーが応えて、ブルク役者が長いこと演劇からもう何も得られないというのは、彼女の考えでは、彼が、ブルク役者が決してブルク劇場から離れられなかったから、グリンツィングに家を買われているからで、とジャニーは言って、そのため演劇はあなたにとってもう長いこと何をも意味していないのではないですか、とジャニーはブルク役者に言った、毎日ザッハに食事に出かけて、毎日モーツァルトに珈琲を飲みに行っていたからではないですか。もしブルク劇場から去っていたなら、そしてそもそもヴィーンを去っていたなら、演劇からもう長いこと何も得られない、などといまおっしゃらないのではないですか、とジャニーは口にした。グリンツィングに家を買われたという事実から、もしかして演劇への、芝居そのものへの意欲を失われたのかもしれませんね、とジャニーは問いつめた。もしかして、とブルク役者は答えた、おっしゃるとおりかもしれません、でもおそらくはそうではありません。演劇というものが概して衰えたのです、とブルク役者は言った、ヴィーンであろうとなかろうともう良い演劇など見いだせません、もう魅力がないのです。そうは思わない、とっくに眠っているとみなが思っていた夫アウアースベルガーが突如言った、彼の考えでは演劇は以前と同じに活き活きとしている、ヴィーンでだけ古臭くなって、もう長いこと死刑判決を下されているばかりでなく、とっくに実際に死んでいる、実際に死んでいる、実際に死んでいる、と夫アウアースベルガーは大声を立て、この実際に死んでいるを怪しい呂律で何回もくり返した。この呂律の回らない口調が滑稽だったため、ふたりの若い作家は笑い声を立てた。ふたりはこのあいだじゅうただただぼんやりとしているばかりだったにもかかわらず、夫アウアースベルガーが実際に死んでいると何回も大声をあげると大声で笑ってみせた。いやはや！　ブルク役者が突如大声をあげた、演劇の天才とはいったいどういう意味でしょう！　だって監督と天才、これはばかげている！　と大声で言った。ご存じでしょうか、と彼はジャニー・ビルロートに向かって言った、新聞はずいぶん下劣な口の利き方をしており、新聞に載っている一切は下劣でしかありません。どの新聞でもいいから開いてみるがよろしい、下劣さと向き合うことになります、とブルク役者は言った。いやいや違う、新聞に載っている記事はわたしたちに何の係わりもないといったところで、それでもそれによって致命的とも言える傷を負わされる、と彼は言った。いまやオーストリアの新聞は世界で最悪で、実際そこでは卑劣さが極致をきわめている、と彼は言った、これほどひどく卑劣な新聞などほかにない。

これらの紙面のおぞましさに、オーストリアの歴史は、いや世界の歴史はいつでも悩まされなくてはならなかった、とブルク役者は言った。私はいつでも褒めてもらっていましたが、と彼は口にした、それでもこのうえなく下劣にして同時にこのうえなく愚かな内容の、世界でもっともおぞましい紙面なのです。けれども私たちはそれを毎日読んで、そこに載っているすべてを貪欲にむさぼり喰ってるのです、と彼は言った、これが本当のところです。子どものときから私はオーストリアの新聞の汚物をむさぼり喰ってきたのです、でも私はいまだに生きています。オーストリア人の胃袋は頑丈な胃袋なのです、なんという無風流にして同時に恐ろしい記事を時の流れとともにむさぼり喰って飲み込んできたかを考えるなら、オーストリア人は総じて頑丈な胃袋をもっているのです。オーストリアの新聞は、そもそもこれが新聞だとするならですが、とブルク役者は言った、世界で最悪です、でもまさにそうだからこそもしかしたら最良の新聞なのです。まさにそれが最悪であるからこそ、それはおそらく最良なのです、とブルク役者が言うと、夫アウアースベルガーが回らぬ呂律で、そのとおりだ、そのとおりだ、おっしゃってるとおりと言うと、ふたりの若い作家が大声で笑った。私たちは絶え間なくばかげた状態のなかで生きている、とブルク役者は突然言った、それ以外のなにもののなかでもなく。考えてもご覧なさい、すべてはばかげているんだ。ばかげた考えが唯一の本当の考えなのです、とブルク役者は言った、考えてもごらんなさい、ばかげた世界が唯一の本当の世界なのです。そこにあるすべてはばかげている、とブルク役者は突然もったいぶった言い方をして、椅子の背にもたれた。ばかげていて倒錯している、とそれから言った。妻アウアースベルガーに向かってそのすぐあと言った、それで私はあなたの芸術の試食を楽しみにしてたんですがと。いや、いいんです。次の機会に。何を歌われるおつもりだったのでしょう？　とブルク役者が訊ねると、妻アウアースベルガーは短く、パーセルです、とだけ答えた。ああ、パーセルでしたか、とブルク役者は言った。パーセルは大流行ですね。そもそも古楽が。全世界が一日中古楽を聴いている、間違っていますか？　これに夫アウアースベルガーが回らぬ呂律で言った。そのとおり、そのとおり、そのとおりと。パーセル、とブルク役者が言った、これはまったく偉大なイギリスの歌曲とアリアの芸術です。そう、と私の顔を直視して彼は言った、さのごとくすばらしく歌われたパーセルは貴重なものだ。ボレロは、ああなんと、とブルク役者は突然言った、ボレロは以前いつだって私の神経に障るものでした。いまは愛しています。長いことこの曲は私たちの神経に障る芸術でした、と彼は言った、突如私たちはこの曲を愛している。この観察をあなたもされたことがありませんか？　と彼はジャニーに訊ねたが、彼女はこれには答えず、ブルク役者に向かってまったく出し抜けに言った、ブルク劇場で新しい時代の幕が開くと言われています、実際彼女は幕が開くと言われているという言葉を口にした、古い時代を拭い消すと言われている、古い時代を拭い消す新しい時代が、とジャニー・ビルロートは悪意に満ちていた。新しい名前だけが登場するでしょう、と彼女は言った、まったく別な劇が演じられるでしょう。そりゃいい、と今度は夫アウアースベルガーが回らぬ呂律で言った、またあたらしい名前が登場して新しい劇が上演されるんだ。馴染みのものからの別れ、と彼はくだを巻いた、店晒しの劇場商品からの、店晒しの品からの、と三回立てつづけに言った、彼自身これが気に入ったからだ、と私は考える。妻アウアースベルガーにはおそらく酔っ払った夫のこの発言がいたたまれなく感じられた、というのも、頭をもうすっかり厚地毛織りの農夫風上着のなかに埋めていた夫アウアースベルガーをもう一度椅子から持ち上げようとしたからだ、けれどもこれはまたも失敗した。彼女のふくらはぎを蹴飛ばして、ここゲンツガッセの家では誰が主人であるかを思い知らせるだけの力が夫アウアースベルガーにはまだ残っていた。パッラーディオについての本を読んだのですが、とブルク役者が突然言った、ブレンタの邸宅群はあらためてすばらしいと思いました。いったんは何世紀にもわたって忘れ去られていたものが、と彼は言った、突如としてふたたび大流行になり、いわば世界の関心の中心点となっている。スペイン、と彼は言った、年金生活に入ったなら、この数年間そうしていたように短期間だけではなく、たっぷりと何か月も。私のように演劇にこれだけ尽力してきたのですから、と彼は言った。喜劇役者、と彼は言った、物真似芸人、役者の付き人。いちども結婚しなかったのは私の最大の幸福です、結婚をせずに自分の芸術と、役者稼業とだけ過ごす、これは役者にとって最大の幸福です。突破力が私にはいつでもありました、と彼は言った、奇妙にも病気にはなりませんでした、ただのいちども、ちょっとした不調は別ですが、そのときだっていちどとして休演の必要はありませんでした、ただのいちども、役者仲間たちはいついかなるときでも休演していました、実際ときが経つにつれある種の休演ヒステリー症状が広がったくらいでした。いわゆる神経質な役者だったわけでは決してありませんと彼は言った、うるさ型かもしれません、でも神経質では決してない、芸術上の不調に陥りもしない。知識に対して貪欲、ということだったのかもしれません、と彼は言った。どんな役も学問的に熱心に研究しましたが、この欲求の点ではいつでも孤立していました。実際贅沢な人間ではありません、その正反対です。でもつましいというわけでもない、単純素朴はいつだって憎んできました。けれど本当のところ、といまやブルク役者は言った、ここヴィーンで芸術に向けられる、とりわけ音楽と演劇に向けられる要求は、最高にしてヨーロッパで至高の要求なのです、そしてここでコンサートホール、劇場とりわけブルク劇場に通う客は、と彼は言った、このうえなく目や耳が肥えていて、結局のところヨーロッパのどこよりも、いや全世界のなかでと私には言えますが、要求が高く批判的なのです。ここヴィーンほどにすぐれた役者はいませんし、ここよりすぐれた音楽家もいません、これは本当です。どこでも好きなところへ行ってごらんなさい、と彼は言った、ミラノ・スカラ座だろうが、ニューヨークのメトロポリタン・オペラだろうが、ロンドンのナショナルシアターであろうが、コメディ・フランセーズであろうが、どこだってヴィーンに匹敵しません、どこも結局のところへたくそな素人芸です、これは本当です。ヴィーンの客はこのうえなく目や耳が肥えていて、最良の趣味をそなえている、演劇に関しても音楽に関しても、といっても、きわまりなく下劣できわまりなくわがまま勝手な客ではあるのですが。それに比べるなら、ドイツで舞台にあげられることごとくはなんと愚かしいのでしょう、イギリスの、フランスの舞台はなんと愚かしいのでしょう。でも悲しいことにヴィーンでこの真実を言うと、とブルク役者は言った、そうしたらおしまいです。ブルク劇場はそんなに演技がひどいわけではありません、と彼は言った、どこでもいいですがドイツの舞台よりははるかにましだ。そうなんです、とブルク役者は言った、ドイツでは素人の悪趣味な芝居が演じられている、結局のところ愚かな芝居であって、そんなものにドイツ人はいつだって夢中になってきた。いつだってドイツの芝居は救いようのない素人芸でした、これは本当です。いつだって流行を追っているだけで、いつだって気が抜けている、これは本当です。そこには才気などない。そこには想像力などない。そこには微塵ほどの独創性もない。ドイツの劇場で観る役者は学校教師のようなんです、役者が中学校教師のように演技をしている。ヴィーンの最低のカバレット芸人ですらもっとも名声あるドイツの役者よりましな演技をします、と彼は言った、これは本当です。でもこの真実をヴィーンで言うなら石打の刑にあう。ブルク劇場か歌劇場の月曜日の公演だって、とブルク役者は言った、世界のほかでのすべてよりましなのです。でもそんなことをヴィーンでは言わないように、とブルク役者は言った。エクダルを演じて成功するというのは、やはりすばらしい、とつづけてブルク役者は言った、そしてエクダルを終わりにして、この成功を終わりにするのは。というのも、いま取りかかっているイギリス劇の役を私は、もはや私の発展をなす一段階とは見なしておらず、まったく瑣末なもの、真に受けられないものと見ているからです、と彼は言った、リアのような役ではない、と彼は口にした。それから彼は長く伸ばした発音で矛盾した話と言った。老齢と無関心はある意味で重なり合います、と彼は言った。ところで私は一日たりとも若くいたくはないんです、身の毛のよだつのは若さであって老齢ではない。そもそも私が生きてきた人生の一日としてもう生きたくはない、それが不可能なのはありがたいところです。そう、ご存じでしょうか、とブルク役者はまずは妻アウアースベルガーに、それからジャニーに向けても言った、老いた人間は自分の退却に夢中になるのです、信じてください。人びとはありとあらゆることについて語り、ありとあらゆることについて笑いもして、ありとあらゆることに心を騒がせる、そんなのは私にはもうまったく気にならない。ある意味、演劇等々でさんざん芸を積んだあとで老齢の芸を磨く、とブルク役者は言った、これはおそらく最大の楽しみです。ボレロが終わったとき妻アウアースベルガーは立ち上がり、饗膳の間を通って厨房に珈琲を取りに行った。妻アウアースベルガーが席を外しているあいだを狙ってジャニーはもういちどみなから注目を浴びようと、もう長いこと目のまえの床を見ていて、人言うところの放心状態でいまや突然すっかりくたびれ果てているブルク役者に向かって無風流な彼女の流儀で言った、いま多少とももうまもなく人生の終わりにたどり着く彼は、この人生の終わりにあって、自分の芸術でいわば心が満たされたと言えるのかどうか、と。まさにこの無風流な言葉を老いて眠くなった男、この宵とこの晩、私にはおよそ感じが悪かった、それでも彼がこの宵の数時間前にはアカデミー劇場の舞台のうえでエクダルとして立っていたのを考慮するだけで、いまは慰労されるにふさわしいこの男にぶつけたのだった。人生の終わりにあってご自身の芸術に心を満たされる思いはされましたか？　とはじめにこの質問をしたとき、何を訊ねられたのかブルク役者は当然聞いていたにもかかわらず、ブルク役者は自分の質問を聞いていなかったと思っているかのようにジャニーはもういちど訊ねた、彼女の恥ずかしげのない無遠慮さは当然彼を逃しはしなかった、彼女はとうとう人生の終わりにあってご自身の芸術に満たされたと言えますか？　と三回目の問いを彼に向けた、ただちに私が見たように、三度にわたってブルク役者を彼女の恥ずかしげのなさが逃しはしなかった、けれども彼は、ブルク役者が表面的に見知っているだけの、そして彼に対してそもそもなにひとつ、ということはそのような恥ずかしげのない振る舞いなどあつかましくするのはまったく許されないはずのジャニーが自分をゆっくりさせてくれるだろうと考えたのだが、この点でブルク役者は根本的に思い違いをしていた。ジャニー・ビルロートは逆にしつこくつきまとい、ブルク役者が人生の終わりにあって、彼の芸術は自分にとって心を満たすものと言えるのかどうか、質問をたたみかけてきた、恥ずかしげのない彼女のやり方を貫き、ブルク役者がついには彼女の問いに応ずるまで、これに応じないわけにゆかなくなるまで無遠慮な質問をやめなかった、そして私がこのあいだじゅう最大の嫌悪の念をもってしか観察しておらず、そうしか観察してこなかった、基本的には徹底して嫌らしいこの人間が突然にして実際彼女に相応の返答をしたのには瞠目させられた、彼の言ったところでは、自分にそのように愚かな質問をするとは多少とも前代未聞だ、というのもあなたの質問はただひたすら愚かである以外のなにものでもないからだ、そして彼女、ジャニー・ビルロートはその愚かな質問に賢明な答えなど見込めはしない、その恥ずかしげのない質問に、そうブルク役者が言ったのだが、あなたの口の利き方は不適切でしょう、とブルク役者は言ったきり、しつこい質問に、ということはジャニーの恥ずかしげのなさに耐えきれなくなったため、いま突然つべこべ言わずにアウアースベルガー夫妻のゲンツガッセの住居を去らんとちょうど立ち上がろうとしているところを、しかし妻アウアースベルガーが珈琲をもって入ってくるのを見ると、肘掛け椅子に腰を下ろしなおすと同時に、このたぐいの愚かな質問に答える筋合いはないと言った、質問のかたちのこのたぐいの悪趣味な振る舞いなんぞとブルク役者は文字どおりに、いまや実際啞然としているジャニーに向かって言った、当然ながら答えずに済まさなくてはならない、と。人生の終わりについてのなんという手に負えないばか話とブルク役者は言った、なんという恥ずかしげもない質問と彼は言った、私に自分の愚かさをぶつけてくるとはそもそもなんという品性下劣さとブルク役者は言った、これに対してジャニーは、妻アウアースベルガーの手から珈琲茶碗を受け取りながら、突如としてしんとしてしまい、私が予期していたようにいきり立つことはまったくなかった。似たような機会に、と私は考えた、私の思い出すところでは彼女はいつだって飛び上がり、瞬時にして彼女の偏狭さが披露された舞台を立ち去っていた、それがいまは違っていた、彼女は厚く塗りたくった化粧の下ですら顔を真っ赤にして座ったままであり、数分間微動だにしなかった、それに対してブルク役者は突如として元気を取り戻し、実際彼の口から出るとは思ってもいなかった私にとって驚くべき次のようなことを言ったのだった。人からあれこれ聞き出すばかりでしまいにはこの上なく品性卑しく扱き下ろす人びと、彼の称したところでは人を解体し、細々と切り分けるだけのためにいるような人びとと同席するなんて嫌らしいったらない、おまけに真夜中すぎだけにいよいよもって品性卑しいものだ、と、彼は品性卑しいという言葉をはばかりなく口に出し、そうしながらも珈琲茶碗を、私は見ていて心底驚いたのだが、震えもせずに手にして、ときどきひと口ふた口飲んでいた。私たちがある家にやってくれば歓待されるものと考える、と彼は言った、そしてそうしながらも感情が激してきたため、夫アウアースベルガーまで目覚めて、ブルク役者がいま何を言っているのかに聞き耳を立て、アナ・シュレーカーも、ふたりの若い作家も、そして他の一同も注意を向けてきた、というのもブルク役者はいま用いた力強い言葉だけでもうふたたび一同の関心を引っさらったからだった、卑劣な、品性卑しい、手に負えない、嘘つきな、下劣な、誇大妄想の、愚かな、といった言葉が突如、ゲンツガッセに集う人びとのうえに、とりわけジャニーのうえに浴びせかけられたのだ。まさにこの人物のように、と彼は突然にジャニーのことを呼んだ、かくも愚かな質問を彼にぶつけてくるとは無作法であるにとどまらず実際卑劣な所業だ、こんな人物に、と彼はくり返した、お目にかかったためしがない、この人物はのっけから嫌だった、というのもこの人物は純然たる愚かな人物だからだ、こんな人物までここに来ていると知っていたならわたしは決してあなたの招待などに応じなかった、とブルク役者はアウアースベルガー夫妻に激しく言った、この人物のようにすべてを扱き下ろすためだけにいる、絶えず芸術について論じながら芸術について何も知らない、あらゆることを論じながらそれについて何も知らない人びとをわたしは憎んでいる、こうした宵をべらべらとしゃべりちらし、その内容空疎さときたら実際度を越している、とブルク役者は最高度に激していた。この人物がここに座っているのを見たとき、ただちに踵を返して立ち去ろうとわたしは考えた、でも礼儀がそのような振る舞いを禁じたんだ、とブルク役者は言って、礼儀、礼儀と何回かくり返して椅子の背にもたれたので、そうするのが楽なのだと私は考えたのだが、違っていた、というのもブルク役者はただちにまっすぐに座り直し、突如の息切れに突然にして襲われたからで、彼はジャニーに面と向かって言った。あんたは何も知らないし何の価値もなく、それゆえ自分以外のすべてを憎む、そんな人びとのひとりだ、そんな単純なことなんだ、あんたが何もかもを憎むのは、自分があさましいあまり自身を憎んでいるからなんだ。あんたはしじゅう芸術について論じているが、それがなんであるのかてんで知らない、と彼はジャニーに面と向かって怒鳴りつけようとしたのだが、息切れがしてしまい怒鳴りもせず、この一節をほぼそのまま力なくなんとか言えただけで、それにつづけて、あんたは愚かな破壊的人間で、決して自分を恥じない、そう言って彼は黙った。ジャニーに対するブルク役者のこの攻撃は私にとっては正直なところ、おおいなる喜びだった、というのも誰かがジャニーに対してこのたぐいのことを面と向かって言ったところに、誰かしらが彼女の恥知らずな態度のひとつにこのように切れ味鋭く切り返したところに居合わせる折など、あったにしてもきわめて稀だったからで、あいかわらず厭わしく思われていたブルク役者を私は一瞬にして尊敬したのだった。ジャニー・ビルロートは基本的にはいつだってお門違いでいるしいつでもそうだったと、ジャニー・ビルロートが言われたためしはなかった、と私は考えた、彼女はもうとうの昔からいつだってどんな考えにもなんら専門知識をもっていないと、彼女は言われたためしがなかったと私は考えた。ブルク役者が彼女に面と向かってこともなげに言ったように、彼女が品性卑しい、それどころか野卑であると、ジャニー・ビルロートは言われたためしがなかった。ある人間が、その人自身のもつ卑劣さや無知さ加減や痴呆状態や専門知識の欠如を咎められることで、その人間はいわば公正に扱われていると私たちが思うとき、私たちはおおいに喜びを感じる、と私は考えた、おまけに、何十年もそのときを待たなくてはならなかった場合には。彼女は結局のところやはり品性卑しい小さな人間である、それどころか低劣な性格であると、ジャニーは言われたためしは決してなかった、ブルク役者はそれをはっきりと口にしたのだった。そしてこれは、ブルク役者が感情を爆発させるのを目撃したすべての人びとを一瞬喜ばせただけでなく、ごく短いあいだにとどまらず長く持続する、それよりもっとおおきな満足感だった、という印象を私は受けた。もちろん彼らはこの自分たちの抱いた感情をはっきりと言い表しはしなかった、そのきっかけもなかったし、あったとしても敢えてそのような真似はできなかったろう。それが、ブルク役者はこれを平然とやってのけた、それに対して私はただ黙っていただけではあるのだが、それによってブルク役者に向かって、彼がジャニーに対して申し立てたすべての点はその通りであると敢えて認めてみせていた。何年も、何十年ものちにようやく、私たちが真実を見てほしいと願っている人物に、何十年も願っている人物に、ひとりの人が真実を面と向かって告げる、それまで誰もこの人物に敢えて真実を伝えなかったためにそれ以前にその人物が聞いてこなかった真実こそを、そして私は考えた、ブルク役者がジャニーに面と向かって告げたこの真実、この真実が何であろうとなかろうと、これだけのおかげで、芸術家晩餐会への招待に応じたことがとうとう報われた、と。ちなみにブルク役者はまだ、あなたはまったくもって嘘つきの人物だとジャニーに向かって言いつのっていた、ある人間を貶められるようあなたはまさに何時間も待ちかまえている、そして彼はこうも言った、あなたのような人間は、危険な人間だ、そして、あなたのような人間とはつき合わないにかぎる。ブルク役者の吐いたこの言葉がいまだそのまま耳に残っていなかったら、今日でもまだそんな言葉が吐かれたと思わないだろう、けれどブルク役者はこの宵に、まさにそのまま言葉どおりにこう口にしたのだった。おそらくは、と私は考えた、楽の間にまだ私が足を踏み入れず、つまりまだ饗膳の間にいたあいだずっとすでにジャニーは恥ずかしげもない態度をブルク役者に見せていたのだ、つまりすでにまえもって私があまりによく知っている、私がジャニー・ビルロートと端的に言えばまだ関係をもっていた時代の、例の厭わしいジャニー・ビルロートとして彼に対して振る舞っていたのだった。彼女は変わっていなかった。彼女は自分が集まりの中心でないときには、このいわゆる芸術家晩餐会にとって、つまりこの場合ブルク役者がそうであるような、本来中心人物に定められた者に少なくとも正面から対抗し、そう言って良いだろうが、無礼を働きかけて自分が中心人物になるよう全力を尽くす。そして私が饗膳の間に入るずっとまえから彼女はくり返し、それが彼女のやり方なのだが、ブルク役者を苛立たせ、侮辱していたに違いなかった、というのも、そうでもなければブルク役者がまさにこのように爆発的に怒り狂っている事態に理解がゆかないのだ。ブルク役者がかくも奇妙なかたちで感情を何度も爆発させていた理由がいま私にはっきりした、それを私は、まだ玄関の間に座っているときにブルク役者が楽の間のなかから叫んでいるのを突然に聞いたのだった、私にはまだ理解できていなかった、エクダルがどうの、グレーゲルスがこうの、野鴨がなんのという叫びは、いまようやくわかったが、ブルク役者を攻撃していたジャニーに向けられていたのだった。そう、とブルク役者は席から立ち上がって歩こうとして、彼とともに立ち上がった妻アウアースベルガーの手に飲み干した珈琲茶碗を押しつけて言った、わたしにとって意味あるすべてを扱き下ろし、実際わたしにとっていつもなんらかの価値があったいっさいを糞味噌に言ってみせる、そんなことばかりを狙ったこんな集まりを、基本的にわたしはなんと憎んでいることか、それなのに、わたしの名前とわたしがブルクの役者であるという事実だけは食い物にする、そこでわたしが本当のところ切に望むのは、安らぎというよりは実際放っておいてくれ、ということなんだ。わたしはいつでも、結局こうである自分とは異なった者として生まれていたなら、と考えていた、そして結局こうなった自分とはそもそもまったく異なった者になっていたならと、わたしが放っておかれる者になんとかなっていたなら、と。でもそのためには、わたしの両親からではなくまったく別な両親から生まれて、まったく別な環境で育たなくてはならなかったのですが、いつも望んでいたように大自然のなかで、閉じ込められた自然のなかではなくそもそも自然のなかで、人のつくったもののなかではなく。というのもわたしたちはみな人工物のなかで育った、人工物の救いがたい狂気のなかで、一生涯それに悩まされてきたわたしだけではない、ブルク役者は突然言った、ここにいるすべての人が、と彼は言った、そしてジャニーのほうを振り向き、彼女に向かって言った、あなたにしても、憎しみで私を責め立て私を蔑んでいる。彼はまずは何も言わないまま私に向かい、それから夫アウアースベルガーのほうに身を向け、すっかり泥酔して肘掛け椅子で寝入っていた夫アウアースベルガーに向かって、生まれてくるのはそもそも不幸なことだ、でもアウアースベルガー氏のような人間に生まれてしまったのは最大の不幸だ、と言った。自然のなかへ入ってゆく、この自然のなかで息を吸い込み吐き出す、そしてこの自然のなかを自分の家として実際いつまでもそうであるように徹する、そうできるならこれをわたしは最高の幸福だと感じるのです。森のなかへ入ってゆく、森のなか深くへ、とブルク役者は言った、森にすっかり身を委ねる、これこそがいつだって、自然そのものであることに徹するという思想でした。森、喬木林、樵る、いつでもこうだった、と彼は突如憤激し、これを最後に去ろうとした。みな大量に飲んでいたものの、最後にはやはり、三十年まえ二十五年まえ、そして二十年まえと同じに、完全に酔い潰れていたのは夫アウアースベルガーだけだった、彼は肘掛け椅子にすっかり崩れ落ち、客たちがみな出てゆこうと立ち上がったのにもまったく気づかないでいた。私自身立ち上がりながら、ブルク役者はすでに川魳を食べているうちにも、そしてそのあと楽の間でもまたもくり返しこの三つの言葉、森、喬木林、樵るを口にしていたものの、私ははじめ彼がそれで何を指しているのかわからないでいた、と考えた。食事中、そしてそのあと楽の間でも、私は注意を長いこと当然ながらブルク役者にではなくジャニー・ビルロートに傾けていた。食事中に私はジャニーから多少とも目をそらさず、ほとんどの時間、ブルク役者が何を言っているのかにいっさい耳を傾けておらず、ときおり彼の話す言葉の半分が、基本的には決して言葉の全体ではなく、聞こえてきた。食事中にブルク役者が何を言っていたかも、私にはまったく関心がなかった、かなり後になってはじめて、楽の間で、とはつまり、ブルク役者が基本的な適量を超して飲んでしまってから、彼は私にとっても関心を惹くようになった、いま私の考えるに、そうこうしているあいだに彼はすっかり変化していたからだ。なにしろ彼が饗膳の間にいてしゃべっていたいっさいは戯言で歳を取った役者、すでに老齢の役者たちで、私たちのなじんでいるくだらないおしゃべりだった、彼らのしゃべっていることなど私には聞いていられないので、彼らのいわゆる老齢の叡智、それは実は人を嫌な気持ちにさせる老齢の偏狭さにすぎず、ごくはっきりと言えば老齢の愚かさであり、これが神経に障るもので、私はいつでも彼らを避けているのだった。老いた役者というのは神経に障るばかりだ、と私はくり返し考えていた、そして私はいつも彼らと顔を合わせないようにしていた。けれども基本的な適量を超えて飲んだブルク役者は変化を遂げると、突如彼のなかから現れた瞠目すべき古代哲学者然とした趣によって、それもまさに彼が、森、喬木林、樵るという言葉をつづけて口に出しはじめたとき、突然にして関心を惹くようになった、この言葉は、いまならわかるのだが、彼にとっての生へと踏み出すための言葉であるにとどまらず、ブルクの役者たちのような多くの人びとにとっての、何百万という他の人びとにとっての生へと踏み出すための言葉なのだ。ブルク役者がこの生へと踏み出す言葉でもって何を言わんとしていたのか、何を自分自身に向けくり返し言おうとしていたのか、他の人びとに向け言おうとしていたのか、すべての人に向けて言おうとしていたのか、この芸術家晩餐会の最後になって突如私は悟った、そして彼に注意深く耳を傾けはじめた。突然、と私は考えた、すでに述べたようにはじめは私の関心外で神経に障るだけのこの人間が、短いあいだに関心を惹くようになっていた、この短いあいだだけではあれ、彼は私の注意をすっかり惹きつけ、もはやジャニー・ビルロートやアナ・シュレーカーの言ったことには突然に私の関心は失せて、もっぱらブルク役者が何を言ったかにばかりに関心がいった、私はそれからさらに、ジャニー、そしてシュレーカーに背を向け、ブルク役者のほうを向いた、最初から私としては関心のない、そしてまったく耳も傾けなかったそのほかの人びとはこの芸術家晩餐会のあいだすっかり問題外であり、彼らの言ったほんのわずかすらも聞いていなかった、と私は考えた。ばか話や古臭い小咄だけで当初印象づけようとしていたはじめのうちのおしゃべり男が、芸術家晩餐会が進むうちに突然関心を惹く、それどころかこの芸術家晩餐会の哲学的人物となった、と私は考えた、そして、私たちはこれをきわめて多数の人間にではないが、ときとして老人に観察できる、そうした人びとははじめはおしゃべりな人間として、嫌らしいばか話や小咄の語り手として、典型的ないわゆる芸術的ないし知的ヴィーン人として登場する、それがやがて次第次第、ひと晩のあいだに、ゲンツガッセのアウアースベルガー夫妻宅でのこの芸術家晩餐会の流れのなかでのような晩餐会のあいだに、まさに哲学的な発展を遂げている、彼らははじめは笑止だったり愚かだったり思い上がりだったりの態度で目を引くだけなのが、やがて時間が経過して少しばかり、そして適量よりも少しばかり多く飲むと彼らは、哲学的とまでは言わずとも、まったく精神的な要素を持ち出してくるので、突如彼らに対する私たちの反感が好感に変わるのだ、と私は考える。ブルク役者は、私が考えるところでは、はじめは他ならぬブルク役者として登場し、それだけでなく彼の言うところの本物の川魳を、私にとっては嫌な気分になる人物を意味するブルク役者として食べ、川魳を食べているあいだじゅう私を嫌な気分にさせる人物として自分を誇示していたが、川魳を食べ終え葉巻を二本か三本吸い、白ワインを何杯か重ねると突然に、まさに精神的な、それどころか哲学的な人間となった、つまり厭わしい一人物像から哲学的人間に、一人物像からひとりの人間になったのだった、つまり、はじめは人間として振る舞っていた人びとが、異なったあり方などてんでできないために、食べたり飲んだりと時間が経過すると厭わしい人物像となる、そんな通常とは逆だった。この観察は私たちの日常的なもので、私たちがある集まりで人間に会うと、この人間は時とともに相手を嫌な気分にさせる人物像となっていった、こうした集まりというのはどれも、宵の遅くまで飲み食いするほどに、私たちの知るとおり、厭わしく嫌な気分にさせられるものなのだ。ブルク役者はこの夜、正反対の発展を遂げた。彼は厭わしい人物像から哲学的思考をする人間に変わった、実際おしゃべり男から哲学者に、というわけではないにしても。結局のところ私は、自分にとって長いこと嫌な気分になる、私にとって嫌らしく感じられる、ものものしいその態度だけで私の感情を激しく刺激する、それどころか憤激させる人間に、普通の言い方をするなら魅せられていた、もう嫌な気分になることも憤激させられることもなく、むしろ魅せられていた、私の考えるに、はじめはブルク役者に魅せられていたのが、やがて次第次第に川魳を食べているあいだにはもう彼に憤激しており、しまいには憎んだジャニー・ビルロートとは正反対なのだった。結局のところ私はブルク役者に魅せられ、ジャニー・ビルロートは彼を憎んだ、そう私は考える、それがすべてを語っている。彼の森、喬木林、樵ると言ったときの様子、これは老齢の感傷ではなく物事を見通すものだった、そう私は考える。彼のジャニーに立ち向かう様子、これはまったく老いなどではなく、老齢のご都合主義とはほど遠かった、そう私は考える。長い夕餉のあいだずっと私たちは、ヴィーンの例の芸術虚仮威しのひとりと同席している、この町でいつもいつも何百と出会うような、私たちの何百と知っているような倒錯した芸術家もどきのひとりと、あらゆるヴィーンの嫌らしい画家に彫刻家に作家に音楽家に役者、あらゆるヴィーンの嫌らしい田舎芸術家のひとりと、かてて加えて、この長い、基本的には完全に失敗した無駄なアウアースベルガー夫妻の夕餉のあいだじゅう、まさにヴィーンの芸術虚仮威しにして芸術家もどきの典型であるブルク役者をまえにして座っている、と私は考える、そして、私たちに対して最初から威嚇的に打って出るばかりで、しまいには実際に私たちを嫌な気分にさせていた人間が、私たちの関心を呼び覚ます哲学的思索をする者へと、関心を呼び覚ます瞬間哲学者と言いうる者へと変わるのを、突然観察する。すべての老人が哲学者であるとはもちろん真実ではない、とはいえ哲学的ではあるのだ、すべての老人が哲学者であるなどと主張するほどひどい愚行を私は知らない、それに対して当然ながら老人は哲学的な存在であり、いずれにせよ老いた人びとはときとして、少なくとも数瞬間は哲学的になるか、あるいは少なくとも数瞬間の哲学的思索をする者となる、そこでこの芸術家晩餐会が進むうちにブルク役者は、何に触発されたにせよ、瞬間の哲学的思索をする人間に、瞬間哲学者になるのだ。酔いから醒めれば、つまり翌朝にはもう彼は当然私たちが知っていた彼の姿である、呆け、奇怪な耐えがたい人物に戻っている、と私は考える。この夜のゲンツガッセでのそれのようなまさにこうした社交の場が、彼を数瞬間哲学的に変える効果をブルク役者におよぼしたと私は考えた、むろん、決して哲学的な効果を被ることなどありえない他の人びとにおよぼしはしなかった。アウアースベルガー夫妻にも、アナ・シュレーカーにも、そしてその他もろもろの人びとにも断じて、とりわけ、年齢だけからしてもいわゆる哲学的状態への資格などまだまったくもたないふたりの若い作家にも。それに対して、つねに歴史のきわめて奥深くにまで追跡されうる、そしてこの歴史によってくり返しつくり出されている生の経験とでも呼びうるものをもつ人間がいるにちがいない、と私は考える、これはブルク役者に該当する、というのも老人たちに、とりわけかなり高齢の老人たちにこれは該当するからだ、そして私の考えるに、私は一生涯自分の関心を若者によりも老人およびかなり高齢の老人に向けてきた、若者とよりも老人およびかなり高齢の老人とのつき合いを求め、若者とのつき合いよりも老人およびかなり高齢の老人といっしょにいるほうがはるかに多かった、当時私は青年で、自身は若かった、と私は考える、老齢ではなかった、そこで私に関心があったのは老齢の者であって青年ではなかった。あらゆることを老齢の者から、と私はいつも考えていて、そこから最大の利益を引き出しており、これによっていつも最大の利を得ていたと言うのをはばからない。老齢の者はいつでも私の好奇心を引きつけたが、まったく媒介を差し挟まずこのうえなく直接に知る若者はそのかぎりでなかった、と私は考える。ブルク役者は、私の考えるに、時の経過とともに、つまり彼の生と、彼および私たちおよびすべての人の歴史の進行とともに発展した哲学的な要因が、彼のなかで自分自身によって絶えず抑制されていた、そのような人間なのだ。このように私たちは、自らの哲学的要因を抑制し、やがてはそれが突然枯れはて死んだ状態になるまで抑制する、ほとんどそのような人間とばかり関係している。ただときおり私たちは、この夕餉で私がこのブルク役者に認めたように、ただし彼自身は、私の考えるにそれについて何も知ることがないために、たぶんまったく認めていなかったようなこの哲学的要因を、彼らのなかに彼らに即して認める機会をもつ。突然私はブルク役者に惹きつけられた、そう私は考える、森、喬木林、樵るという言葉を彼が口にのぼせ、やがて何回もくり返した様子からだけで。だからといって、ブルク役者に私がいま好感を抱いているということではない。好感のもてない、結局のところやはり表層的な演劇人以外のなにものでもない、私にとって彼ははじめからそうだったが、それは私にとって変わっていなかった。彼が暇を告げ、妻アウアースベルガーの手に彼のオーストリア・ブルク役者様式で口づけをしたさまを見ただけで、私はふたたび嫌な気分になった。それから彼はさらにジャニー・ビルロートにまで、その手に口づけをしながら彼女の精神的大胆さが気に入りましたと言うことで、実際彼はあなたの精神的大胆さが気に入りましたと言ったのだが、こうしてお愛想を言ってみせ、まったく余計でばかげた恥ずかしげもないお愛想を言ってみせ、彼は私にとってははじめからそうだったが、ふたたび厭わしい人間にして厭わしいブルク役者に戻った。私もずいぶん飲んでしまっていた、適量を超えるほどに、と私は考える、だがブルク役者ほどには飲んでいない、一同がゲンツガッセを去るまでは二度と目覚めなかった夫アウアースベルガーは言わずもがなであり、ふたりの若い作家もまた自分たちの反抗的態度について無駄口をたたいているばかりだったが、いったい何に対して反抗的であるかは言えないまま、結局のところ酩酊し座席から立ち上がるのにひと苦労していた。結局一同のなかでブルク役者だけが折り目正しいというだけでなく、丁重きわまりないと言えるやり方でゲンツガッセから撤収するだけの精力とさらにそのための能力をもっていた、というのもほかの一同にはもはやそれはできなかったからだ。なんてすばらしい川魳だったでしょう、とブルク役者は最後に妻アウアースベルガーに向かって述べて、それから先頭を切って誰も伴わずに建物内の階段を降りてゆき、それを妻アウアースベルガーは長いこと見送っていた。よろめくこともない、と階段を降りてゆくブルク役者を上から、とはすなわち住居の扉のまえに立ち見守りながら私は考えた。私は原則としてひとりで集まりを立ち去りたいので、他の一同が階段を降りてしまうまで住居の扉で、とはつまり妻アウアースベルガーの隣で待った。まったく、と一同が立ち去ってから私は妻アウアースベルガーに言った、悲しい一日でしたね、もういちど少なくともホアナに思いを馳せてもらえるようにと。彼女が自殺したのはおそらく彼女にとっていちばんなのでしょう、と私は言った、おそらくは彼女にとっていちばん好ましい時点だったのです、と私は妻アウアースベルガーに言った、自分がいま言ったことの気まずさを私は意識していた、ある人間が自殺したあとしきりに言われるこの言い方の嫌らしさを。私たちは何か充分なことを言わんとする、と瞬時私は考えた、それなのにまったく不充分なことを言ってしまう、それどころか気まずいこと、嫌らしいこと、愚かなことを。彼女は自分の生の将来についてどういう見通しだったのでしょう、私はさらに言って、気まずさ、嫌らしさを重ねた。誰だって自分のやりたいようにやれば良い、と私はそれにつづけて言い、さらに気まずく嫌らしいことを言うだけだった。かくなるうえは何も言わないでおくにかぎる。私は建物の階段を駆け下りていった、二十歳若返ったかのように、一段とばし、二段とばし、はては三段とばしで。建物の入り口で私は独りごちた、別れ際に妻アウアースベルガーの額に三十年まえと同様に口づけしたのはばかげていた、と私は考えた、三十年前と同様ばかげたことに、私は彼女の額に口づけをした、五十年代にそうしたのとそっくりに。ゲンツガッセから町なかに入ってゆく途中ずっと私にはこの事実が腹立たしかった。二十年間私は妻アウアースベルガーと会っておらず、基本的には、自分にそう言わなくてはならないが、彼女を憎んでいる、それが別れ際に額に口づけまでした。彼女の額におまえは口づけした、少なくとも額にだけだが、と私はまだ暗い町を通ってゆく道すがらずっと独りごちて、この事実に腹を立てた。そして考えた、他の人びととといっしょに立ち去っていたならこの気まずさはなしで済まされた。でも他の人びととといっしょに立ち去りたくはなかった、とりわけもういちどジャニーといっしょになるのは、それも通りに出てまで、それもこの瞬間にすらいっしょになるのは避けたかった。なぜなら彼女といっしょに通りに出れば、必ずや身の毛もよだつような諍いになっていた、過剰に私は彼女に言わなくてはならなかったし、過剰に責め立てなくてはならず、過剰に侮辱せざるをえなかった、と私は考えた、彼女のほうでも私に対してそうであり、そうであるからには上階の玄関に居残って、他の人びとを先に行かせるほうが良かったのだ。妻アウアースベルガーとふたりでいるほうが、きっとジャニーとふたりになるよりまだ耐えられた、と私は考えた、ジャニーとふたりで通りに出たならきっと、少なくとも私にとってはとんでもないことになっていた、と私は考えた、上階の玄関で妻アウアースベルガーとふたりでいるのはともあれ耐えられた。けれどもいま私は、妻アウアースベルガーの額に口づけした自分を責め立てていた、彼女を憎む以外なかった二十年間、それどころか二十二年あるいは二十三年間のあとで、同じ憎しみで彼女の夫をも憎んでいたこの期間のあとで、そのうえさらに私は、芸術家晩餐会なるものが楽しかったです、などと嘘まで言ってみせたのだった、嫌な気分をさせられるほかなかったにもかかわらず。苦境から逃れるためには、と私は考える、私たち自身、私たちが虚偽を絶え間なく非難し、その虚偽ゆえあらゆるこうした人びとの顔に泥を塗り軽蔑している、そんな相手と同様に嘘をつく、これは本当だ。私たちが、耐えきれない厭わしい人びとと、嫌な気分になる人間と絶え間なく感じるばかりで、できるかぎり係わり合いたくないと望んでいるこうした人びとよりも、私たちの方がましというようなことは少しもない、正直のところ私たちは彼らと絶え間なく係わりをもち、彼らとまったく同様なのだから。私たちはこうした人びとのもつありうるかぎりの耐えがたさ、嫌らしさを非難するが、私たち自身耐えがたさ、嫌らしさにかけて引けを取らず、もしかしたなら彼らよりもはるかに耐えがたく嫌らしいのかもしれない、と私は考える。私は妻アウアースベルガーに言った、彼ら、アウアースベルガー夫妻との結びつきをふたたびもつことができて、二十年の後にゲンツガッセの彼らの家にふたたび来られて嬉しい、と、そしてこれを彼女に言いながら私は考えた、自分はなんと品性卑しく嘘つきの人間なのか、実際なにものをまえにしても、どんなものをまえにしても、品性卑しいことときわまりない虚偽をまえにしても怯まないなんて、と。ブルク役者が気に入りました、アナ・シュレーカーが気に入りましたと、若い作家の双方とふたりの技師補が気に入りましたとすら私は上階の玄関に立って妻アウアースベルガーに向かって、他の客たちが階段を降りてゆくあいだに言った、つまり彼らが階段を降りてゆくあいだ私は彼らに反感を覚えながら、同時に妻アウアースベルガーには、彼らのことはみんなとても気に入ったと言ったのだった。私にはかくもはなはだしく品性卑しい嘘を言える、妻アウアースベルガーと話しながら彼女に面と向かってあからさまに嘘をつく能力をもっている、と私は考えた、自分がまさに感じていたのとは正反対を、ただその瞬間をより耐えやすくするためだけに、彼女に面と向かって言えるのだと、さらにまた今宵彼女の声を聞けなくて残念だと面と向かって言った、彼女がいつでもさも美しく、それどころか卓越して、それどころか比類なく歌うパーセルのアリアのひとつとして聞けなくて、と、そしてそもそもやはりなんと言っても、二十年というあいだ彼女と彼女の夫アウアースベルガーとの接触を断ってしまっていて残念でしたと、これもまた嘘八百にほかならず、実際私のついたこのうえなく品性卑しく卑劣な嘘のひとつだった。ホアナが今宵この場に来られなかったのをとりわけ遺憾に感じている、とすらも私は言った、そして、多少とも長い目で見れば私はロンドンから最終的にではないにしても戻るのだから、私たち、つまり私とアウアースベルガー夫妻はふたたび連絡をもつだろう、おそらく将来ふたたびそのような連絡を保つだろうことは、おそらくはホアナの思し召しなのだと、妻アウアースベルガーに面と向かって嘘をついたが、その間、上階で妻アウアースベルガーと玄関に立っていると他の人びとが家を去ってゆくのが聞こえてきた。ホアナは死ななくてはならなかった、自殺しなくてはならなかったのです、私たちがふたたび出会えるように、とも私は妻アウアースベルガーに向かって言った、それから少し彼女を抱擁し、すでに述べたように額に口づけをして階段を駆け下りていったのだった、通りを、そのあとはどの通りを歩いているあいだもずっと、妻アウアースベルガーに言ったすべてが嘘だったことに、それも言ったことのどれもすべてまったく意識的な嘘だったことに苛まれた。なぜなら私は本当のところ、この芸術家晩餐会のあとでも、妻アウアースベルガーを以前に憎んでいたのと同様に憎んだからだ、そして彼女とともに夫アウアースベルガーを、音色のハヴァーリス、すでに五十年代にしてそこから抜け出せないでいたヴェーベルン後継者を、もしかすればもっと強い憎しみをもって、このアウアースベルガー憎悪でもって憎んだ、この憎しみをもって私はアウアースベルガー夫妻をいまやすでに二十年来憎んできたのも、私の考えるに彼らが二十年まえ当時に私を卑劣なやり方で騙し、やり玉に挙げ、扱き下ろし、ことあるごとにあらゆる人のまえで私をひどく悪し様に言ったからで、それは私が彼らのもとを去ったあとのことだった、私自身を救うだけのため、彼らに喰らい尽くされないだけのために、私が彼らに背を向けたあとのことだった、彼らがいつでも言い張り、あいかわらず言い張っているように、彼らが私に、ではなかった、彼らはこの二十年間ずっと今日までいつでも、私が彼らを利用し尽くし、彼らは私を何年も面倒をみてきた、彼らが私を何年も生につなぎとめた、と言い張ってきた、けれども本当のところは、私が彼らを生につなぎとめたのであり、私が彼らを救ったのであり、私が彼らを、金銭によってではなかったが、それでも私の能力によって総じて面倒をみてきた、というのが実情であり、その逆ではなかった、そして私は悪夢から逃れ去るかのように、小路から小路へと歩を早め、インネレ・シュタットへと入っていったものの、歩きながら、どうしてインネレ・シュタットへと入ってゆくのかわからなかった、帰宅しようというのなら実はインネレ・シュタットへ入るのとは正反対の方向に進まなくてはならなかったのだ、けれども私はおそらくいまは帰宅する気がまったくなかったのだろう、そして私は独りごちた、この冬もロンドンにいればよかったのだと、すると朝の四時だった、私は家に向かわなくてはならないのに、インネレ・シュタットに入っていき、独りごちた、なにがなんでもロンドンにいるべきだったと、そして、どうして家に向かわずにインネレ・シュタットに行くのかわからないままに、インネレ・シュタットに入ってゆき、ロンドンはいつでも幸福を、ヴィーンはいつでも不幸だけを私にもたらした、と独りごちた、そして私は早足で歩いて歩いて歩いた、まるでいま八十年代にありながら、もういちど五十年代から逃れ去り、八十年代へと入ってゆくかのように、この危険にして救いようのない呆けた八十年代へと、そして私はふたたび考えた、この悪趣味な芸術家晩餐会などには来ないで、わがゴーゴリかわがパスカルかわがモンテーニュでも読んでいればよかったと、そして先を急ぎながら考えた、私はアウアースベルガーの悪夢から逃れ去っているのだと、そして実際、よりいっそう気力を振り絞りこのアウアースベルガーの悪夢から逃れ去ってインネレ・シュタットにやってきたと、そして歩を進めながら、私が歩いている、自分にとって身の毛もよだつといつでも感じているし感じてきたこの町が私にとって最良の町であると、この憎々しい、いつでも私に憎々しかったこのヴィーンが突然いま私にとってふたたびやはり最良の、わが最良のヴィーンであると考えた、そして私がいつでも憎んできた、そして私の憎んでいる、そして私がいつまでも憎むだろう人びとが、しかし最良の人びとであると、私は彼らを憎んでいるが、彼らは感動的であると、私はヴィーンを憎んでいるが、それでも感動的であると、これらの人びとを私は忌々しく感じているが、彼らを愛さずにいられないと、そして私はこのヴィーンを憎んでいるがそれでも愛さずにいられないと、そしてすでにインネレ・シュタットのなかを急ぎながら私は考えた、この町はやはり私の町であり、いつまでも私の町であるだろう、そしてこれらの人びとは私の人びとであり、いつまでも私の人びとであるだろうと、そして私は足を速めて歩き、歩き考えた、私はあらゆる恐ろしいことから逃げおおせてきたように、この恐ろしいゲンツガッセの芸術家晩餐会なるところからも逃げおおせてきた、そして私はこのゲンツガッセの人呼ぶところの芸術家晩餐会について書こう、何を書くかはわからない、ただひたすらそれについての何かを書こう、と、そして私は歩いては歩いて考えた、私はただちにこのゲンツガッセの芸術家晩餐会なるものについて書こう、何を書くかはどうでも良い、ただすぐさま、そしてただちに、ゲンツガッセでのこの芸術家晩餐会について書くのだ、ただちにと私は考えた、すぐさまとくり返し、インネレ・シュタットを通り抜けながら、すぐさま、そしてただちに、すぐさまそしてすぐさまと、遅くならないうちに。

訳者解題

初見 基

本訳書は次の全集版を底本としている。

Thomas Bernhard, *Holzfällen. Eine Erregung.* In: Ders., Werke Band 7, herausgegeben von Martin Huber und Wendelin Schmidt-Dengler. (Suhrkamp Verlag, 2007)

原文でイタリック体の箇所は訳文中ではすべて傍点で反映させた。原文イタリック体箇所は、作品名（「野鴨」等）、作中人物発言の直接引用、また通常の強調と、性格が一様でない。それも、作品全体で一定方針が徹底されているわけでないこともあり、たとえば作品名は鉤括弧に入れるといった措置は採らなかった。

国名は日本語で慣習的に用いられているもの（オーストリア、イギリス、ドイツ、メキシコ、スペイン等）を踏襲した。

句点は、原則として原文でピリオドの箇所で打つようにした。ただ原文でのコロンおよびセミコロンは句点にした場合と、読点で文をつなげた場合がある。コンマの場合には、内容的には一文が完結していても句点を打つことは避けた。

本作表題にはこれまで日本語では『伐採』『木を伐る』といった訳語が充てられてきたが、翻訳書では『樵る』を採用した。なお表題に付された「激情（Eine Erregung）」は副題というよりは、ドイツ語の小説ではしばしば表題につづけて記される「小説（Roman）」「物語（Erzählung）」等の「ジャンル表示」の変種と考えられる。ベルンハルトの『凍』『推敲』『昏乱』では通常の「小説」という表示であるが、『消去』では「ある崩壊（Ein Zerfall）」となっていた。Erregungの訳語としては「刺激」「興奮」「憤激」「センセーション」等が考えられる。とりわけあとで触れる本書刊行が巻き起こした騒動にまつわる記事や論文では、この語が「憤激」「センセーション」の含意でしばしば用いられるが、それは事後的な作品外の出来事であり、ここでは作品内での用法を酌んで「激情」という訳語を選んだ。

一九八四年に刊行された本書は、いわゆる長篇小説としては八五年の『古典絵画の巨匠たち』（山本浩司訳、論創社、二〇一〇年）、八六年の『消去』（池田信雄訳、みすず書房、二〇〇四年）に先立つ、ベルンハルトの最後から三番目の作品となる。また本作は前八三年の『破滅者』（岩下眞好訳、音楽之友社、一九九二年、後にみすず書房、二〇一九年）および翌年の『古典絵画の巨匠たち』と並べて「芸術三部作」などと称されることもある。ともあれ結果的にはベルンハルト「晩年」の作となった。

「晩年」期ベルンハルトの小説では概して、文体上は初期の佶屈さは後退し、むしろ緩やかに感じられることさえある。舞台設定は空間的拡がりがかなり限定され、その分、過去への時間の拡がりが縦横になっている。

本作では、長らく絶縁していたヴィーンの芸術家仲間が集う「芸術家晩餐会」を訪れた語り手「私」が、晩餐会場の片隅に座してそこでなされた、出席している人士の観察や、それに喚起された過去への物思いを、いつどこと確定できない後の時点で語っている、そして末尾では深夜の町なかを無闇に歩きながらこの小説を書こうという決意を表明する、という結構となっている。そしてそのなかではとりわけ、晩餐会の日の昼に葬儀を済ませたかつての友人ホアナへの思い、芸術的世界への手ほどきをしてくれた、しかしその後袂を分かった人びとに向けられた愛とその裏返しの憎しみの感情が、ときとして激しい調子で吐露される。誰それへの罵倒はベルンハルトの十八番と見なされているが、後期作品では嘲罵をぶつける対象に向けられた関心、「思い」がそれだけ強いことが窺われ、本作ではそれがとくに顕著と言える。

表題の「樵る」という語は作品末尾近くの、ブルク劇場の俳優の謎めいた「森、喬木林、樵る」という発言から取られている。これは語り手の「私」にとっては明快に理解されているようだが、必ずしも一義的には捉えられない。「森にすっかり身を委ねる、これこそがいつだって、自然そのものであることに徹するという思想でした」との俳優の言から「自然回帰」の願望を読み取る評者もいるものの、「森、喬木林」とはすでに原生林などではなく植林であり、さらに「樵る」とはそれを伐る人為的行為であるという単純な事実を考え併せるだけでも、そう割り切ることはできない。もとより作品中では、「自然」と「人為／芸術」の対比は、「田舎」と「都会」といった変奏をともないつつ、いくつかの箇所でなされていた。前者への憧れをもちながらも純粋な「自然」などありえない、またそれ以前に語り手「私」自身は後者を居場所にするしかできないでいる、その錯綜から捉えるべきだろう。なお本作から二十年を遡る一九六四年発表の「アムラス」では「木樵」が登場しており、そこでも「自然」についての問いが記されていた点も指摘しておく。

一九八四年八月二十四日に発売された本書は、年内に五万部が売れたという。ただしそれは不幸なことに作品そのものが高く評価されたためではなく、発売を前後して勃発した騒動ゆえだった。書評用見本刷りが新聞社経由で作中のアウアースベルガー夫妻のモデルと考えられる人物の手にわたり、そこから販売差し止めの訴えが起こされ、これを承けたオーストリア警察は書店に並べられた本書を押収した。戦後オーストリア文学界で類例のない椿事だったという。これに対してベルンハルトは九月九日にズーアカンプ社（当時西ドイツのフランクフルト・アム・マインを本拠としていた）に自著いっさいのオーストリアへの搬入を禁止するよう要請、同社長ジークフリート・ウンゼルトは「連帯」の意を表してしぶしぶそれにしたがった。ただし、経過の詳細は省くが、年末には訴えを起こした人物がこれを取り下げることによっていちおうの決着をみた。

　ベルンハルト自身この作品には「自伝的」要素が色濃くあると認めているように、本作の登場人物であるホアナをはじめアウアースベルガー夫妻、ジャニー・ビルロートらにはそれぞれ、ベルンハルト自身と密な関係をもった、オーストリアの芸術家界隈では多かれ少なかれ知られた人物が「モデル」として想定されうるという。ただしいくら「極私的」な「私小説」であろうとも、それが作品として設定されている以上は虚構物として読まれるべきであるというのが私見であり、作中人物と実在人物がどこまで符合しているかいないかの詮索にはあまり意味がないと考える。そこでここではそれらの実在人物について立ち入った紹介はしない。またそれをしたところで、日本ではほとんど知られていない者ばかりで、とくに興味を惹くこともないではあろう。

　それらの事実関係のなかにはむろん伝記的な観点からすれば重要な点は多々ある、だがそれ以前にまずは「小説」は「小説」として読まれてしかるべきだろう。（なお「モデル」

問題に関して言うならば、モデル側が感ずる「侵害」と作品評価とは別位相にあると考えているということであって、前者を軽視するものではない。）

本文中に訳注を挿入するのを避けたため、以下固有名詞を中心としていくつか補足説明を記す。

【5頁】グラーベン、その後にでてくるコールマルクト、ケルントナー通りなどは、ヴィーン中心地である第一区「インネレ・シュタット」の繁華街。観光地としても知られる。なお以下では地名についてはいまや簡単に調べられることもあり、いくつかの例外を除き逐一説明を加えない。

【15頁】ヴィーン市西部のシュタインホーフにある精神病院は『ヴィトゲンシュタインの甥』などのベルンハルトの作品でしばしば言及されている。

マリア・ツァール（Maria Zaal）は架空の地名。オーストリア南部ケルンテン州都クラーゲンフルト近郊にはマリア・ザール（Maria Saal）という巡礼地が実在し、アウアースベルガー夫妻のモデルとされる人物はここに別荘をもち、そこでベルンハルトをはじめとする新進の芸術家たちを後援していた。

【22頁】俳優名は、それぞれパウラ・ヴェセリ（一九〇二－二〇〇〇）、ケーテ・ゴルト（一

九〇七－一九九七）を指していると思われる。

【42頁】「野鴨」のヴェルレは「領事」ではなく「豪商」という設定になっている。

【48頁】七十一番線は市街電車の一路線。

【74頁】オーストリア芸術評議員会は、文化大臣に任命された芸術諸分野の人士から構成され、公共での芸術関連の事項を代表するとされる、「オーストリア国家賞」授賞者候補を推薦する。

【１３３頁】フェルディナント・エーブナ（一八八二－一九三一）は、「対話哲学」を主唱した哲学者。職業は小学校教師だった。

【１３４頁】謝肉祭勲章とは、もともとは「下賜」される勲章を茶化して謝肉祭期間に小グループのあいだなどで戯れに交わされたもの。

【１５５頁】カール・レナー（一八七〇－一九五〇）はオーストリアの社会民主主義政治家。一九一八－二〇年の期間に三度にわたり政権の座に就いている。

【１６８頁】「野鴨」は一八八四年に発表されている。

【１７０頁】「シャツを着たムーア人」は白い生クリームのかけられたオーストリアのチョコレート・ケーキ。植民地主義への反省から「ムーア人」という差別意識が反映された名称への批判も西暦二〇〇〇年代初頭以降強くなっている。

【172頁】プラド美術館には、ティツィアーノ・ヴェッチェリオによる油彩画「カール五世騎馬像」（一五四八年）、同「猟犬をつれた皇帝カール五世」（一五三三年）などが収められている。

【173頁】ウニヴェルザール出版社は一九〇一年に創設されヴィーンに拠点を置く現代音楽を中心に扱う出版社。シェーンベルク、ベルク、ヴェーベルンをはじめ、戦後はベリオ、ブーレーズ、リゲティ、シュトックハウゼンなどの楽譜を出版している。

【209頁】「オーストリア国家賞」はオーストリア芸術評議員会によって、建築、造形芸術、文学、音楽の四部門で授賞者候補が推挙される。一九六七年にベルンハルトは賞を受けているもののこれは「大賞」ではなく、この一件については、『私のもらった文学賞』（池田信雄訳、みすず書房、二〇一四年）で触れられている。なおこの年の大賞受賞者はエーリアス・カネッティ。一九八二年にはアナ・シュレーカーのモデルといわれるフリーデリーケ・マイレッカーが、八四年にはその伴侶であるエルンスト・ヤンドルが大賞を受賞した。

【212頁】レームデン（Rehmden）の名は77頁ですでに挙がっているが、綴りの一文字違う画家アントン・レームデン（Anton Lehmden, 一九二九-二〇一八）は幻想リアリズム・ヴィーン派と呼ばれ、ベルンハルトの『樹木境界線で』（一九六九年）の挿画を担当している。

【222頁】ベルンハルトの盟友クラウス・パイマンのブルク劇場監督招聘は一九八四年

春に正式決定されている。着任は一九八六年で、ベルンハルト最後の戯曲「ヘルデンプラッツ」のブルク劇場初演をめぐる八八年の騒動については、『ヘルデンプラッツ』（池田信雄訳、論創社、二〇〇八年）「訳者解題」を参照のこと。またパイマン就任後のブルク劇場については、寺尾格『ウィーン演劇あるいはブルク劇場』（論創社、二〇一二年）で紹介されている。

＊　＊

『凍』（池田信雄訳）にはじまる河出書房新社からのトーマス・ベルンハルト作品刊行も本作で五冊目となった。この企画の実現は、訳者のひとりでもある飯島雄太郎さんの熱意と、河出書房新社におられた阿部晴政さんの決断にもっぱら負っている。さらに、この間同社を退職された阿部さんには今回も編集の労をとっていただいた。あらためてお二人には心から感謝を申し上げます。

初見基（はつみ・もとい）
1957年生まれ。ドイツ文学専攻。著書に『ルカーチ』（講談社、1998年）、訳書にベルンハルト『アムラス』（共訳）、『アーレント＝ブリュッヒャー往復書簡』（共訳、みすず書房、2014年）など。

樵《きこ》る　激情《げきじよう》

2022年11月20日　初版印刷
2022年11月30日　初版発行

著者　トーマス・ベルンハルト
訳者　初見基
装幀　ミルキィ・イソベ
発行者　小野寺優
発行所　株式会社河出書房新社
〒151-0051 東京都渋谷区千駄ヶ谷 2-32-2
電話 03-3404-1201（営業） 03-3404-8611（編集）
https://www.kawade.co.jp/
組版　KAWADE DTP WORKS
印刷　モリモト印刷株式会社
製本　小泉製本株式会社

Printed in Japan　ISBN978-4-309-20871-8